Das Dünenhaus

Ann-Kristin Vinterberg

Das Dünenhaus

Roman

Bibliografische Information der Deutschen Nationalbibliothek: Die
Deutsche Nationalbibliothek verzeichnet diese Publikation in der
Deutschen Nationalbibliografie; detaillierte bibliografische Daten
sind im Internet über dnb.dnb.de abrufbar.

ISBN: 978-3-7504-6158-1

Im Gedenken an
Maria, Elias, Johannes, Jonathan und Grazia.
Dankbar und traurig.

Unglücklich ist, wer nicht weiß, was lieben heißt.

Teresa von Jesus

1

VIVIAN

Endlich! Vivian Sangild sank mit einem Seufzer auf den Rücksitz des Taxis und streifte die Pumps von den Füßen. Erleichtert wackelte sie mit den Zehen. Die Gläser ihrer Schildpattbrille beschlugen in der feuchten Wärme des Mercedes. Für Oktober war es empfindlich kalt; polnische Meteorologen hatten einen Jahrhundertwinter vorausgesagt. Vielleicht, so hoffte Vivian, während sie ihre eisigen Hände knetete, gab es dieses Jahr wenigstens weiße Weihnachten. So eine richtige Winterwunderwelt, mit knirschendem Schnee, Tannenbäumen, die sich unter dicken Hauben neigten. Wie würde sie das genießen!

Sie putzte ihre Brille, setzte sie wieder auf die Nase und sah aus dem Fenster. Geräuschlos glitt die Limousine durch die Straßen, an Lichtreklamen vorbei. Schneeregen funkelte im Scheinwerferlicht wie bunte Kristalle. Tropfen klammerten sich an die Scheibe, wurden schwerer und rutschten hinab. Mit der Hand folgte sie der Spur auf der Innenseite des Fensters, als wollte sie eine Karte entziffern.

Sie hatte einen Grund zu feiern. Nein, zwei, wenn sie ehrlich war. Die Reise nach Oslo hatte ihre Erwartungen bei Weitem übertroffen. Morten würde staunen. Und nach den anstrengenden Wochen konnte sie sich jetzt Urlaub gönnen. Aber heute Abend würden sie es sich einfach gemütlich machen; die Ruhe und einander genießen. Es war höchste Zeit, dass sie wieder in ihre Beziehung investierten. Leben war nicht nur Arbeit.

Sie strich über die vom Regen feuchte Plastiktüte. An alles hatte sie gedacht: Lachs, Kaviar und den hellen *Myseost* mit Sahne, mit der Farbe von gebranntem Zucker. Morten vergötterte diesen norwegischen Ziegenkäse, der wie Karamell auf der Zunge zerging. Vivian holte ihr Smartphone aus der Manteltasche und wählte Mortens Nummer. Sie wickelte eine tizianrote Locke, die sich aus ihrem Knoten gelöst hatte, um den Finger. Wartete. Schon wieder die Mailbox. Der Ärmste. Wahrscheinlich belagerte diese Galeristin ihn immer noch. Jahrelang hatte er darauf hingearbeitet, in einer renommierten Galerie seine Bilder ausstellen zu dürfen, und nun bestimmte Katarina Dombrowski sein Leben.

Morten, Liebster, äffte Vivian lautlos die Galeriechefin nach, die seit Wochen den Rhythmus ihres Alltags bestimmte. *Könntest du vielleicht noch mal kurz kommen ...*

Nächtelang arbeitete er durch und kam nicht einmal zum Schlafen nach Hause, jetzt so kurz vor der Vernissage. Aber das hatte bald ein Ende. Vielleicht sollten sie sich einen Kurzurlaub gönnen? Nach Mailand oder Rom? Oder an das Kattegat?

„Is' zeitich kalt jeworden ..." Der Fahrer, ein stiernackiger Mittfünfziger, suchte ihren Blick im Rückspiegel und bremste sachte vor einer Ampel ab.

Vivian nickte. „Ja, richtiges Kakaowetter ist das."

„Schietwetter." Der Chauffeur grinste und fuhr wieder los.

Schietwetter hin oder her, es war genau das richtige Wetter für einen gemütlichen Abend zu zweit. Schließlich war heute so was wie ihr Hochzeitstag. Es war der Tag, an dem sie ein Paar geworden waren. Wenn Morten doch nicht so vehement Ehe und Kinder, einfach alles, was sie sich insgeheim immer gewünscht hatte, als den unzeitgemäßen Stress der Mittelklasse abschreiben würde.

Schläfrig blinzelte sie aus dem Fenster. Das Taxi passierte die Trabrennbahn Mariendorf und bog kurz darauf in die Lintruper Straße ein. Das Kopfsteinpflaster rüttelte Vivian durch.

„So, da sind wa. Uf'm Land, da wollten'se ja hin, wa?" Der bullige Fahrer bremste vor einer zweistöckigen Villa aus der Jahrhundertwende. Vivian schaute hoch. Die Badezimmerfenster waren hell erleuchtet. Vielleicht lag Morten schon im Whirlpool? Dann musste sie das Abendprogramm noch kurzfristig ändern. Sie spürte ein erwartungsvolles Ziehen im Unterleib. Schnell drückte sie dem Fahrer einige Scheine in die Hand. „Ist gut so."

„Ich saje denn ma' nett danke und wünsche 'n scheenen Abend."

Vivian stieg aus, hob die Kapuze über den Kopf und beobachtete, wie der Fahrer den Rollenkoffer aus dem Kofferraum hob. Er nickte ihr noch einmal zu. Vivian atmete tief ein. Kein Vergleich mit der kühlen Luft in Oslo, sondern modrig feucht roch es, fast wie auf dem Land. Herbst. Die kahlen Äste der Bäume ragten in den Himmel, als wollten sie ins Unendliche greifen. Der Herbst machte Vivian immer wehmütig, erinnerte sie daran, dass alles ein Ende hatte. Sie wandte sich ab, und ihr Blick fiel auf den Porsche, der neben Mortens Peugeot parkte. Irritiert furchte sie die Stirn. War das nicht Katarinas Wagen? Die fuhr doch auch Porsche … Verfolgte sie Morten nun schon bis in ihr Zuhause? Oder hatte die Nachbarin Besuch? Aber so ein Auto fuhr ja nicht jeder, schon gar nicht in diesem Viertel, wo Familien mit Kindern lebten. Lichtenrade war trotz allem nicht der Wannsee. Wahrscheinlich nur ein blöder Zufall.

Leise summend zerrte Vivian den Rollenkoffer die Stufen zur Haustür hoch. Sie fischte den Schlüssel aus der Manteltasche und schloss die Tür auf. Im Treppenhaus duftete es verführerisch nach frisch gebackenem Brot. Aus der Parterrewohnung schimmerte Licht durch die gesprungene Milchglasscheibe. Vivian streifte die feuchten Pumps ab und tapste die Holztreppe hinauf. Sachte knarrten die Stufen unter ihren Schritten. Vor Wiedersehensfreude hämmerte ihr Herz, doch sie entspannte sich, als aus der Wohnung Jazz drang. Morten würde sie nicht hören. Sie konnte so viel Lärm machen, wie sie wollte, und würde ihn trotzdem überraschen.

Mit dem Fuß stieß sie die Wohnungstür hinter sich zu. Der Flur lag in gedämpftem Licht. Sie ließ den Koffer stehen, legte den Hausschlüssel unter den Spiegel neben der Garderobe. Als sie die Küchentür öffnete, um die Einkäufe in den Kühlschrank zu legen, blieb sie einen Augenblick stehen. Auf dem Herd köchelte etwas Aromatisches. Sie schnupperte und sofort grummelte ihr Magen. Basilikum und Tomaten. Sie hob den Deckel von der Kasserolle und lächelte zufrieden. Minestrone. Ihre Lieblingssuppe. Der Tisch war gedeckt. Zwei Teller und Weingläser.

Ihre Hände wurden nass. Gegen ihre Rippen hämmerte ihr Herz. Sie schlich ins Wohnzimmer. Der Schein der Straßenlampe fiel durch die vom Wind bewegten Äste der Magnolie im Vorgarten und warf tanzende Schatten auf den Boden. Immer noch wummerte die Musik, wurde mit jedem Schritt lauter. Ihr Fuß verfing sich in etwas Weichem, sie stolperte, bückte sich und hielt einen Kaschmirschal in der Hand. Eiskalt rannte es Vivians Rücken herunter. Sie stieß die Tür zum Schlafzimmer auf. Dort war es taghell, gleißendes Licht enthüllte die Wahrheit. Ihr Mund dörrte aus wie ein Flussbett in der Trockenzeit.

Der Futon war zerwühlt. Ein Hemd lag auf dem Boden, dicht daneben eine Hose und ein Seidentanga. Dieser Mistkerl!

Entschlossen riss sie die Badezimmertür auf. Ein Lichtermeer von Kerzen warf einen Schimmer über schwarze Haare. Vivian erstarrte; doch dann sprang die Wut sie an wie ein wildes Tier, und genau in diesem Moment tauchte Morten aus dem Schaum auf, voller Leidenschaft sah er Katarina an. Katarina Dombrowski drehte sich um und starrte Vivian an.

MORTEN

DIE WELT HIELT STILL. Morten glaubte zu träumen. Nur dass sich sein Leben gerade zu einem Alptraum entwickelte. Vivian war durch die Badezimmertür gestürmt, starrte ihn an, als er aus dem Schaum auftauchte, und ihre Augen funkelten verdächtig.

Scheiße, was passierte hier? Sie sollte doch erst morgen kommen? Warum war sie hier? Tausend Bilder schossen durch seinen Kopf; die Erregung, die noch vor wenigen Minuten durch seinen Körper pulsiert war, löste sich auf. Wie ein Ballon, der platzte. Das hier musste er ihr erklären. Aber was sollte er ihr bloß sagen? Wahrscheinlich gab es dafür keine richtigen Worte.

„Mistkerl!", zischte sie, wirbelte herum zur Tür.

„Warte", schrie er. „Es ist nicht, wie du denkst!"

Vivian rannte aus dem Badezimmer, pfefferte die Tür ins Schloss, sodass die Scheiben klirrten. So ein verdammter Mist aber auch. Katarina hätte niemals hierherkommen dürfen. Zumindest nicht in diesem Aufzug. Ohne einen Fitzel Kleidung am Körper. Plötzlich kam ihm sein Leben wie eine billige Hollywoodsoap vor. Und sein Sprechereinsatz war nicht einen Deut besser. *Es ist nicht so, wie du denkst. Herrgott, fiel ihm wirklich nichts Besseres ein?*

„Da bin ich aber gespannt, was du ihr sagen willst …" Katarina grinste und nahm das Glas mit dem goldenen Riesling, der neben dem Wannenrand stand, in die Hand.

Die Haustür schepperte. Er sprang auf, Wasser schwappte in einer Kaskade über den Wannenrand. „Fuck, sie ist weg."

Katarina schwieg, nippte an ihrem Wein und beobachtete ihn. Ihren Fuß legte sie auf den Wannenrand. Sie hatte ja auch keine Sorgen, konnte sich durch alle Betten vögeln, wenn sie wollte, dachte er wütend. Auf Katarina wartete keine angeschissene Partnerin. Er griff nach dem Handtuch und schlang es sich um die Hüfte.

„Ich muss sie noch erwischen", schrie er und sprang nach vorn, rutschte und ruderte mit den Armen. Mist, das Wasser verwandelte die Fliesen in eine Gleitbahn. Fast wäre er gestürzt.

Er hechtete aus dem Badezimmer. Wie hatte das nur schief gehen können? Vivian würde ihn lynchen, da war er sich sicher. Warum zum Teufel hatte er Katarina mit in seine Wohnung genommen? In Vivians Wohnung, wohlgemerkt. Verdammt, er war ein Idiot.

VIVIAN

DER SCHLÜSSEL KRATZTE ÜBER DEN LACK. Vivian spurtete um den Porsche. Schmerz pochte hinter ihren Schläfen. Rot wie Hass. Rot wie Blut. Rot wie Leidenschaft. Tränen verschleierten ihren Blick, als sie die Spitze wieder und wieder in die Lackierung bohrte und über die glatte Fläche zog. Es gab Grenzen im Leben, die anständige Menschen einfach nicht überschritten. Verdammt noch mal! Männer sind wie Tiere! Dachten sie auch einmal an etwas anderes als an Sex?

Vivian hastete zu ihrem Auto und schloss mit fahrigen Händen die Tür auf. Sie warf den Rollenkoffer und ihre Handtasche auf den Rücksitz und sank in das Polster. Mit dem Handrücken wischte sie sich die Nase und schob sich die Brille ins Haar. Tränen verschleierten ihren Blick. Als sie den Schlüssel ins Zündschloss stecken wollte, zitterten ihre Finger so sehr, dass sie ihn nicht in die Öffnung bekam. Wie wild stocherte sie neben dem Lenkrad herum.

Ehrlich! Was sollte der Scheiß?

Sie versuchte es wieder, aber diesmal landete der Autoschlüssel auf dem Boden. Ein Auto fuhr vorbei, der Lichtstrahl gab ihr Orientierung. Sie fummelte mit der freien Hand neben ihren Schuhen und tastete mit den Fingerspitzen die raue Oberfläche der Fußmatte ab. Aus den Augenwinkeln bemerkte sie, wie die Haustür sich öffnete, und eine Lichtbahn in die Dunkelheit fiel.

Morten! Wagte er es wirklich, ihr hinterherzurennen? Ihr alles zu erklären? Was wollte er ihr bitte schön erklären? Er hatte sie doch mit nackten Tatsachen konfrontiert. Zu sagen gab es da nichts mehr. Wie konnte er ihr jetzt unter die Augen treten? Sie sah, dass er das Handtuch um seine Lenden raffte und die Stufen hinuntersprang. Der hatte Nerven! Halbnackt durch die Kälte zu rennen. Hoffentlich fror er sich sein kostbarstes Stück ab!

Da, endlich fand sie den Schlüssel. Sie presste die Finger so hart um den Bund, dass sich die Spitze eines anderen Schlüssels in ihre Handfläche bohrte. Wieder linste sie über das Lenkrad hinüber zum Vorgarten, wo Morten sich das Badetuch fester verknotete, und behielt ihn im Blick. Sie ertastete mit dem linken Daumen die Öffnung des Schlüssellochs. Endlich glitt der Schlüssel ins Schloss. Sie drehte ihn um, der Motor schnurrte und kurz darauf schoss sie rückwärts aus der Parklücke. Morten stürmte auf sie zu und winkte heftig. Sie riss das Lenkrad herum, wich ihm aus, aber er rannte weiter bis auf die Straße.

Vivian legte den ersten Gang ein. Morten stand mitten auf der Fahrbahn. Diese Schweinebacke! Sie hupte, doch er wich keinen Schritt zurück. Glaubte er im Ernst, dass sie Bock hatte, sich sein testosterongesteuertes Gewäsch anzuhören? Oder irgendwelche hirntoten Ausreden? Was sie gesehen hatte, war mehr als genug. Dieser Mistkerl … Sie würde ihm zeigen, was sie wollte: Weg, einfach nur weg von ihm. Und ihm am liebsten jeden einzelnen Knochen brechen. Wenn er sich nicht bald von der Straße bewegen würde, würde sie genau das tun.

Mit der geballten Faust hämmerte sie auf die Hupe und gab Gas. Der Peugeot hüpfte, und der Motor sackte ab, als ob ihm die Stimme versagte. Mist. Mist. Mist. Sie hatte den Wagen abgewürgt. Noch einmal drehte sie den Zündschlüssel, das Auto schnurrte wie eine zufriedene Katze. Als sie aus dem Fenster schaute, schüttelte Morten belustigt den Kopf.

Wut loderte in ihr auf. Dieser Affe, was erlaubte er sich? Es reichte! Sie würde jetzt fahren, egal, ob er dort Wurzeln schlug oder nicht. Sollte er doch um sein Leben rennen, wenn sie kam. Vivian trat die Kupplung, hupte und drückte das Gaspedal durch. Der Wagen schoss nach vorn. Morten sprang mit einem Satz auf den Bürgersteig, strauchelte rücklings und ruderte hilflos mit den Armen, während sie an ihm vorbeischoss. Ohne ihn auch nur eines Blickes zu würdigen, raste sie über das holprige Kopfsteinpflaster. Die Brille rutschte über ihre Stirn auf die Nase.

Wie ging es jetzt weiter? Auf jeden Fall ohne ihn. Mit Morten hatte sie abgeschlossen. In der Eile hatte sie nur Handtasche und Koffer mitgenommen. Sie musste abhauen. Weg von Berlin. Auch wenn die Wohnung ihr gehörte und sie ihn hätte rausschmeißen sollen. Das würde sie später machen. Jetzt musste sie weg von Morten. Wenn sie doch nur diesen Tag wie eine unliebsame Datei im Textverarbeitungsprogramm löschen könnte. Markieren und löschen. 28. Oktober. Delete.

MORTEN

MORTEN STÜTZTE SICH AUF DEN ELLBOGEN und stöhnte. Die Rücklichter des Peugeots wurden winziger, bis die Dunkelheit sie gänzlich verschluckte. Vivian war weg! Beinahe hätte sie ihn wie eine wilde Furie über den Haufen gefahren. Sein Lid zuckte nervös.

Ein Hund kläffte. Schritte näherten sich und ein quirliger Mops, ein Fußvorleger mit eingedrückter Nase, tauchte vor ihm auf, spreizte die Pfoten und bellte ihm ins Gesicht. Fauliger Hundeatem. Morten runzelte die Nase angewidert und wich zurück. Ein paar robuste Schnürschuhe traten in sein Sichtfeld. Mortens Augen wanderten über die dazugehörenden Storchenbeine, bis er ins Gesicht einer rüstigen Alten sah. Ihre Haut war runzelig wie eine verschrumpelte Rosine. Die zusammengekniffenen Augen sprühten Funken.

„Ham' Se eejentlich ja keene Scham im Leibe, Mensch? Nackig uff de Straße?" Der runde Teppichvorleger zerrte aufgebracht an der Leine. „Sind' Se etwa eener von diesen miesen Kinderschändern?"

„Was?" Morten funkelte die Alte entgeistert an. Was war das denn für eine Schrulle? „Sind Sie noch bei Trost?"

Sie zeigte mit dem Spazierstock auf ihn. Er folgte der Spitze des Stocks mit den Augen. Das Handtuch hatte sich im Sturz geöffnet und enthüllte seine Scham. Er wollte sich aufrappeln, aber als er sein Gewicht verlagerte, schoss ein stechender Schmerz durch seinen Fuß.

„Fucking bullshit! Jetzt habe ich mir auch noch den Fuß verstaucht."

„Nee, det is ja wohl nich' wahr, wat?" Ihr Mops knurrte und zerrte weiter an der Leine.

„Kümmern Sie sich gefälligst um Ihren Köter, und lassen Sie mich in Frieden, verstanden?"

Morten hievte sich hoch, er schlotterte vor Kälte. Zitternd humpelte er durch das Gartentor und weiter bis zur Treppe. Regentropfen, kalt wie Eis, attackierten ihn. Um seinen Fuß nicht zu belasten, zog er sein Bein hinter sich her. Langsam stieg er die Stufen hoch. Erst setzte er den rechten Fuß auf den Absatz und platzierte dann den linken daneben. Krachend fiel die Haustür hinter ihm zu. Der Geruch frisch gebackenen Brotes. Dort war die heile Welt noch vorhanden, dachte er grimmig, als er die Tür der Parterrewohnung passierte. Bibbernd schlang er die Arme um sich. So eine Rutschfahrt der Gefühle, aus dem warmen wohligen Wasser in diese kalte Welt. Er atmete tief ein und hangelte sich mehr oder weniger elegant hinauf in den ersten Stock.

Er war die größte Flasche Berlins! Warum zum Teufel hatte er Katarina mit in die Wohnung genommen? In Vivians Wohnung? Sie hätten sich überall treffen können. Jetzt war es geschehen, nur weil er sich zu sicher gefühlt hatte.

Oben angekommen, stieß er die Luft aus und schloss die Wohnungstür hinter sich zu. Er angelte eine Fleecejacke, die er zum Joggen trug, und zog sie über. Bei jedem Schritt schoss ein stechender Schmerz durch seine Fessel. Shit, nächste Woche war die Eröffnung und bis dahin musste er wieder in Form sein.

„Du hast sie nicht zu fassen gekriegt, *mon ami?*", rief Katarina. Sie hatte die Musik abgestellt.

„Sie ist abgehauen. Einfach weg." Er humpelte ins Wohnzimmer und blickte aus dem Fenster. Von hinten trat Katarina zu ihm. Er spürte ihren warmen Atem durch die Jacke auf seinem Rücken. Alleine ihre Nähe sorgte dafür, dass er an nichts anderes denken konnte, als sie wieder zu schmecken. Katarina war offen für alle Sexspiele, die er sich wünschte. Sie waren ein gutes Team. Im Bett. „Wir hätten nicht hierherkommen dürfen, Katarina."

„*Lentement*, sachte, sie beruhigt sich wieder. Es geht doch nur um Sex, guten Sex und nicht mehr." Ihre Fingerkuppen massierten seine verspannten Schultern.

„Nein", knurrte er. „Das hier verzeiht sie mir niemals."

„Wenn du ein gefeierter Maler bist, wird sie heute Abend schnell ad acta legen. Flunker ihr was vor. Sag ihr, dass du zu viel gebechert hast. Kriech auf deinen Knien zu ihr, und sei ein zerknirschter Casanova, dann kriegt sie sich wieder ein." Sie trat zu ihm, ihre Finger schlüpften unter die Jacke und strichen über seinen Rücken. Morten stöhnte gegen seinen Willen lustvoll.

„Vivian nicht. Sie hat mich schon geliebt, als ich ein Niemand war, Katarina, und sie wird mich ganz sicher nicht lieben, nur weil ich für andere ein Jemand bin."

Katarina zog ihm die Jacke von den Schultern und tupfte sanfte Küsse auf seinen Rücken, strich mit der Zunge über seine Wirbelsäule. Die Arme hatte sie um seinen Brustkorb geschlungen, und ihre Finger wanderten abwärts.

„Lass mich. Ich muss das wieder in Ordnung bringen." Er schloss die Augen, biss sich auf die Lippen und umklammerte ihre Hände.

„*Bien sûr*, natürlich wirst du das in Ordnung bringen. Sie wird dir verzeihen. Und weißt du, warum?"

Er schüttelte den Kopf, hatte keine Lust, die Sache länger zu diskutieren.

„*La petite* braucht dich. Liebe macht schwach."

„Da bin ich mir nicht mehr so sicher", murmelte er. „Früher vielleicht, ja, da hat sie mich gebraucht. Aber jetzt …" Er pflückte Katarinas besitzergreifende Hände, die ihm jeden klaren Gedanken aus dem Kopf zogen, von seinem Bauch und drehte sich zu ihr um. Katarina stand nackt vor ihm, und obwohl sie schon auf die fünfzig zuging, sah sie noch immer blendend aus. Sie war genauso herrschsüchtig wie die russische Zarin, nach der ihr Vater sie benannt hatte, aber das leugnete sie lieber. Katarina pochte auf ihre französischen Wurzeln. Mütterlicherseits. Da hatte es einige Hugenotten gegeben, die in Preußen unter dem Alten Fritz Asyl gefunden hatten. Trotzdem war Katarina frankophil bis in die Fingerspitzen.

Er schloss die Augen. Bei diesem Anblick konnte er sich nicht konzentrieren. Seine Gedanken stoben auf wie Spatzen, die auf einen Baum fliegen wollten. Verzweifelt massierte er sich die Schläfen. „Ich muss Vivian erreichen."

„Dann rufe sie an."

„Das werde ich auch machen."

Er humpelte zum Sofa, hob Kissen hoch und warf den schwarzen Kaschmirschal auf den Stuhl. „Wo ist mein Smartphone? Hast du es gesehen?"

„Beim Eingang." Katarina nahm Streichhölzer vom Tisch und zündete sich eine Gauloise an.

Morten hinkte auf den Flur, entdeckte das Smartphone auf dem Tisch bei der Garderobe und schnappte es sich. Er drückte Vivians gespeicherte Nummer und schlich zurück ins Wohnzimmer. Ungeduldig trommelte er mit den Fingern auf den Tisch.

„Scheiße, sie nimmt nicht ab … " Er schleuderte das Gerät aufs Sofa.

Katarina schnippte die Asche in einen Blumentopf und stemmte die andere Hand auf die Hüfte. Ihre Brustwarzen schimmerten rosig. „Lass sie drüber schlafen. Morgen sieht die Welt wieder ganz anders aus."

„Warum ist sie überhaupt hier aufgetaucht? Sie sollte gar nicht hier sein, sondern in Oslo", sagte er, ohne eine

Antwort zu erwarten. Die Antwort kannte niemand hier im Raum, nur Vivian, aber die war fort.

Die Zigarette glomm auf. Katarina blies den Rauch aus. Im Schein der Straßenlampe wirkte ihr Körper noch trainierter. Wärme schoss in seine Lenden. O nein, nicht jetzt. Er war ihr hilflos ausgeliefert. Katarina begehrte er so sehr, wie er schon lange keine Frau mehr begehrt hatte.

„Sie hat dich offensichtlich mehr vermisst, als du sie, *mon ami*. Aber verlieren will sie dich nicht. Ich weiß, wie wir Frauen ticken. Und wenn alles gutgeht, können wir uns immer noch sehen."

Er sog die Luft tief ein. „Du verstehst gar nichts, Katarina." Mortens Auge zuckte nervös. „Vivian ist nicht wie du."

„*O, là, là,* und deswegen kannst du die Finger nicht von mir lassen." Sie lächelte martialisch. Sofort wurde er steif.

„Ich mein ja nur …" Er schluckte, als Katarina die Zigarette wieder in den Mund steckte und saugte. Nur ein Gedanke schoss ihm durch den Kopf. Wenn sie ihre weichen Lippen um seinen Penis schließen und ihn verwöhnen würde. Ihre Brust hob sich. Er leckte sich über die Lippen, schüttelte den Kopf, um wieder klar zu denken. „Vivian ist keine Frau für Dreiecksbeziehungen. Sie hat Prinzipien."

„Prinzipien? Wie öde. Kein Wunder, dass du bei mir gelandet bist." Katarina warf den Kopf in den Nacken und blies Rauch aus. „Ich rede von einer offenen Beziehung."

„Für Vivian ist das aber Untreue."

Katarina legte die Zigarette in den Aschenbecher,

schlenderte auf ihn zu. Sie stand so nah vor ihm, dass er ihre harten Nippel sehen konnte. Die alabasterweiße Haut leuchtete. Er liebkoste das Muttermal auf ihrer rechten Wange. Sie hielt seinem Blick stand, lächelte lasziv, ging vor ihm auf die Knie und warf das Badetuch, das er sich um die Hüften geschlungen hatte, auf das Parkett. „Lass uns die verbleibende Zeit nutzen."

2

Kattegat, Dänemark, 29. Oktober

VIVIAN

DAS TELEFON KLINGELTE UND RISS VIVIAN AUS DEM Schlaf. Sie blinzelte. Durch die Dachschräge über ihrem Bett fiel Licht. Wo war sie? Ihr Blick glitt durch das Zimmer über die weiß gemalte Holzverkleidung, den gemütlichen Schaukelstuhl unter der Dachschräge. Sofort holte die Erinnerung sie ein und mit ihr kam der Schmerz. Unbändige Wut. Morten und Katarina.

Sie stöhnte. Wieder klingelte das Telefon, schrill und unbarmherzig. Schlaftrunken wühlte sie sich aus den Kissenbergen. Am frühen Morgen war sie im Dünenhaus angekommen. Kein Wunder, dass sie sich gerädert fühlte. Zuletzt hatte sie kaum mehr die Augen offen halten können. Trotzdem war sie immer weiter in den Norden gefahren, getrieben von Wut und Enttäuschung wollte sie nur eins: weg aus Berlin. Fort von Morten und dieser frankophilen Kuh. Sie brauchte definitiv Abstand, und da war ihr in ihrer Panik nur ein Ort eingefallen.

Das Dünenhaus, die Oase ihrer Kindheit.

Dort, am dänischen Kattegat, hatte sie fast jedes Wochenende mit ihren Eltern im Haus unter dem Reetdach verbracht. Als sie sich im Bett aufrichtete und die in hellen Tönen eingerichtete Mansarde betrachtete, wusste sie, dass es richtig gewesen war, hierher zu fahren. Gestern, sobald die Scheinwerfer das Reethaus in gelbes Licht tauchten, hatte sie sich sofort geborgen gefühlt. Sie war wieder daheim. Noch einmal schrillte das Telefon. Sie angelte das Smartphone vom Nachttisch.

„Bist du gut angekommen?"

Vivian richtete sich auf und schob sich ein Kissen hinter den Rücken. Monas dunkle Stimme, warm wie ein Bass, bedeutete auch Heimat und hüllte Vivian wie in eine kuschelige Decke. Sie schloss die Augen, versuchte, den Kloß in ihrem Hals herunterzuschlucken. Aber der gedieh wie ein Hefeteig und blähte sich auf, bis er ihr fast die Luft raubte.

„Mona!", krächzte sie und räusperte sich. „Ja, das bin ich. Danke, dass du die Heizung angemacht hast."

„Schon gut. Wie lange bleibst du? Ich hoffe, wir haben ein paar Tage miteinander."

„Ich weiß es noch nicht." Vivian war übel, und sie fühlte sich leer. Sie strich mit den Händen über die Bettdecke. Mein Gott, würde es nun immer so sein? Wie konnten alle ihre Träume einfach ausgelöscht werden? Sie kniff die Augen zusammen, um die Tränen wegzudrücken.

„Bist du noch dran?"

„Entschuldige, ich bin noch nicht richtig wach."

„Was ist los, Prinzessin?" Mona klang alarmiert. „Warum bist du hier? Ist alles mit dir in Ordnung?"

„Ich brauche eine Auszeit." Tränen der Wut brannten hinter ihren Augen.

„Warum das denn? Bist du krank? Bei deinem Job würde mich das nicht überraschen."

„Nein, nein ...", stammelte sie. „Das ist es nicht ... Ich ..."

„Mhm", brummte Mona und schwieg. Das war äußerst selten. Meistens konnte sie die Unterhaltung allein bestreiten. „Weißt du was? Ich hole Brötchen. Dann reden wir beim Frühstück. Du solltest jetzt nicht allein sein."

Ehe Vivian protestieren konnte, brach die Verbindung ab. Vivian taumelte barfuß ins Bad. Sie krümmte die Zehen, so sehr fröstelte es sie auf den eisigen Fliesen, und ein Schauder zuckte durch ihren Körper. Sie sah in den Spiegel und seufzte resigniert. Blasse Haut, übersät mit Myriaden von Sommersprossen, zerbissene Lippen und eine steile Falte zwischen den Augenbrauen. „Katzenaugen", so hatte Morten ihre schrägen Augen, lindgrün mit einem goldenen Ring um die Iris, genannt. Wann hatte er das zum letzten Mal getan? Sie erinnerte sich nicht mehr. Aus dem Spiegel starrte sie eine Fremde an, mit glanzlosen Augen wie marmorierte Kieselsteine. Galle brannte in ihrem Hals. Sie stürzte zur Toilette und entleerte den Magen.

Nachdem sie den Mund ausgespült hatte, kletterte sie in die Wanne und duschte. Dampfschwaden waberten um sie herum. Der Spiegel beschlug. Vivian setzte sich auf den Wannenboden und ließ das Wasser auf sich prasseln. Die Bilder des gestrigen Tages wegschwemmen, das wollte sie. Weinend zog sie die Knie an die Brust und barg das Gesicht in den Händen.

MORTEN

„Ich muss los, mon ami." Katarina leerte die Kaffeetasse und schlüpfte in ihre Lederjacke.

„Jetzt schon?"

„Ja, jetzt schon." Sie lachte und zog den Reißverschluss

ihrer Lederjacke hoch. „Jemand muss sich um das Brutto-inlandsprodukt kümmern."

„Und ich dachte, du kümmerst dich als Galeriebesitze-rin um Kunst", versuchte er zu scherzen, aber es gelang ihm nicht. Er hatte Vivian immer noch nicht erreicht, und das machte ihn wahnsinnig. Wahrscheinlich würde er heute nicht besonders produktiv sein.

„Das eine schließt das andere wohl kaum aus."

„Können wir das heute nicht gemeinsam machen?" Er schlang die Arme um sie und saugte den Duft ihres Parfüms ein, eine Sommermischung voller zarter Blüten. Wahrscheinlich Chanel oder Dior.

„Morten", sie löste sich aus seiner Umarmung. „Noch müssen die letzten Dinge mit deiner Ausstellung geklärt werden und dann habe ich einige Termine. Und du hast auch genug zu tun. Bring die Sache mit Vivian in Ord-nung. Das bist du ihr und dir selbst schuldig. Danach kümmerst du dich um deinen Job. Und erst danach um mich."

„So ist die Reihenfolge?"

„Ja, so ist die Reihenfolge und nicht anders."

„Na klar, das hatte ich sowieso vor." Er hob die Arme über den Kopf und streckte sich. „Ich rufe Vivian an. Wenn sie überhaupt mit mir sprechen will." Auch ohne sie zu fragen, wusste er, dass er ihre Beziehung kaum mehr retten konnte. Jetzt blieb ihm nur Katarina, aber sie war keine Frau, die eine Bindung einging. Aber vielleicht konnte er seine Karten trotzdem geschickt platzieren. Ka-tarina stand auf Männer jüngeren Datums. Er war nicht der Typ, um allein zu leben. Das war das einzig Wahre, was er jemals in der Bibel gelesen hatte. Der Mensch war dazu geschaffen, mit einem Partner sein Leben zu teilen.

„Mach das. Es geht dir doch auch um Geld und nicht nur um Liebe, oder?"

„Also wirklich, Katarina", protestierte er. „Vivian hat unglaublich viel Geld geerbt. Alles das hier gehört ihr …" Er breitete die Arme aus und drehte sich rum. „Aber darum geht es nicht primär. Es geht um unsere Beziehung." Die ich gerade in den Sand manövriert habe, grübelte er erbost über so viel Dummheit. Er war sonst immer so vorsichtig. Warum zum Teufel war ihm das passiert?

„Ich will dir mal was sagen." Katarina zupfte einige Strähnen zurecht. „Falls du Ärger bekommst und hier raus musst, wohnst du vorübergehend bei mir."

Wow, das war mehr, als er zu träumen gewagt hatte, und doch zu wenig. „Vorübergehend?"

Sie klang gereizt. „Natürlich vorübergehend. Oder hast du etwas anderes erwartet?"

„Ja, wenn ich ehrlich bin."

„*O mon Dieu*", stöhnte Katarina theatralisch. „Vorübergehend. So war das immer abgemacht. Ich mache das auch nur, weil ich schon als Kind ein Herz für herrenlose Katzen hatte."

„Katarina …", protestierte Morten. „Ich weiß, was wir abgemacht haben. Nur Sex, keine Verpflichtungen. Trotzdem frage ich dich: Warum nur vorübergehend? Wir sind doch füreinander geschaffen! Oder habe ich mich heute Nacht getäuscht?"

Sie angelte ihre Tasche vom Boden und lächelte lasziv. „Wir passen gut zusammen, ja, und das war auch unsere Absprache. Sex ohne Verpflichtung. Wir haben Spaß miteinander, und deshalb brauchen wir nicht wie Kletten aneinanderzuhängen. So ein Arrangement ist viel zu klebrig. Das ist nichts für mich. Ich brauche meine Freiheit, meine Unabhängigkeit." Sie fingerte in der Brusttasche ihrer Jacke und nahm eine Schachtel Zigaretten heraus. Dann zündete sie sich eine Gauloise an. Sofort sprangen seine Gedanken wieder zwölf Stunden zurück, als sie ihn mit ihren Lippen verwöhnt hatte.

„Ich dachte ..." Er humpelte einen Schritt auf sie zu, doch als er die Arme nach ihr ausstreckte, schüttelte sie den Kopf. „Katarina, ich muss dir was gestehen. Ich habe mich trotzdem in dich verliebt. Das ist einfach passiert. Man kann seine Gefühle nicht dirigieren."

Sie spitzte die Lippen und stieß eine Rauchwolke aus. „*Fini*, genug für heute, Morten, ich bin froh, wenn ich heil die Treppe runterkomme, so wund bin ich von letzter Nacht. Aber Liebe ist das nicht, sondern Leidenschaft. Und davon hast du mehr als genug. Nur Liebe, die hast du nicht. Warum sollte die plötzlich nach letzter Nacht in dein Leben getreten sein?"

„Nicht erst letzte Nacht", protestierte er empört. „Ich fühle das schon länger."

Katarina schüttelte den Kopf, inhalierte tief und nahm den letzten Zug. Dann drückte sie die Zigarette aus. „Morten, bitte langweile mich nicht. Wenn ich mir so was anhöre, habe ich das Gefühl, einen seichten Roman zu inhalieren."

Und du spielst die Nebenrolle in dieser Schnulze, dachte er erbost, auch wenn du Schmachtromane und romantische Filme, wie Vivian sie liebt, verachtest. Er rang sich ein Lächeln ab, fürchtete aber, das es verrutschte. „Sehen wir uns heute Abend?"

„Das kann ich jetzt noch nicht sagen", erwiderte sie. „Ruf mich später an. Ich weiß nicht, was mich im Büro erwartet."

„Aber ich kann nicht ohne dich sein. Nicht nach dieser Nacht."

Sie kramte ihren Schlüssel aus der Tasche. „Male, *mon ami*, tob dich auf der Leinwand aus. Verewige deine Gefühle in Farben. Nach der Ausstellung wirst du genug Anfragen bekommen, und dann brauchst du Bilder. Umso mehr du jetzt davon produzierst, umso besser. Also bereite dich schon auf die Nachfrage vor. Schmerz und Sehnsucht – die großen Gefühle – sind bekanntlich die besten Musen."

Morten nahm ihre freie Hand. Er musste dafür sorgen, dass sie sich die Abende ohne ihn nicht mehr vorstellen konnte. Noch besser: das Leben überhaupt. „Ich werde jede Minute malen. Aber wir sehen uns? Ja? Heute Abend."

„Natürlich sehen wir uns", sagte sie. „Hast du etwa vergessen, dass wir zusammenarbeiten?"

„Mehr nicht? Katarina, ich werde nicht schlau aus dir. Was ist mit uns?" Er spürte selbst, dass er sich kläglich anhörte. Aber er wollte nicht nur ihre jugendliche Eroberung sein, mit der sie vor ihren Freundinnen glänzen konnte, oder ihr Betthase. Plötzlich war er sich nicht mehr so sicher, ob er den angestrebten Platz in ihrem Leben bekommen konnte. Vivian hatte er verloren, da gab es keinen Zweifel. Katarina wollte ihn wahrscheinlich nicht auf Dauer.

„Was mit uns ist? Was ich will?" Katarina schüttelte den Kopf und signalisierte ihm deutlich, was sie von so viel Dummheit hielt. „Ganz einfach, Morten. Ich will Bilder verkaufen, Spaß haben, das süße Leben genießen. Und du? Was willst du? Eine Geliebte? Eine Mutter? Eine Frau, die dich versorgt? Die brauchst du nicht mehr.

Nach der Ausstellung kannst du ohne Vivians Geld leben. Trotzdem glaube ich, dass sie dich mit Kusshand zurücknimmt, wenn du ihr die richtige Geschichte erzählst. Ich will auf keinen Fall eine Beziehung."

„Ich will auch Bilder verkaufen, und … noch so viel mehr." In einem verzweifelten Versuch, den Abgrund zwischen ihnen zu überwinden, umarmte er sie wieder, doch sie wies ihn sichtlich verärgert zurück.

„Ich habe Nein gesagt, du Testosteronbündel. Bin ich nicht deutlich genug?"

Ja, du bist deutlich genug, so deutlich, dass es schmerzt. Ein Gefühl, das er nicht kannte. Abgewählt. Verlassen. Ob Vivian ähnlich gefühlt hatte?

„Bis dann." Sie wandte sich zum Flur, ohne ihn eines Blickes zu würdigen oder noch einmal zu küssen. Er hatte es gründlich vermasselt. Was würde dieser Tag noch bringen, wenn er so früh am Morgen schon die erste Katastrophe servierte?

„Gut, dann bring ich dich jetzt runter."

Morten schlüpfte in die Lederschuhe, die er in Berlin Mitte für ein kleines Vermögen erstanden hatte, und riss beim Herausgehen seinen Kaschmirmantel vom Haken. Katarina war schon auf der Treppe. Er hatte Angst, alles falsch gemacht zu haben. Mit einem lauten Knall schnappte die Haustür hinter ihm ins Schloss. Nur mit Mühe konnte er Katarina folgen. Sein Fuß pochte noch immer. Er versuchte, ihn nicht zu belasten, aber das war schwer, wenn er mit ihr mithalten wollte. Draußen atmete er tief ein. Die Luft war klar, schwanger mit dem Geruch feuchter Erde und modriger Blätter. Sein Atem kondensierte. Er knöpfte den Mantel zu und folgte dem Kies bis zur Gartentür.

„Was ist das denn?" Fassungslos sank Katarina in die Hocke und strich mit dem Daumen über die Kratzspuren auf dem Porsche. Neben der Fahrertür waren tiefe Kerben.

„Vandalismus, da hatte jemand Wut im Bauch."

„Das wird Vivian büßen." Katarina richtete sich auf, massierte ihr Muttermal.

Morten fuhr mit dem Finger über die rissige Oberfläche. Schade um den Wagen. „Dazu wäre sie niemals fähig."

Katarinas dunkle Augen blitzten vor Wut. „O doch, *la petite* ist doch nicht so ohne, wie du glaubst. Warum ist das wohl ausgerechnet heute Nacht passiert?"

„Dies hier ist nicht Zehlendorf, Katarina. Hier zerstören Jugendliche immer wieder mal ein Auto."

Katarina riss die Fahrertür auf und glitt ins Polster. „*Non,* gestern hat Vivians Lack zu viele Schrammen abbekommen." Sie steckte den Schlüssel in die Zündung. „Wenn Vivian hiermit etwas zu tun hat, dann wird sie sich wünschen, dass sie mich niemals getroffen hätte."

Das dachte Vivian sicher jetzt schon, überlegte Morten und warf die Tür hinter Katarina zu.

MONA

Eine Windböe trieb Mona über den Hof wie der Hirte sein Schaf. Ihr Rock blähte sich auf, und die violetten Haare fielen ihr in die Augen. Mit aller Kraft stemmte sie sich gegen die Stalltür und schlüpfte über die Schwelle. Warmer Pferdedunst vermischt mit dem Duft frischen Heus. Der Geruch von Heimat. Einer Heimat, die sie sich zusammen mit Anders geschaffen hatte, ihr gemeinsamer wahrgewordener Traum.

Glücklich strich sie mit der Hand über die kaum wahrnehmbare Wölbung ihres Bauches. Vielleicht konnte Vivian ihnen zur Hand gehen, sofern sie diesmal länger blieb. Zumindest bis sie eine feste Aushilfe gefunden hatten.

Mona entdeckte Anders am Ende der dämmerigen Stallgasse. Er stand mit dem Rücken zu ihr und wuchtete einen Heuballen über die Schulter, den er zu einer der Boxen schleppte. Er angelte ein Klappmesser aus seiner Hosentasche, schnitt die Schnüre auf und verteilte das Heu auf dem Boden. Mona hastete den Gang entlang. Pferde schnaubten und stampften mit den Hufen. Er hob den Kopf und bemerkte sie.

„Da kommt ja meine Zigeunerin." Anders stellte die Mistgabel an die Wand, trat auf Mona zu. Ihr Herz flatterte. Er schlang seine Arme um ihre Hüften und zog sie so nah an sich, dass sie seinen Atem auf den Lippen spürte. Als sie die Handflächen auf seine Brust legte, ertastete sie den Schlag seines Herzens. Anders neigte den Kopf und küsste sie. „Du …", murmelte er und liebkoste mit der Zungenspitze ihre Lippen. „Wie geht es heute meinem Baby?"

„Ausgezeichnet." Sie legte seine Hand auf ihren Bauch. „Manchmal kitzelt es mich; so als wenn ein leichter Schmetterlingsflügel mich streift."

Seine Augen strahlten, als hätten sie das Glück der Welt eingefangen. „Und wie geht es seiner hübschen Mutter?"

„Noch besser als gestern."

„Wunderbar."

„Baby und ich, wir machen einen Ausflug ins Dünenhaus."

„Hat Vivian schon angerufen? Sie kann doch unmöglich schon wach sein, so spät wie sie angekommen ist."

„Nein, ich habe sie angerufen." Mona lachte. „Ich konnte mich nicht länger gedulden. Ich muss wissen, warum sie Hals über Kopf hierherkommt."

„Und?"

„Was und?"

„Na, bist du schlauer geworden?"

„Nö, nicht richtig. Sie war noch ganz groggy und verschlafen. Deshalb fahr ich jetzt raus zu ihr." Mona zuckte mit den Achseln. „Stell dir das mal vor: Vivian ist hier, ohne Morten. Allein das grenzt schon an ein Weltwunder. Da muss wirklich was passiert sein. Ich hoffe nur, dass sie nicht krank ist."

„Hat sie was gesagt?" Anders musterte sie fragend.

„Nein, sie sagt sogar, dass es das nicht ist."

„Ich tippe auf Probleme mit Morten." Anders verlagerte sein Gewicht.

„Es liegt nahe, aber wir sollten ihn nicht verurteilen, bevor Vivian etwas gesagt hat. Vielleicht hat sie einfach einen Burn-out oder will Urlaub machen. Oder sie hat Sehnsucht nach mir?"

„Ja, das könnte natürlich sein, meine Süße. Ich möchte deinem Selbstwertgefühl ja keinen Kratzer zufügen, aber da muss was mit Morten sein. Ich meine, war das nicht vorauszusehen? Ich wollte schon immer wissen, was die beiden zusammenhält. Morten ist und bleibt ein Filou."

„Stimmt, ein richtiger Weiberheld. Aber wenn sie ihn liebt, macht das die Trennung auch nicht leichter."

„Wenn sie sich überhaupt trennen. Warte erst mal ab."

Mona küsste Anders. Er schmeckte nach schwarzem Kaffee. Sie bohrte ihre Nase in sein Flanellhemd, schnupperte und sog seinen vertrauten Geruch ein. Unter sein Aftershave mischte sich bitterer Schweiß. Wahrscheinlich hatte er geschuftet, um Haralds Aufgaben auch zu erledigen. Mona würde sich noch heute um eine Aushilfe kümmern. So konnte es nicht weitergehen. Sie hob den Kopf. „So, ich muss los. Später kümmere ich mich um eine neue Aushilfe." Sie lächelte ihn an. „Und du musst wieder an die Arbeit, damit dir nicht kalt wird und du dir eine Grippe einfängst."

„Och, das mache ich sicher nicht." Als sie sich von ihm löste und gehen wollte, hielt er ihre Hand fest. „Hallihallo, womit verdiene ich das denn?"

„Was?" Sie blickte über ihre Schulter. „Was habe ich jetzt verbrochen?"

„Sehr, sehr viel. Du kannst doch nicht einfach so aus meinem Leben verschwinden. Du gehst erst, wenn wir fertig sind."

Sie schüttelte den Kopf. „Waren wir nicht fertig?"

„Nein, ich zumindest noch nicht." Anders bedeckte ihr Gesicht mit Küssen. „Vivian wird nicht weglaufen, jetzt, wo sie gerade aus Berlin angereist ist."

Und ich auch nicht, dachte Mona glücklich.

VIVIAN

„Wenn du mir nicht bald deine spitze Nase zeigst, alarmiere ich den Rettungswagen." Monas dunkle Stimme dröhnte die Stiege herauf. Vivian lachte. Das war Mona. Ohne Frage.

„Ja, ja, ich komm ja schon!" Vivian zog selbstgestrickte Socken, die sie ganz hinten im Kleiderschrank aufgestöbert hatte, über die eisigen Füße und stolperte die Stiege hinunter ins Wohnzimmer. Das Holz knackte und knisterte im Kamin, Funken sprühten orange. Hier unten war es gemütlich warm. Wunderbar. Was für ein Glückspilz sie selbst im Unglück war. Ihre Freundin sorgte dafür, dass sie sich hier wohlfühlte. Mona hatte gestern die Heizung angemacht, jetzt sorgte sie für ein Frühstück, das dem Buffet im Hotel D'Angleterre im Herzen Kopenhagens Konkurrenz machen könnte. Wer sollte das nur alles essen?

Mona stand an der Anrichte in der Küche und presste Apfelsinen aus. Sie hatte sich wirklich kaum verändert, seitdem sie sich das letzte Mal gesehen hatten. Rund, bunt und immer beschäftigt. Als wenn sie Vivians Anwesenheit gespürt hätte, wirbelte Mona herum, kniff die Augen zusammen und musterte Vivian von Kopf bis Fuß. „Nicht zu glauben, dass du hier mal wieder vorbeischaust." Sie breitete die Arme aus und zog Vivian an sich, bis das üppige Parfüm sie einhüllte und längst vergessene Erinnerungen weckte. Vivian hielt Mona länger fest als notwendig und genoss die Wärme ihres Körpers.

Dann trat Mona einen Schritt zurück, hielt Vivian mit ausgestreckten Armen von sich, und lamentierte lautstark: „Du schaust grauenhaft aus, Prinzessin."

„Ehrlich? Vielen Dank auch. Das hört eine Frau ja nur zu gern von ihrer Freundin." Vivian strich sich eine Strähne, die sich aus ihrem lose zusammengebundenen Knoten gelöst hatte, hinter die Ohren. „Aber du siehst wie immer blendend aus, alte Hexe."

Mona sah aus, als ob sie in einen Malkasten gepurzelt

wäre und sich einmal durch die ganze Farbpalette gerollt hätte. Breite Hüften, so ausladend wie ein Fuhrwerk. Die schulterlangen violetten Haare hatte sie zu einem kurzen Pferdeschwanz gebunden. Täuschte sich Vivian? Hatte Mona nicht den Ansatz eines kleinen Bauchs? Wie schön wäre es, wenn es endlich mal klappen würde mit dem Kinderwunsch. Mona und Anders waren die geborenen Eltern, aber der Nachwuchs ließ bisher auf sich warten. Und sie hatte einfach Angst, zu fragen und ins Minenfeld der Gefühle zu treten, jetzt, wo ihre eigene Seele bloßlag.

Mona lachte ihr gurrendes Lachen, das von ganz tief in ihrem Inneren hoch perlte, und reichte Vivian ein Glas gepressten Orangensafts. „So wie du aussiehst, brauchst du das hier. Vitamin C ist gut gegen Winterdepressionen, also setz dich und trink." Mona scheuchte Vivian auf die Eckbank unter dem Sprossenfenster. Mona setzte sich ihr gegenüber auf den Stuhl.

Vivian schaute auf den Tisch. „Sag mal, erwartest du noch andere Gäste? Wer soll das alles essen?"

„Wir. Und ich frage mich, warum ich nicht noch mehr gekauft habe, so ausgemergelt, wie du aussiehst. Gibt es in Berlin keine Läden? Ich dachte, die Grenze wäre jetzt offen?"

„Ist sie auch." Vivian grinste. Sie trank einen Schluck Orangensaft, der wunderbar fruchtig und sommersüß schmeckte. „Wie geht es euch und den Pferden?"

„Bestens. Wir haben dieses Jahr zum ersten Mal alle Boxen vermietet. Und die Nachfrage nach Reitstunden nimmt zu."

Das war gut, überlegte Vivian. Vor fünf Jahren hatten ihre Freunde all ihre Ersparnisse zusammengekratzt und den Reiterhof Hyllingebjerg erworben. Die Gebäude waren in keinem besonders guten Zustand gewesen. So konnten sie den Preis herunterhandeln, bis das Anwesen für sie erschwinglich war.

Der Hof bot alles, was sie brauchten: Stallgebäude, Reithalle, einen Reitplatz und Paddock, aber eines machte ihn unbezahlbar. Sogar Vivian hielt immer noch die Luft an, wenn sie vom Wohnhaus aus die atemberaubende Aussicht über den Kattegat bis nach Hesselø genoss. Sie konnte Mona so gut verstehen, die nicht nur dem Geruch der Pferde verfallen war, sondern auch dem des Meeres. Mona und Anders hatten sofort gehandelt. Einige Entscheidungen musste man fällen, weil man sie nur einmal im Leben treffen konnte. Mona und Anders waren endlich dort angekommen, wo sie hingehörten. Und was war mit ihr? Würde sie die richtigen Entscheidungen treffen? Richtig bedeutete nicht leicht, aber immer noch leichter, als eine falsche Entscheidung bis zum bitteren Ende durchzutragen.

Auch Mona und Anders hatten es nicht leicht gehabt am Anfang. Noch im selben Sommer hatten sie mit ihrem Startkapital, fünf Schulpferden, Reitunterricht für Touristen und Kinder gegeben. Schnell füllten sich die restlichen zehn Boxen mit Pensionspferden. Nicht, dass sie mit dem Reiterhof große Sprünge machen konnten. Daran waren sie sowieso nur auf dem Rücken der Pferde interessiert. Aber Mona erzählte immer wieder, dass sie langsam aus den roten Zahlen herauskamen, vor allem seitdem sie das Dachgeschoss renoviert und Ferienwohnungen unter dem Dach der Stallungen eingerichtet hatten. Seitdem war die finanzielle Lage erträglicher geworden.

„Deshalb siehst du so müde aus. Habt ihr zu viel um die Ohren?"

„Darauf kannst du Gift nehmen. Meine Ohren sind abgefallen, bei all dem Stress der letzten Monate."

„Was ist mit dem Pferdepfleger? Hieß der nicht Harald?" Vivian rückte zurück und lehnte sich an die Lehne der Eckbank. Richtig hungrig war sie nicht. Nur leer fühlte sie sich. „Der ist doch sicher eine große Hilfe."

„Schon", seufzte Mona. „Aber im Moment weniger. Ich suche händeringend nach einem Pferdepfleger, damit Anders sich nicht den Rücken kaputtmacht."

„Warum?" Vivian runzelte die Stirn. „Ist was mit Harald passiert?"

„Also, vor zwei Wochen ist Harald vom Dach gefallen, weil er das Haus für Halloween einkleiden wollte. Weiß der Geier, was ihn da getrieben hat. Auf alle Fälle hat er irgendwann die Arme ausgebreitet wie ein Vampir und ist herunter gesegelt. Aber fliegen konnte er nicht, und nun ist er in der Reha."

„Was? Das ist ja schrecklich!" Vivian löffelte Zucker in den Tee. Nervennahrung für ihre gebeutelte Seele. „Hat er sich sehr verletzt?"

„Schon. Er hatte ein paar komplizierte Knochenbrüche. Aber das wird wieder. Harald ist unverwüstlich, und einen Schutzengel hat er noch dazu. Gut für ihn, dass nicht mehr passiert ist. Aber er fehlt uns. Wir brauchen wirklich jede Hand auf dem Hof …"

Vivian hörte nur mit halbem Ohr zu. In ihrem Kopf herrschte nichts außer Ödnis. Sie kämpfte gegen die Übelkeit und schaute durch das Sprossenfenster hinter Mona auf das Kattegat. Wie sehr sie diese Weite in den Häuserschluchten Berlins vermisste, fiel ihr immer erst auf, wenn sie wieder in Dänemark war. Der Wind trieb Wolken über die Brandung. Möwen schaukelten in der

Luft und stießen pfeilschnell ins Wasser auf der Suche nach Nahrung.

Mitten im Satz hielt Mona inne. „Ich olle Idiotin. Dir geht es mies, und ich rede und rede … Du bist noch nie ohne Morten gekommen. Was ist los?"

Vivian schnäuzte in ihr Taschentuch. Ja, was war los? Sie wusste es selbst nicht. Da war nur diese Wut, das Gefühl, nichts wert zu sein. Als sie endlich den Mut fand zu reden, plapperte Mona schon wieder los. „Was auch immer passiert ist, du wirst es überleben."

„Ich weiß nicht", murmelte Vivian. „Ich wollte mit ihm *leben,* so wie du mit Anders. Aber ich wollte ihn nicht *überleben.* Und jetzt ist er mit dieser Galeristin in der Badewanne gewesen. Er betrügt mich, das ist ganz sicher."

„Ach Prinzessin." Mona tätschelte ihre Hand. „Vielleicht ist es sogar besser so …"

„Was?" Erstaunt sah Vivian Mona an. „Das ist nicht dein Ernst!"

Mona nickte. „Doch, das ist mein Ernst. Natürlich ist es schwer. Wahrscheinlich fühlst du dich beschissen, ausrangiert und nicht gut. Aber sei doch mal ehrlich. Morten ist ein Frauenheld. Du hast etwas Besseres verdient."

Vivian brummte. Als wenn Morten verschwinden könnte, und sofort wäre der Traummann auf der Schwelle. Das konnte auch nur jemand sagen, der die Liebe seines Lebens gefunden hatte. Gestern noch war sie so wütend gewesen, dass sie nie wieder mit Morten sprechen wollte. Aber jetzt war sie sich nicht mehr sicher. Bei Tageslicht sah die Welt anders aus. Es veränderte, entschärfte die dunklen Gedanken, die einem den Schlaf raubten. Trotzdem. Wie es weitergehen würde, wusste sie wirklich nicht.

„Nur weil du nicht mehr mit Morten zusammen bist, muss dein Leben nicht schlecht sein. Vielleicht wird es sogar besser."

„Du packst deine Meinungen aber auch gar nicht ein, oder?" Wie konnte Mona nur so unsensibel sein? Klar, Morten flirtete gern. Und ausgiebig. Er genoss es, im Rampenlicht zu stehen, und nutzte seine Ausstrahlung aus. Trotzdem konnte Vivian sich nicht vorstellen, dass er jemals den nächsten Schritt gegangen war. Katarina musste die Erste sein, mit der er Sex gehabt hatte. Zumindest glaubte Vivian das. Schmerz und Wut hatten ihre Krallen in ihr Herz gebohrt. Morten und sie, sie hatten doch eine gemeinsame Geschichte, ein Leben geteilt. Das wischte man nicht weg wie die Krümel vom Tisch. Darum war sie gestern auch so fuchsteufelswild gewesen. Was hatte sie falsch gemacht? War sie zu langweilig? Ohnmacht raubte ihr den Atem.

„Nein!" Mona lachte und legte ihre Hand auf den Bauch. „Warum sollte ich nicht sagen, was ich denke? Das mache ich doch immer. Da weißt du wenigstens, wo ich stehe. Im Gegensatz zu Morten."

Vivian putzte sich die Nase. „Du hast Morten nie gemocht, und ja, gestern war er ein richtiger mieser Schweinehund." Und warum war er das gewesen? Weil sie sich in Arbeit vergraben hatte?

„Na also." Mona nickte ihr aufmunternd zu. „Jetzt kommen wir der Sache schon näher."

„Nix na also. Was soll ich denn jetzt machen?"

Mona schenkte Tee nach und angelte sich ein Croissant aus dem Brotkorb. „Das musst du schon selbst herausfinden. Bleib einfach eine Weile hier."

Vivian presste die Lippen zusammen. „Ich war gestern

so wütend, weißt du, aber heute ist es schon viel weniger. Du weißt doch, ich mag keine Veränderungen. Eigentlich frage ich mich, ob ich nicht mein Leben zurückhaben will, genauso wie es war." Sie blinzelte eine Träne weg.

„Bist du dir sicher? War Morten nicht immer deine zweite Wahl?" Mona wischte sich einen Krümel aus dem Mundwinkel.

„Also wirklich!", protestierte Vivian entrüstet. „Nur weil er meine zweite Liebe war, heißt das doch nicht, dass er nur zweite Wahl war."

„Okay, Vivian", sagte Mona beschwichtigend. „Aber glaub mir. Manchmal sind Veränderungen gar nicht so übel. So wie bei Anders und mir, als wir uns entschieden haben, den Hof zu kaufen. Das hat unser Leben verändert."

„Mit dem Unterschied, dass ihr die Entscheidung zusammen getroffen habt. Ich aber wurde gestern vor nackte Tatsachen gestellt."

„Nicht schön", pflichtete Mona ihr bei. „Aber das hindert dich nicht daran, dir jetzt zu überlegen, was du willst."

„Ich mochte mein Leben, den geregelten Alltag. Die Sicherheit. Dafür hätte ich sogar auf Kinder verzichtet, nur weil Morten keine wollte. Weißt du, ich hätte so weiterleben können." War das falsch gewesen? Hatte sie zu wenig Kampfgeist gehabt? Und hatte sie ihn damit in Katarinas Arme getrieben? Sie hasste diese Selbstzweifel.

„Hörst du dir eigentlich überhaupt mal zu? Wie kannst du deine Lebensträume begraben nur für eine Handvoll Sicherheit?"

„So war das nicht gemeint."

„So kommt das aber bei mir an, Prinzessin. Und darüber solltest du wirklich einmal schlafen. Was willst du von deinem Leben? Wovon träumst du? Nicht Morten, sondern du?"

Vivian schwieg, verschränkte die Finger. Träume. Davon hatte sie viele gehabt. Die meisten waren zerbrochen, andere hatte sie begraben.

Mona seufzte. „Ach du, es tut mir leid, dass ich so direkt bin. Du magst das nicht hören, aber du kommst doch nicht weiter, wenn du dich nicht deiner Sehnsucht stellst. Vielleicht ist diese Zeit ja deine Chance auf einen Neuanfang. Mit Morten oder ohne ihn, das ist doch egal. Aber glaub mir, bevor du eine Dummheit machst und dir das Herz bricht, will ich ehrlich sein. Morten ist es nicht wert, dass du ihm hinterherweinst. Also spar dir lieber die Zeit."

Widerwillig lachte Vivian und wischte sich eine Träne aus dem Augenwinkel. „Was soll ich denn jetzt machen, Mona? Es tut so schrecklich weh. Gestern, da sind mir alle Sicherungen durchgebrannt. Ich bin einfach abgehauen. So wütend, so verletzt war ich schon ewig nicht mehr, aber besonders erwachsen war das nicht. Ich hätte diese Tussi rausschmeißen sollen und Morten hinterher. Sie haben in meiner Wohnung miteinander gevögelt. Stattdessen bin ich weggelaufen."

„Ich finde das gut."

„Das ist nicht dein Ernst."

„Und ob", sagte Mona und drückte Vivians Hand. „Wir haben endlich mal wieder Zeit miteinander. Lass dich beurlauben und gewinne Abstand."

„Aber ich gehöre doch nach Berlin. Da arbeite ich. Dort habe ich Freunde."

„Hast du? Und warum bist du dann bis hierher gefahren, wenn du bei einer Freundin am Wannsee hättest schlafen können?"

Vivian senkte den Blick. Ertappt. Richtige Freunde hatte sie wirklich nicht in Berlin. Aber trotzdem. Sie konnte doch nicht alles über Bord werfen, was sie sich in den letzten zehn Jahren aufgebaut hatte!

„Mach dir doch nichts vor. Dein Zuhause war immer hier. Nicht in Kopenhagen und auch nicht in Berlin. Dort bist du doch nur wegen Morten gewesen. Noch einer von den Träumen, die ihr nicht miteinander geteilt habt."

Vivian schnäuzte sich die Nase und wischte sich die Augen trocken. Alte Freunde waren ein Geschenk, aber manchmal auch eine Plage, weil man ihnen nichts vormachen konnte. „Aber jetzt lebe ich da, und ich kann mir die Stadt nicht ohne Morten vorstellen."

„Vivian, wie oft soll ich dir noch sagen, dass es nicht um dies oder das geht. Du musst dir nur zwei Fragen stellen. Kann deine Liebe den gestrigen Tag aushalten? Und welche Träume willst du leben und realisieren?"

„Das weiß ich noch nicht, wirklich … Gerade jetzt hasse ich Morten mehr, als ich ihn liebe. Und ich habe immer gesagt, dass ich gehe, wenn er mir untreu ist. Das hat er gewusst. Immer. Aber ein Leben ohne ihn ist auch schwer vorstellbar … Wir waren zehn Jahre zusammen."

„Du kannst dir ja Zeit lassen mit der Entscheidung. Liebe hat immer zwei Seiten. Meistens sehen wir nur die eine, die Zweisamkeit, die Zärtlichkeit, die Freude. Aber die andere Seite gibt es auch. Enttäuschung, Einsamkeit, Schmerz. Frag dich, was du willst, wo dein Glück zu finden ist." Mona stand auf und trug das benutzte Geschirr zur Spüle. „Ich muss jetzt ins Büro, Futter bestellen und

Rechnungen bezahlen. Kannst du mir am Mittwoch helfen? Unsere Kunden sind zu einem Halloweenessen eingeladen. Gian und Lena kommen auch."

„Ach", sagte Vivian und stellte die Tassen ineinander. „Dann komm ich lieber nicht."

„Prinzessin, nun lass die Vergangenheit doch ruhen. Das liegt alles so lange zurück."

Vivian stand auf und stellte das Geschirr in die Spülmaschine. „Sind Gian und Lena jetzt ein Paar?"

„Tja, wer weiß das schon? Wenn du Lena fragst, ist die Antwort ein klares Ja. Sie hat viel für Gian und Amata getan. Ihn hat der Unfall damals ziemlich aus der Bahn geworfen."

„Es ist auch nicht leicht, von einem Tag auf den anderen alleinerziehender Vater zu sein."

„Oder ein mutterloses Kind zu werden. Mein Gott, die Kleine ist so süß, ich würde sie mit Handkuss nehmen." Mona blies sich eine Strähne aus den Augen. „Also, kommst du nun? Ich könnte Hilfe gebrauchen."

„Ich helfe dir natürlich gern." Vivian lehnte sich an die Arbeitsfläche. „Und was ist mit dem Stall? Soll ich mit anpacken, solange ich hier bin? Dann komme ich hoffentlich auf andere Gedanken und kreise nicht unentwegt um meinen eigenen Bauchnabel."

Monas rundes Gesicht leuchtete auf wie die Sonne. „Das wäre wunderbar. Zumindest bis ich eine Aushilfe gefunden habe."

„Ich komme morgen früh vorbei."

„Du bist ein Schatz. Und wegen Mittwoch … da kannst du gleich bei uns bleiben. Wir bereiten dann alles gemeinsam vor. Lena wird sich freuen, dich zu sehen. Wir waren doch das vierblättrige Kleeblatt. Und Gian wird sich noch mehr freuen, dich zu sehen. Er ist nie richtig von dir losgekommen."

„Mona!"

„Aber das stimmt doch."

„Hast du nicht gerade gesagt, dass er mit Lena zusammen ist? Sollte er meinen, das wird was mit uns, dann hat er sich geschnitten. Untreue Männer stehen mir bis hier." Vivian zeigte noch über ihren Haarschopf.

„Ja, ja, nun reg dich ab. Lena glaubt an eine Beziehung. Aber ich bin mir nicht so sicher, ob Gian das genauso sieht. Wie dem auch sei, du kannst ihm hier nicht aus dem Weg gehen, dazu ist unsere Welt zu klein. Es ist also gut, wenn ihr euch wenigstens Guten Tag sagt. Außerdem habe ich ihn gebeten, sich um die Rohre hier im Haus zu kümmern. Die sind total verstopft."

Vivian begleitete Mona zur Haustür. „Ich freue mich auf morgen."

„Das ist großartig. Ich spreche mit Anders, damit er dich anruft." Sie musterte Vivian. „Aber wenn ich dich so sehe, dann habe ich meine Zweifel. So mager, wie du bist. Die Stallarbeit ist körperlich anstrengend. Ich weiß nicht, ob du das schaffst."

„Ich bin zäher, als du denkst. Außerdem wird mir die Arbeit guttun."

VIVIAN

„JA?", ANTWORTETE VIVIAN außer Atem, das Smartphone zwischen Ohr und Schulter geklemmt. Sie stieß mit dem Fuß die Tür ins Schloss und lehnte sich mit dem Rücken dagegen. Eine Dose fiel aus einer der Einkaufstaschen und kullerte über den Fußboden. „Sorry, Mona, ich bin etwas aus der Puste, komme gerade vom Einkauf."

„Och, das macht nichts, aber vielleicht sollte ich dich in Schwung bringen?"

Vivian lachte, hob die Dose auf und stellte die Tüten auf den Boden. „Sollen wir zusammen joggen?"

„Nein, aber Kahlil würde dir gern die Gegend zeigen."

„Kahlil? Kahlil Gibran kann das aber nicht sein."

„Quatschkopf. Du bist wirklich ein Buchfreak. Nein, das Leben dreht sich nicht nur um Bücher, auch wenn du das glaubst, weil du in einem Verlag arbeitest. Es geht um einen Ausritt. Kahlil, unser Hannoveraner. Er ist gutherzig."

Sofort entspannten sich Vivians Züge. „Echt? Das würde ich sehr gern."

„Dachte ich mir doch, dass du das magst. Anders hat es vorgeschlagen."

„Das ist eine wunderbare Idee und genau das, was ich jetzt brauche. Ich räume nur die Einkäufe weg. Dann komme ich."

„Gut, Kahlils Box ist am Ende der Stallgasse, links. Ich bin nicht da, aber du weißt ja, wo alles ist."

„Ich drück dich ganz fest! Wie mach ich das bloß wieder gut?"

„Machst du ja schon, weil du im Stall hilfst, bis wir eine Aushilfe für Harald gefunden haben. Du ahnst ja nicht, wie sehr mich das erleichtert."

„Das mache ich gern. Freunde sind doch füreinander da."

„Anders ist heute Nachmittag da, falls du Hilfe brauchst."

„Ich rede mit ihm."

„Mach das, aber lass die Finger von ihm."

Vivian runzelte die Stirn. „Schon klar. Nur heißblütige Pferde wie Kahlil tätscheln."

VIVIAN

Auf dem Hof vergrub Vivian das Gesicht in Kahlils Fell und strich über seinen starken Hals. Dann saß sie auf, streckte die Nase in den Wind und füllte die Lunge mit salziger Luft. Die Landschaft war ein Kaleidoskop von Blauschattierungen, weißen und rotgelben Nuancen, unterbrochen von braunen Tupfern. Kahlil hob den Kopf und blähte die Nüstern. Als sie das offene Feld erreichten, ließ sie ihn angaloppieren. Sie verschmolz mit dem Blau des Himmels und der See, war frei und lebendig. Die Schatten wurden länger. Ein grauer Schleier warf sich über das Land. Vivian tätschelte den feuchten Hals des Pferdes. „Nun müssen wir die Nase wieder Richtung Stall recken, auch wenn du die Freiheit hier draußen genießt." Sie wendete das Pferd und grinste, weil sie mit Tieren sprach. Wahrscheinlich wurde sie ein wenig verschroben. Es roch moderig herbstlich. Sie atmete die kühle Luft ein. So anders als in Berlin. Sie würde es wirklich vermissen, wenn sie nach ihrem Urlaub, den sie heute Morgen beantragt hatte, zurück musste. Sie war ganz in Gedanken versunken, als ein Geräusch sie aufmerken ließ. Sofort zügelte sie den Hannoveraner und blickte sich um. Kahlil scharrte nervös mit den Hufen. Vivian sprang aus dem Sattel, band ihn an einer Birke fest und blickte sich suchend um. Den Kopf in den Nacken gelegt, durchforsteten ihre Augen die Äste und

Zweige über ihrem Kopf. Nichts. Aber war da nicht ein Klagen gewesen? Sie verharrte und wartete, aber da war nur das Rauschen des Windes in den Baumkronen. „Wahrscheinlich habe ich mich geirrt", murmelte sie halblaut vor sich hin. Doch als sie sich umwandte, hörte sie es wieder. Ein leises Miauen, ganz sachte. Vivian lauschte, um die Richtung zu erahnen, und folgte dem Klagen einige Schritte durch das Gebüsch. Zweige knackten unter ihren Reitstiefeln. Mit der Hand schob sie das Gesträuch aus dem Weg, bis sie plötzlich vor einem Tümpel mit Brackwasser stand. Suchend wanderten ihre Blicke über den Teich. Nicht weit von ihr ragte ein mit Moos überwucherter Findling aus dem Wasser. Etwas bewegte sich in dem zugeschnürten Paket, das dort festgezurrt war.

„Verdammt, wer hat das gemacht?"

Mit einem Sprung war Vivian bei dem Brocken, zerrte an der Schnur, bis das Säckchen hinter dem Findling hervorkam. Sie fiel auf die Knie, spürte, wie das eisige Wasser durch den Stoff ihrer Reithose drang, und öffnete mit fahrigen Fingern den Beutel. Eine Kralle fuhr ihr über das Gesicht. Blaue Augen blitzten ihr entgegen.

„Autsch!" Vivian hielt das Kätzchen im Nacken fest und hob es hoch. Schwarz wie die Nacht war es. Nur die Schwanzspitze schimmerte hell. Nass und struppig wand es sich unter ihrem Griff, fauchte aufgebracht. „Du bist aber wild. Aber bei dem, was du erlebt hast, kann ich das verstehen. Wer hat dir das angetan?"

Es wand sich, versuchte, zu entwischen, aber sie hielt es im Nacken fest. Nachdem Vivian es beruhigt hatte, legte sie es sich in die Armbeuge und kraulte ihm den Nacken, bis es sich unter ihrer Berührung entspannte und der galoppierende Herzschlag zu einem sachten Pumpen verebbte. Langsam stand Vivian auf. Wer konnte nur so herzlos sein und diesem Wollknäuel etwas antun? Ein Gefühl von Verbundenheit durchströmte sie.

„Du kommst mit zu mir." Sie streichelte den schwarzen Kopf. „Und ich habe auch schon einen Namen für dich."

Blaue Katzenaugen schauten sie an. „Willst du es wissen? Kolumbus natürlich. So blau wie das Meer, auf dem er gesegelt ist, sind nämlich deine Augen."

GIAN

Gian Fontana parkte hinter Lenas verbeultem Polo und starrte auf das Heck, von dem die Farbe abblätterte. Er war früh dran, viel zu früh. Die Außenbeleuchtung goss mildes Licht in den Vorgarten. Heidekraut und Buchsbaum schenkten immer noch eine Ahnung des Sommers. An der Hauswand stand eine weiß lackierte Holzbank, und daneben lehnte ein ausrangiertes Fahrrad, in dessen Einkaufskorb Lena lilafarbene Astern gepflanzt hatte.

Das Reihenhaus wirkte kleiner, als es war, fast gedrungen, so als ob es sich unter die Dachschräge duckte. Aber es passte zu Lena. Er war froh, dass sie sich um den Bürokram kümmerte. Er hatte kein Flair für Zahlen, dafür aber viel Fingerspitzengefühl für Häuser. Für ihn barg jedes von ihnen eine Seele und eine Geschichte, die es erzählen wollte. Seine Aufgabe war es, diese aus dem Holz herauszuschälen. Er machte nun genau das, wovon er immer geträumt hatte. Wenn da nur nicht dieses Loch wäre, das Hannas Tod in sein Leben gerissen hatte. Wenn er doch die Zeit zurückdrehen könnte. Alles hatte mit einem Missverständnis angefangen.

HANNA, *drei Jahre vorher*

Es war ungewöhnlich heiss gewesen an diesem Tag vor drei Jahren.

Himmelherrgott noch mal! Warum nahm Gian nicht ab? Hanna massierte sich die Augen, während sie ihr Handy ans Ohr drückte. Wieder nur diese elende Ansage. Zum vierten Mal in den letzten dreißig Minuten hörte sie sich diesen Bockmist an! Ihr Adrenalinspiegel schaukelte sich immer höher, so wütend war sie, und bald platzt ihr der Kragen. Der wird was erleben!

„Dies ist die Mailbox von Gian Fontana. Ich bin gerade nicht da. Hinterlasse eine Nachricht, und ich rufe so bald wie möglich zurück."

Ungeduldig trommelte sie mit den Fingern auf die Fensterbank. „Wo bist du? Was bringt mir dein Handy, wenn du nie abhebst? Bedeutet dir deine beschissene Arbeit mehr als wir? Ich bin es leid, immer nur auf dich zu warten."

Als sie die Verbindung abbrach, sah sie Gian. Er kletterte aus dem Lieferwagen und schritt auf die Haustür zu. Sie warf einen Blick auf Amata, die im Wohnzimmer auf der Couch schnarchte, den Daumen in den Mund geschoben. Ihre Wangen schimmerten rot. Im Flur fiel die Tür ins Schloss. Hanna hörte, wie er die Schuhe auszog.

„Hast du Lust auf gebratene Nudeln, Ente und Frühlingsrollen vom Chinesen?"

Hanna sah ihn an, wie er dort im Türrahmen stand. Schatten lagen unter seinen Augen, aber er lächelte zufrieden, als er auf Strümpfen zu ihr kam, die Arme um sie schlang und sie küsste. Offensichtlich hatte er ihre Nachrichten nicht erhalten und strahlte übers ganze Gesicht. „Ich habe gute Neuigkeiten … Wir haben heute allen Grund zum Feiern!"

„Ach ja? Und warum?" Sie befreite sich aus seiner Umarmung.

„Ich bin mit dem Leuchtturm fertig geworden – und morgen kommt ein Interessent. Wir werden bald Geld haben. Geld für einen Urlaub. Was meinst du, wo willst du gern hin?"

„Raus, weg von hier. Ich krieg keine Luft mehr." Der Träger des Tops rutschte von ihrer Schulter.

„Hanna?" Er schob den Träger zurück auf seinen Platz und legte seine schwieligen Hände auf ihre Schultern. „Was hat dir die Petersilie verhagelt?"

„Bist du noch bei Trost? Alles steht mir bis sonst wohin. Ich fahr noch 'ne Runde Motorrad. Mir fällt hier die Decke auf den Schädel."

Er nahm seine Hände von ihren Schultern, als hätte er sich verbrannt. Sein Blick war resigniert. „Du freust dich gar nicht."

„Nein, tue ich nicht."

Er warf einen Blick ins Wohnzimmer, wo Amata leise im Traum brabbelte. „Was mache ich falsch?"

„Was du falsch machst? Amata und ich, wir wissen kaum noch, wie du aussiehst."

„Wir waren uns einig, dass die Firma in den ersten Jahren viel Einsatz erfordern würde. Ich tue es doch für uns."

„Es war nie die Rede davon, dass du mit deiner Arbeit

verheiratet sein würdest." Sie zerrte an ihrem Ehering, aber verflixt, der saß, als wäre er angewachsen.

Seine Miene verdunkelte sich. „Wie oft sollen wir das noch diskutieren? Du wolltest es doch auch! Wir haben die Entscheidung für die Firma gemeinsam getroffen."

„Es war die falsche Entscheidung." Sie riss weiter am Ring, bis ihr Finger rot und geschwollen war. Endlich war das Ding ab. Er kullerte auf den Boden und eierte über das Parkett, bis er an den Fuß des Sofas stieß.

„Was meinst du? Redest du über die Firma oder unsere Beziehung?"

„Macht das jetzt noch einen Unterschied? Ich will unsere Ehe nicht mehr. Nicht so."

Sie stürzte zur Tür.

„Warte!" Er rannte hinter ihr her, umklammerte mit seiner Hand ihren Oberarm und zerrte sie zurück. „Bald sehe ich Land, und dann haben wir mehr Zeit füreinander. Versprochen."

„Dafür ist es leider schon zu spät."

„Gib uns noch eine Chance. Du kannst doch nicht einfach wegrennen."

„Lass mich los, du tust mir weh."

„Okay, okay ...", resigniert warf er die Hände in die Luft. „Das wollte ich nicht."

Sie bohrte ihren Zeigefinger in seine Brust. „Ich will mit dir leben und nicht nur an deiner Seite, als Mutter deiner Tochter oder Ersatz für eine Verflossene. Früher war ich deine Geliebte, aber jetzt? Was bin ich eigentlich für dich?"

„Du machst alles kaputt."

„Ich?" Ärgerlich schüttelte sie den Kopf. „Wenn hier jemand etwas kaputtmacht, dann doch wohl du. Du glänzt durch Abwesenheit."

„Jetzt bin ich ja da. Bleib hier, und lass uns reden. Wir finden einen Weg. Bitte!"

„Bitte? Dein katholisches Über-Ich protzt wieder mit den Muskeln." Sie zerrte die Motorradstiefel über, richtete sich auf und äffte mit weihevoller Stimme den Pfarrer nach. „Bis dass der Tod euch scheidet."

„Genau. Oft gibt es noch einen Ausweg, wenn beide wollen. Hanna, wir haben Amata, und sie braucht uns. Hast du das vergessen?"

„Und wenn es nie eine Ehe war? Sondern eine Dreiecksbeziehung?"

„Was redest du da?"

„Ich rede von dieser Vivian, die du niemals vergessen hast. Oder täusche ich mich?"

Sie nahm den Fahrzeugschlüssel vom Haken im Flur. Tränen brannten in ihren Augen. Sie stülpte den Motorradhelm über den Kopf.

„Ich warte, bis du wieder da bist. Dann reden wir über alles, ja?"

An der Haustür drehte sie sich noch einmal um. „Wir wollten heute essen gehen, aber ich habe die Babysitterin weggeschickt. Du bist ja wieder nicht gekommen."

Gians Hand schoss zur Stirn. „Oh Mann, das habe ich vergessen. Ich … ich bin so ein Idiot."

Sie stolperte die Treppe hinunter, steckte den Schlüssel in die Zündung. Als die Harley schnurrte, streifte sie sich die Handschuhe über. Sie schwang ihr Bein über die Maschine. Amata wachte auf und fing im Haus an zu schreien. Gian ignorierte das Plärren und stellte sich vor die Maschine. „Ich habe Mist gebaut. Lass es mich wieder gutmachen."

„Kannst du, kümmere dich um Amata."

Dann drehte sie den Hahn auf, Gian sprang zur Seite, und sie sauste davon.

NACHDEM GIAN AMATA GETRÖSTET und ins Bett gebracht hatte, stand er eine Weile vor der angelehnten Tür zu ihrem Zimmer. Er lauschte ihrem Atem; wie sie ein kleines Schnaufen von sich gab, wenn sie ausatmete und dabei ihre leicht geschwungene Oberlippe flatterte. Er könnte stundenlang hier stehen und sie anschauen. Sie war so perfekt. Ihre Brust hob und senkte sich in einem gleichmäßigen Takt.

Seine Ehe war wie ein Balanceakt auf einem Drahtseil, aber er bereute nicht, dass er Hanna vor zwei Jahren geheiratet hatte. Dieser winzige Mensch, der dort die Finger öffnete und schloss, war das Wunderbarste, das ihm jemals passiert war. Sie schnaufte leise.

Er sah sie an. So ein Bündel voller Vertrauen in das Leben, ein Teil von Hanna und ihm. Als er Amata zum ersten Mal in seinen Armen hielt, wusste er, dass sie alles für ihn bedeutete. Dass dieses Menschlein seine Welt aus den Angeln gehoben hatte. Für Amata würde er um Hanna kämpfen. Sie sollte in einer Familie aufwachsen.

Er ging aus dem Zimmer und schloss die Tür hinter sich. Hanna hatte recht. Er arbeitete zu viel. Weil er ihr all das geben wollte, wovon sie träumte. Aber die materiellen Dinge waren doch gar nicht so wichtig. Wichtig waren die Menschen, und die vernachlässigte er bei all seiner Arbeit. Er hämmerte die Faust in seine Hand. Trotzdem: Hanna wollte es doch so, sie trieb ihn mit ihren

Wünschen zu Überstunden. Sie war unersättlich nach mehr: Haus, Harley, Ferien. Warum gab sie ihm allein die Schuld? Irgendwoher musste das Geld doch kommen. Nur – er schüttelte den Kopf – ihre Verabredung heute Abend hätte er nicht vergessen dürfen. Sein Herz zog sich schmerzhaft zusammen. Hanna hatte sein Herz langsam erobert. Erst war es ihm nicht leicht gefallen, sie zu lieben, aber dann hatte sie sich mit ihrer Lebenslust und Freude in sein Herz geschlichen. Und jetzt sollte diese Liebe auf dem Spiel stehen? Er hatte wirklich kein Händchen für Frauen.

„Bitte, gib uns noch eine Chance", bat er, hob Hannas Ehering auf und legte ihn auf die Ablage im Badezimmer. Er blickte auf sein Ebenbild im Spiegel. Ein Fremder schaute ihn an. „Du hast jede Menge Fehler gemacht, Gian", sagte er zu sich selbst. „Riesige Fehler. Sieh zu, dass du das wieder in den Griff kriegst." Er duschte, bis seine Haut sich krebsrot verfärbte. Dann schlang er ein Brot herunter und setzte sich auf die Terrasse. Der Sommerhimmel war milchig weiß. Immer wieder spitzte Gian die Ohren, wenn ein Motorrad vorbeifuhr. Er versuchte, Hanna mit reiner Willenskraft zu sich zurückzuholen, aber außer dem Kreischen der Möwen und dem Rauschen der Blätter hörte er nichts. Es war nicht die friedliche Stille, die sie früher hier zusammen genossen hatten, sondern eine angespannte, feindliche Stille, die seine Nerven wie Stahlseile spannte.

Er musste eingenickt sein. Als er aufwachte, stellte er sich unwillkürlich das Schlimmste vor. Hanna war weggefahren. Sie würde nicht mehr zurückkommen.

Wo steckte sie nur? Er drehte eine Runde im Garten. Normalerweise beruhigte ihn der Anblick der Verbenen und der Gartenmelisse, die in der Meeresbrise schaukelten. Bienen summten in den Rosen und Geißblattblüten. Obwohl sein Atem ruhig ging, war seine Brust wie zugeschnürt. Er spähte zur Straße. Dass er ihre Verabredung vergessen hatte, war alles andere als gut. Heute war nicht irgendein Tag, sondern der Tag, an dem er ihr einen Heiratsantrag gemacht hatte. Idiot, Idiot, Idiot – ihm war nicht mehr zu helfen.

Gian tigerte wieder durch das Haus. Es war kurz nach Mitternacht. Sollte er die Polizei benachrichtigen? Aber was konnte er schon sagen? Dass Hanna und er sich gestritten hatten? Dass sie mit der Harley abgehauen war? Dass sie ihm den Ehering vor die Füße geschmissen hatte? Die Polizei würde ihm sagen, dass sie sicher nur heute Nacht woanders schlafen würde.

Aber warum pochte dann sein Herz so heftig? Sein Brustkorb ächzte unter der Schraubzwinge der Gefühle. Seine Fingerspitzen kribbelten, und im Magen machte sich ein kalter Stein breit. Ein untrügliches Zeichen, dass ein Tornado seine Welt aus den Fugen heben würde. Dieses Gefühl hatte er immer, kurz bevor etwas Schreckliches geschah.

Amata, seine Süße, schlief dort oben, völlig unwissend. Für sie musste er schleunigst einen Rettungsanker finden, ehe sie alle auseinanderdrifteten. Auf dem Sofa lag Hannas Baumwolljacke. Er nahm sie hoch und presste seine Nase in den weichen Stoff.

Das Telefon läutete. Er nahm den Hörer ab, bemüht, seiner Stimme einen ruhigen Klang zu verleihen.

„Es geht um Ihre Frau …"

„Was ist passiert?" Gian schnappte nach Luft. „Oh mein Gott, wie geht es ihr? Ich meine, es geht ihr doch gut?"

„Das kann ich Ihnen noch nicht sagen. Sie hatte einen Unfall. Kommen Sie bitte so schnell wie möglich ins Rigshospital."

„Ich bin schon unterwegs."

Als er den Hörer auflegte, zitterte seine Hand, und er gab einen erstickten Laut von sich. Seine Gedanken überschlugen sich. Er drückte hastig die Tasten, wartete, während Tränen über seine Wange liefen.

„Lena, komm, und pass auf Amata auf. Ich muss ins Rigshospital nach Kopenhagen. Hanna hatte einen Unfall."

Lena war sofort gekommen. Im Gegensatz zu ihm. Er kam zu spät.

GIAN

DAS WAR JETZT TATSÄCHLICH schon wieder drei Jahre her. Müde rieb er sich die Augen, stopfte die Pralinenschachtel unter den Arm und kletterte mit den Blumen in der Hand aus dem Wagen. Er fröstelte und blickte hoch zu den Ästen, die sich wie knorrige Finger nach den ersten Sternen ausstreckten. Warum flogen der Sommer und der Herbst immer so schnell vorüber? Er mochte es, wenn der Winter sich mit seinen Winden und der Dunkelheit langsam verabschiedete, die Bäume Blüten ansetzten und zartes Grün wie Flaum auf einem Babykopf spross und die Luft ein einziges Summen und Flügelschlagen war. Aber kaum war der Sommer da, gönnte er den Menschen nur eine Atempause, bevor er sich wieder zurückzog.

Zeit reinzugehen. Gian stopfte den Autoschlüssel in die Jeans. Kies knirschte unter seinen Turnschuhen.

Dann schellte er. Durch die Tür hörte er eine leichte Melodie, und kurz darauf riss Mads mit einem breiten Grinsen die Haustür auf.

„Gian!"

„Hallo Kumpel!" Er boxte den auf den Fußballen wippenden Mads auf die Brust. Dann folgte er ihm ins Haus. „Heute schon trainiert?"

Ein Schatten flog über das Gesicht des Jungen, aber ehe er antworten konnte, eilte Lena aus der Küche. Ihr Gesicht glühte. Die Haare hatte sie hochgesteckt; nur vereinzelte Strähnen kräuselten sich um ihren schlanken Hals. Er reichte ihr die Blumen mit einer angedeuteten Verbeugung.

„Mit den besten Empfehlungen für die Dame des Hauses."

Lena nahm die Pralinen und vergrub die Nase in die Blüten, während sie ihn kokett anschaute. „Danke, Gianni, ich liebe Herbstblumen. Ich stelle sie ins Wasser und kümmere mich um die Sauce. Das dauert nicht lange."

„Wir spielen so lange Wii!", rief Mads aufgeregt. Gian zog seine Jacke aus und schlenderte, die Fäuste in den Hosentaschen vergraben, hinter ihm ins Wohnzimmer. Auf dem Esstisch lagen zwei Gedecke. Er stutzte. Warum sollte Mads nicht mit ihnen essen? Gian hatte nicht gedacht, dass es hier um ein Date ging.

„Hast du Lust auf eine Rennfahrt?"

„Klaro, was denkst du denn?"

Mads reichte Gian die Wii-Fernbedienung. Gian beobachtete, wie schnell Mads das Spiel einstellte. Die Metalleinfassung der Brille verlieh seinem schmalen Gesicht einen intellektuellen Touch. Wenn er lächelte, hatte er kleine Grübchen in den Wangen. Wie hübsch er war! Lena ähnelte er nicht. An wen erinnerte ihn der Junge bloß? Irgendwann hatte er Mads Vater sicher schon gesehen. Lena hatte nie den Namen erwähnt. Das war und blieb ihr Geheimnis, und Bent, ihr Ex, war erst nach der Entbindung ins Spiel gekommen.

„Wenn der Timer abgelaufen ist, drückst du und fährst los. Alles klar?"

„Ja." Gian verbiss sich ein Lachen. Er nahm die erste Kurve, aber Mads' Ferrari sauste an ihm vorbei.

„Yeah, ich bin auf dem dritten Platz."

Gian versuchte aufzuholen, aber ein Porsche warf ihn aus der Bahn, sodass er den Anschluss verlor. „Was macht dein Fußballspiel?"

„Ach, nichts Besonderes. Da … jetzt habe ich ihn." Mads schnitt einen Gegner und drückte ihn von der Fahrbahn.

„Ehrlich, Mads, du fährst wie die letzte Sau."

Mads zwinkerte ihm zu, grinste, und vor lauter Aufregung tauchte die Spitze seiner Zunge zwischen den Lippen auf. „Erste Runde, und ich führe!"

„Nichts Besonderes? Was meinst du damit?", fragte Gian, um den Faden wieder aufzugreifen. Wieder rauschte ein Wagen an ihm vorbei, und er verlor an Geschwindigkeit. Reden und Fahren war wohl keine gute Kombination. Als die Strecke geradeaus ging, gestattete er sich einen Blick auf Mads. Die Lippen waren zusammengepresst. „Was ist los, Kumpel?"

„Ach menno! Hast du das gesehen! Ich liege jetzt auf dem 4. Platz, ich muss Gas geben."

Gian drängte einen Konkurrenten über die Brückenbrüstung und jubelte. „Jetzt komme ich!"

„Mich kriegst du aber nicht."

„Das wollen wir doch mal sehen."

In diesem Moment sauste Mads' Ferrari durch das Ziel. „Gewonnen!" Mads veranstaltete einen Indianertanz. „Noch mal?"

„Gleich. Erst erzählst du mir, was los ist."

Mads warf die Wii-Fernbedienung auf den Couchtisch und fläzte sich ins Sofa. „Ich bolze nicht mehr."

„Einfach so? Das hast du doch immer so gern getan. Und du bist richtig gut."

„Mhm."

„Das soll ich dir glauben?"

„Wenn ich es doch sage!" Mads spitzte schmollend die Lippen.

„Hast du Stress mit den anderen Spielern?" Gian lehnte sich an den Kamin, die Arme vor der Brust verschränkt. „Soll ich mit deinem Trainer reden? Du weißt ja, ich kenne Anders gut."

„Nö, bloß nicht." Mads hob alarmiert den Kopf. Sein Pony fiel ihm in die Stirn. „Ich bin doch kein Baby mehr."

„Dann sag wenigstens, was los ist."

„Nichts ist los, und jetzt lass mich in Ruhe, okay?"

„Und wenn wir zwei zusammen trainieren? Du würdest mir einen Gefallen tun. Ich brauche dringend Bewegung."

Er brauchte sich nicht zu fragen, was Mads davon hielt. Sein Gesicht erhellte sich und strahlte vor Begeisterung. „Meinst du das ernst? Ich werde dich schon auf Zack bringen."

Gian riss voller Entsetzen die Augen auf. „Also, vielleicht sollte ich es mir doch noch einmal überlegen."

„Das wagst du nicht. Ein Rückzieher ist jetzt nicht mehr drin."

„Okay, okay, du hast mich überzeugt. Feige bin ich ja wohl nicht."

„Rune und sein Vater, die trainieren auch immer. Oder Vilhelm und Villads. Die haben ..." Mads verstummte mitten im Satz.

Daher wehte also der Wind. Hier fehlte ein Mann im Haus. Und vielleicht erzählst du mir dann, was wirklich Sache ist, fügte er in Gedanken hinzu.

„Wie wäre es mit morgen, Gian, kannst du da?"

Bingo! Mads war immer noch heiß auf Fußball. Hinter der Abneigung steckte also etwas anderes. Bei Gelegenheit würde er trotzdem mit Anders reden.

„Abgemacht, Kumpel." Gian hielt ihm die Hand hin, und Mads schlug ein.

„Das ist jetzt echt krass. Die anderen üben mit ihren Brüdern oder ihrem Vater ... Ich habe leider nur Mamse."

„Wieso leider? Du hast eine richtig coole Mama." Gian versuchte, Lenas Ehre zu retten. Sie tat alles für Mads, aber natürlich konnte sie ihm nicht den Vater ersetzen. Und den brauchte Mads mehr und mehr.

„Doch, sicher", grummelte Mads verlegen, „aber Mamse verliert immer ihre Stöckelschuhe, wenn sie den Ball treffen will."

Gian grinste und nickte ihm verschwörerisch zu, als er Lenas klappernde Absätze hinter sich hörte. Sie stellte eine Kugelvase mit Freesien auf den Holztisch neben dem Sofa. Mads Grübchen erschien wieder auf seinen Wangen.

„Bolzen mit dir ist lebensgefährlich, nicht wahr, Mamse?"

Gian frotzelte mit. „Wahrscheinlich übt sie heimlich für eine Karriere als Messerwerferin im Zirkus Arena."

Lena drohte ihnen mit dem Finger. „Ich würde es auf einen Versuch nicht ankommen lassen. Diesmal sind es die Frauen, die werfen!"

Als Lena ein Kissen nach ihm schleuderte, duckte Mads sich, und das Kissen landete auf dem Boden.

Mads beugte sich vor und hob es auf. „Klar, Mamse, aber treffen müsstest du können."

Gian hob die Hände in gespielter Furcht. „Bitte, keine weiteren Machtdemonstrationen hier im Wohnzimmer." Dann wandte er sich an Lena. „Wenn du nichts dagegen hast, hole ich Mads morgen um halb fünf ab. Er will mich in Form bringen."

„Wunderbar, Gianni. Und ich bringe dich danach wieder aus der Form." Sie lachte schallend über ihren Witz. „Lass uns zusammen eine Pizza essen. Amata kann mir helfen, sie zu backen. Sie mag doch so gern, wenn wir zwei Frauenkram machen."

„Morgen nicht, da haben wir schon unseren Vater-Tochter-Abend geplant."

„Habt ihr das nicht jeden Abend?" Als Gian nur mit den Schultern zuckte, schaute sie zu Mads.

„Zieh dich schon mal aus und putz dir die Zähne."

„Ach menno, Mamse, wir wollten noch ein Rennen fahren." Mads rollte die Augen, während Lena, die in Richtung Küche verschwand, ihm zurief: „Keine Diskussion!"

Mads neigte den Kopf zu Gian und flüsterte: „Sie will dich für sich allein haben. Die will küssen und so einen ekligen Kram."

„Echt? Ich glaub, sie will nur gern Erwachsenengespräche führen. Geh, ich gucke gleich noch bei dir vorbei."

Mads verschwand zwei Stufen auf einmal nehmend die Treppe hinauf in den ersten Stock, wo sein Zimmer lag. Lena erschien mit zwei Gläsern Prosecco und reichte Gian eines. Lena hob das hauchdünn geschliffene Glas und prostete ihm zu. „Auf uns, Gianni!"

Gian hob sein Weinglas, als Lena seine freie Hand ergriff und ihn hinter sich her zur Sitzgruppe vor dem Kamin zog. „Komm zu mir aufs Sofa. Das Essen braucht noch ein paar Minuten."

Vorsichtshalber setzte er sich ans andere Ende der Couch. Lena rückte näher. Sie beugte sich vor, um das Glas auf den Beistelltisch zu stellen, und streifte mit ihrer Brust seinen Arm. „Du siehst zufrieden aus!"

Gian zog sich zurück, aber es gab kein Entkommen mehr. Sein Rücken stieß an die Armlehne. Über ihren Köpfen polterte Mads. Gian war sich nicht sicher, ob er sich wirklich die Zähne putzte, wie abgesprochen, oder gegen imaginäre Feinde kämpfte.

„Vielleicht sollten wir schauen, was er da oben treibt?" Gian nickte mit dem Kopf in Richtung Obergeschoss. „Nach Zähneputzen hört sich das nicht an."

„Ach was, gib ihm noch ein wenig Zeit." Sie legte ihre schlanken Finger auf seinen Schenkel. „Danke, dass du mit ihm trainieren wirst. Mads fehlt ein Vater, so wie Amata wieder eine Mutter braucht."

Er wollte dieses Thema nicht weiter vertiefen. Nicht mit Lena. Und nicht heute Abend. Natürlich hatte sie recht. Seine Kleine brauchte eine Mutter, und zu allem Unglück war Amata völlig begeistert von Lena, weil sie Mädchensachen mit ihr machte. Was sollte er tun? Natürlich wären sie das perfekte Paar, ganz sicher, aber leider funkte es nicht. Das Dopamin in seinem Hippocampus gab keinen Ausschlag in seiner Magengrube, und etwas wollte er fühlen, bevor er sich wieder an einen Menschen band. Er war ein Romantiker, auch wenn er es bisher immer vermasselt hatte. Erst mit Vivian und dann mit Hanna.

Lena war eine gute Freundin, mehr nicht. Das hatte er ihr unzählige Male gesagt, aber die Nachricht kam nicht bei ihr an. Was konnte er noch tun? Er müsste ihre Kontakte auf die Arbeit konzentrieren, aber das würde schwer, jetzt, wo er Mads angeboten hatte, mit ihm zu trainieren.

„Woran denkst du?" Sie musterte ihn und strich ihm eine Locke aus der Stirn.

„An Mads", log er. „Er ist ein toller Junge."

„Ja, frech, aber trotzdem mehr süß als unmöglich. Nur darf er das nicht wissen. Das wär keine Spur cool, süß zu sein. Bei Amata ist das was anderes." Sie nippte an ihrem Prosecco, und ihre Augen blitzten. „Erinnerst du dich, wie ich dich im Bett gebadet habe?"

Beklommenheit und Scham machten sich breit. Nach Hannas Tod hatte er Amata völlig vernachlässigt. Mit Alkohol betäubte er den Schmerz und das schlechte Gewissen, bis Lena, energisch, wie sie war, eingriff, indem sie ihn eines Morgens mit einem Eimer eiskalten Wassers aus dem Bett holte.

„Das werde ich immer wieder machen, solltest du deine Tochter vergessen."

„So hungrig, wie ich bin, könnte das aber passieren. Es duftet so verführerisch aus der Küche. Was gibt es?" Er musste Zeit schinden, sie ablenken. Es war offensichtlich, dass sie sich mehr von diesem Abendessen erwartete als er. Verdammt, er hätte misstrauisch werden sollen, weil Lena einen Tag gewählt hatte, wo Amata bei einer Freundin übernachtete. Das wusste sie, weil Amata und sie fast immer unzertrennlich waren. Und jetzt hatte sie auch Mads hochgeschickt.

„So eilig? Ich dachte, wir lassen uns Zeit. Für alles."

Gian seufzte innerlich. Die Stunden würden sich wie zähflüssiger Honig dahinziehen. Wäre dieser Abend doch schon vorbei! Verflixt, er hatte auch ein klitzekleines Anrecht auf eine Handvoll Glück.

3

Kattegat, 30. Oktober

VIVIAN

W AS HAST DU DIR NUR DABEI GEDACHT?" Vivian hielt das Smartphone weiter von ihrem Ohr weg. Warum hatte sie nicht nachgesehen, wer anrief, bevor sie den Anruf entgegengenommen hatte? Wie konnte sie nur darauf vertrauen, dass Mona noch einmal zurückrief? Nun brüllte Morten ihr ins Ohr, und sie dachte, ihr Trommelfell würde bersten. Sie platzte vor Wut. Seit ihrer Flucht aus Berlin ignorierte sie seine Anrufe. Kolumbus, der kleine Kater, jagte gerade einem Ball hinterher.

„Hast du dich im Dünenhaus verkrochen?"

„Schrei mich nicht an."

Sie hörte, wie Morten tief einatmete. „Vivian, seit Tagen versuche ich, dich zu erreichen, aber immer ist da nur die Mailbox. Ich mache mir Sorgen! Auf deiner Arbeit haben sie mir gesagt, dass du Urlaub genommen hast. Wo steckst du, verdammt noch mal?"

„Was geht es dich an?", schnappte Vivian zurück. „Glaubst du im Ernst, du hast ein Recht darauf zu erfahren, wo ich gerade bin? So wie du mich behandelt hast?" Kolumbus sprang aufgeregt dem Ball hinterher, stieß ihn an. Er rollte vor Vivians Füße. Sie gab der feuerroten Kugel einen sachten Schubs. Kolumbus schlitterte über den Boden hinterher. Der Ball rollte hinter den Ohrensessel. Kolumbus verschwand darunter.

„Natürlich", sagte er. „Wir sind immer noch ein Paar."

Wut pochte hinter Vivians Schläfen. Ihre Hände waren feucht. Immer noch ein Paar. Als wenn das die richtige Antwort wäre. Dann wäre er doch nicht mit dieser Katarina in die Wanne gestiegen. Gut, sie versteckte sich hier und leckte ihre Wunden. Na und? Sie brauchte diese Zeit, um herauszufinden, was sie wollte. Und was sie ertragen konnte. Wo sie leben wollte. Sie reckte den Hals. Wo blieb der Kleine? Er konnte doch nicht ewig unter dem Sessel hocken? Sie ging mit dem Telefon in der Hand ins Wohnzimmer und kauerte sich vor den Sessel. Der Ball rollte heraus. Dann mauzte es kläglich. „Hörst du mir überhaupt zu?"

„Ich bin gerade abgelenkt." Sie lockte Kolumbus, indem sie sachte auf den Boden klopfte. „Was sagtest du?"

„Wir sind immer noch ein Paar."

Ihre Stimme zitterte. „Das sind wir nicht mehr. Es ist vorbei, Morten, endgültig vorbei! Was du da getan hast, verzeih ich dir einfach nicht!"

„Hör her, ich weiß, ich habe Mist gebaut." Er schwieg, als suchte er nach den richtigen Worten. „Aber es ist nicht so einfach. Ich bin momentan ziemlich unter Stress wegen meiner Ausstellung. Das kostet all meine Energie und Aufmerksamkeit." Er räusperte sich. „Ich meine, das mit Katarina, das wär sonst nicht passiert."

Vivian stieß zischend die Luft aus, stand auf und schob den Sessel sachte an die Seite. Sofort schoss Kolumbus heraus. „Meine Ausstellung, mein Stress, meine Wünsche ... Denkst du auch mal an andere Menschen? Oder was du mit deinen Entscheidungen anrichtest? Hast du es wirklich nötig, Karriere als Betthase einer vertrockneten Vogelscheuche zu machen?"

„Vivian …" Wie sie diesen bittenden Ton hasste. Sie stellte sich seinen Blick vor, wie ein Dackel, der um einen Hundekeks bettelte. Diesmal würde sie auf seine Masche nicht hereinfallen. Leider, so hatte sie es in den letzten Tagen erkannt, hatte sie sich viel zu oft um den Finger wickeln lassen. Er wollte nicht heiraten, er wollte keine Kinder, er wollte in Berlin leben, und sie hatte leider immer ja gesagt. Nur um ihre Beziehung zu erhalten, die es so wahrscheinlich nie gegeben hatte. Sie schloss die Augen, und sofort sah sie wieder, wie er mit der schwarzen Hexe im Wasser lag. So heiß es ihr eben noch gewesen war, jetzt packte sie die kalte Wut, und sie fröstelte. Es war ein seltsames Gefühl, dass sich in ihr ausbreitete, eine abgrundtiefe Trauer, schwarz wie ein Loch. Es würde nie wieder so sein, wie es mal gewesen war.

„Vivian, jeder macht mal einen Fehler. Das ist menschlich."

„Aber dann macht man nicht einfach weiter, wo man aufgehört hat! Oder ignoriert, was passiert ist. Du hast deine Wahl getroffen und ich meine! Ich bin hier und versuche herauszufinden, was ich jetzt aus meinem Leben machen werde."

„Ohne mich?"

„Ja, schon. Ohne dich."

„Sei nicht so melodramatisch, verdammt noch mal!"

Sie hörte einen lauten Knall und stellte sich vor, wie er die Faust auf den Tisch hämmerte. „Morten, jetzt pass genau auf! Offensichtlich hast du all die Jahre nur mit halbem Ohr zugehört. Sonst stünden wir jetzt nicht hier. Ich habe dir immer gesagt, wo meine Grenzen sind, und Untreue ist für mich ein Tabu. Da gibt es kein Zurück mehr!"

„Einmal ist doch keinmal. In einer Partnerschaft sollte man auch vergeben können."

„Wir haben doch davon gesprochen, damals, als Gian mich verlassen hat. Und später, als Ursula Heinz untreu war und er bei uns geschlafen hat: Einmal ist einmal zu viel, haben wir beide gesagt. Ich meine das heute immer noch, Morten", zischte sie. „Ich würde dir gern vergeben, aber ich kann nicht. Wie konntest du unser Leben so mit den Füßen treten? Und …" Sie hielt ihre Hand an die pochende Stirn. „Ich frage mich die ganze Zeit, ob ich dir überhaupt vertrauen kann? War es wirklich nur einmal? Gab es andere vor ihr?"

„Nein, es gab nur Katarina."

„Ach ja?" Vivians Stimme knickte. Sie fühlte sich, als wenn sie in ein schwarzes Loch gesaugt würde. Der Kater lag nun erschöpft vor dem Ofen, der Schwanz klopfte sachte auf den Boden. Sie sank neben ihn, vergrub ihre Hände in sein flauschiges Fell. „Das eine Mal ist zu viel."

„Vivian, wir sind schon lange nicht mehr verliebt wie früher, und das weißt du …"

Sie schnappte nach Luft. Wie konnte er nur so verbohrt sein zu versuchen, alles wieder zurechtzubiegen? „Das ist deine Begründung? Deine Entschuldigung? Du gehst fremd, weil es nicht mehr so wichtig ist? Weil wir sowieso nicht mehr verliebt sind wie am Anfang?" Wut überrollte sie wie eine Flutwelle und riss alles mit. Dieser Mistkerl. Vieles hatte sich geändert in den letzten Jahren. Aber war das nicht normal? Ging es anderen Paaren nicht auch so? „Du hättest ja versuchen können, mit mir zu reden oder Zeit in unsere Beziehung zu investieren. Wir hätten gemeinsam ein romantisches Wochenende irgendwo in einem Wellnesshotel verbringen können …

Aber nein, dazu hattest du ja keine Zeit. Weil ich dir egal bin. Darum."

„Ja, das hätten wir machen können. Aber wir haben es nicht. Wir haben nur im Trott weitergemacht. Ich habe mich vergessen, ja, ich geb's zu, ich wurde schwach, als Katarina versuchte, mich zu verführen. Sie ist einfach eine Femme fatale. "

„Sieht die schwarze Hexe das genauso?"

„Die schwarze Hexe?"

„Diese alte Schnepfe von Galeristin, die sich junge Männer ins Bett holt."

„Vivian, diese Ausdrucksweise steht dir nicht. Lass uns bitte noch mal in Ruhe darüber reden! Wie erwachsene Menschen."

„Ich rede darüber, wie es mir passt! Warum hast du mir nicht gesagt, dass du dich in unserer Beziehung eingeengt fühlst? Dass du mehr brauchst? Wärst du doch ehrlich mir gegenüber gewesen! So hast du unsere Beziehung zerstört – und das tut ungemein weh. Geht dir das in den Kopf?" Tränen strömten über ihre Wangen, sie zog die Nase hoch. „Ich blöde Kuh war glücklich mit dir … Aber du hast recht, das war einseitig … Ich war blind."

Mit dem Jackenärmel wischte sie sich über die Augen. Tief einatmen, dachte sie, tief einatmen. Dann werde ich wieder ruhig. Sie schloss die Augen, versuchte, den Schmerz auszublenden, als jemand sie sachte anschubste. Kolumbus. Unter Tränen musste sie lächeln, sie nahm ihn und setzte ihn zwischen ihre gekreuzten Beine.

„Du sagst es selbst. Du liebst mich immer noch. Gib uns bitte eine Chance. Ich habe es gründlich vermasselt, ja, aber wir können es noch retten. Zusammen. Vergiss diesen Abend. Ich verspreche dir, es wird nicht mehr vorkommen."

Sie wischte sich wieder über die feuchten Augen, kreiste den Kopf. Ihre Schultern waren verspannt und hart wie Stahlseile. Leider glaubte sie seinen Beteuerungen nicht. Wenn sie bei ihm bleiben würde, wären sie in ein paar Wochen wieder da, wo sie jetzt waren. Sollte er doch sehen, wie es ohne sie war. Sie massierte ihre Schulter mit der freien Hand und schloss erschöpft die Augen. „Du sagst, es stimmt nicht mehr zwischen uns, und wahrscheinlich hast du recht." Sie hob und senkte ihre Schultern, wollte die Last abwerfen. „Wir kommen nicht mehr zusammen, Morten. Was wird, kann ich dir noch nicht sagen. Ich brauche Zeit für mich."

„Die sollst du haben. Wo bist du überhaupt?"

„Wo wohl? Im Dünenhaus. Es ist viel zu lange her, dass ich hier war. Ich habe mich beurlauben lassen."

„Dachte ich's mir doch! Jetzt trösten dich deine Busenfreunde, und du träumst wieder von einem Leben im Einklang mit der Natur. Wenn du das brauchst, gut. Momentan kann ich allerdings gar nicht aus der Stadt. Und ich hätte dich gern an meiner Seite, jetzt, wo ich die Ausstellung eröffne."

„Du hörst mir schon wieder nicht zu. Ich will allein sein. Bleib gefälligst, wo du bist."

„Noch was … Was hast du mit Katarinas Auto angestellt?"

Das hatte er sich also zusammengereimt. Ein Siegerlächeln huschte über ihre Lippen. „Was soll ich mit dem Wagen angestellt haben?"

„Hast du deine Wut an ihrem Porsche ausgelassen?"

„Du fragst, ob ich mit dem Schlitten gespielt habe?"

„Hast du?"

„Ja, habe ich. Mir sind alle Sicherungen durchgebrannt."

„Fucking bullshit, bist du noch ganz bei Trost?"

„Immerhin hat sie auch mit meinem Leben gespielt."

„Verdammt, Vivian! Katarina ist stinksauer. Das kann dich ziemlich viel Geld kosten."

„Ich auch. Und Geld ist ja Gott sei Dank nicht mein Problem!" Wütend schleuderte sie das Telefon auf den Küchentisch. Dieser miese Idiot. Als ob Geld jetzt eine Rolle spielen würde!

VIVIAN

VIVIAN HOCKTE AUF DEM PARKETT und dachte über Mortens Worte nach. Es war gut, dass sie hier war. Sie könnte es jetzt nicht aushalten, an seiner Seite zu stehen, während er seine Bilder ausstellte. In Katarinas Galerie. In die Räume würde sie ganz sicher keinen Schritt mehr gehen. Sollte sie jemals nach Berlin zurückkehren oder ihrer Beziehung noch eine Chance geben, würde sie verlangen, dass Morten die Zusammenarbeit mit Katarina abbrach. Das würde er sicher nicht akzeptieren. Katarina war für ihn die Eintrittskarte in die Welt der Kunst.

Vivians Herz hämmerte schnell, und sie fühlte eine Enge in der Brust, wenn sie daran dachte, wie sehr ihr Leben zu einer Lüge verkommen war. Traurig stellte sie Kolumbus einen Fressnapf hin und füllte eine Schale mit Wasser. Mauzend strich er um ihre Beine. Sie setzte sich in den Ohrensessel und beobachtete ihn.

Kolumbus krümmte den Rücken. Sein Schwanz klopfte

sachte auf die Dielen. Die Ohren zuckten nervös hin und her, während die rosa Zunge hektisch Wasser schlabberte.

Der Arme! Ständig war er in Hab-Acht-Stellung, immer bereit, den ärgsten Widersachern zu begegnen. Wer konnte es ihm verübeln? So wie das Leben ihm bisher mitgespielt hatte. Sie kannte dieses Gefühl nur zu gut.

Kolumbus leckte sich die Schnauze, reckte sich und strich schnurrend um ihre Beine. Dann hockte er sich wie Bastet, die ägyptische Katzengöttin, mitten ins Zimmer und putzte sich ausgiebig.

„Immer noch vorsichtig, mein Freund? Es ist schon recht so. Man sollte sein Herz nicht zu schnell verschenken. Damals, als meine Schwester Rikke ertrunken ist, habe ich mein wundes Herz auch viel zu schnell wieder verschenkt. Und jetzt siehst du ja, was dabei herausgekommen ist. Darüber könnte ich dir Geschichten erzählen."

Sie hielt Kolumbus ihren Handteller hin; schnalzte leise mit der Zunge. Er unterbrach seine Toilette und schritt mit majestätischer Ruhe zu Vivian. Den Kopf wandte er ab und demonstrierte deutlich: Ich brauche dich nicht. Vivian glitt mit ihrer Hand über das weiche Fell, bis sie die helle Schwanzspitze berührte, die sich wohlig um ihre Finger schlängelte. Sie stand auf, nahm den Fressnapf, um ihn in der Küche auszuwaschen, und stutzte.

Vor der Terrassentür kauerte ein Mädchen. Milchweiße Haut, ein herzförmiges Gesicht, umrahmt von Kraushaaren, und einen Geigenkasten auf dem Rücken. Vivian öffnete die Tür.

„Ist alles okay mit dir?"

Statt zu antworten, stellte die Kleine selbst eine Frage, die Augen auf Kolumbus gerichtet. „Wie heißt die Katze?"

„Das ist ein Kater. Kolumbus."

„Komischer Name." Sie schürzte den Mund und spähte ins Haus, wo Kolumbus sich vor dem Kamin zusammengerollt hatte.

„Meinst du? Kolumbus hat die Welt erforscht und dabei nasse Pfoten bekommen. Jemand wollte ihn ertränken. Da habe ich ihn gerettet. Ausserdem hat er blaue Augen."

„Echt? Warum hast du ihn nicht Moses genannt?"

„Gute Idee. Aber dafür ist es zu spät. Er lag ja nicht im Körbchen. Und dieser Kolumbus wird noch viele Abenteuer erleben."

„Lebt er jetzt bei dir?"

„Hm, ja, wir passen aufeinander auf. Ich bin übrigens Vivian. Und du?"

„Amata." Sie rappelte sich auf und reichte Vivian die Hand. Dabei entblößte sie ihre kleinen Mäusezähne. Vorn hatte sie eine Zahnlücke, die ihr ein verwegenes Aussehen gab.

„Wo sind deine Eltern?"

„Paps arbeitet."

„Darfst du so allein hier herumlaufen? Wie alt bist du eigentlich?"

Amata lachte. „Natürlich darf ich das. Ich bin schon sieben und geh immer diesen Weg, wenn ich vom Geigenunterricht komme." Sie drehte sich zur Seite und linste ins Wohnzimmer. „Ist er weich?"

„Ganz flauschig weich wie Babywolle." Vivian lächelte.

„Darf ich Kolumbus streicheln?"

„Natürlich, wenn du glaubst, dass deine Eltern nichts dagegen haben, dass du rein kommst."

„Nö, warum sollte Paps?"

Vivian runzelte die Stirn. Wahrscheinlich waren Eltern auf dem Land nicht so paranoid wie in der Stadt. Nun, sie konnte es nicht wissen, weil sie ja leider keine Kinder hatte. Aber warum redete die Kleine nur von ihrem Paps? Hatte sie keine Mutter mehr? „Gut, dann komm rein, hier draußen ist es viel zu kalt. Sei vorsichtig, er ist noch recht scheu."

Amata streifte die Schuhe ab, schnallte den Geigenkasten vom Rücken und legte ihn auf den Boden. Ihre langen Beine steckten in einer ausgefransten Jeans. Mit kurzen Schritten war sie bei Kolumbus und legte die Hand auf seinen Bauch. Er schnurrte leise, blinzelte und leckte ihre Finger.

„Wow, er mag dich." Vivian nickte anerkennend. „Du scheinst dich mit Tieren auszukennen."

„Ich weiß nicht, aber ich mag ihn auch. Boah, ist der flauschig … " Sie vergrub die Finger in dem buschigen Fell und schob ihre Zungenspitze durch die Zahnlücke.

Vivian beobachtete die beiden. „Ich wollte mir gerade warmen Kakao machen. Möchtest du auch einen Becher?"

„Klaro. Hast du Sahne?" Amata streckte sich neben Kolumbus vor dem Kamin aus und sah Vivian erwartungsvoll an.

„Stellst du immer Fragen, wenn dich jemand was fragt?"

„Warum willst du das wissen?" Sie schob ihre Nase in Kolumbus Fell.

„Nur so. Willst du auch Schokostreusel? Oder kleine Marshmallows?"

„Warum nicht? Die werden so schön zuckerig und lösen sich auf." Sie kraulte Kolumbus zwischen den Ohren. Bisher hatte Vivian ihn nicht so entspannt gesehen, und sie selbst hatte ihn niemals so lange berühren dürfen. Schmunzelnd machte sie sich auf den Weg in die Küche.

„Ich glaub, er braucht Freunde", rief die Kleine hinter ihr her. Nur das Knistern und Knacken der Holzscheite waren zu hören und das wohlige Schnurren des Katers.

„Wer braucht die nicht?", antworte Vivian ihr aus der Küche. Sie goss Milch in die Tassen, gab Kakao dazu und stellte alles in die Mikrowelle. Während der Kakao warm wurde, holte sie die Marshmallowkügelchen aus dem Schrank. Bei dem Ping des Ofens nahm sie die beiden Tassen aus der Mikrowelle. Sie spritzte Sahne auf ihren Kakao und streute Marshmallows auf Amatas Tasse.

Durch die offene Küchentür hörte sie, wie Amata leise mit Kolumbus sprach und der Kater zufrieden schnurrte. Diese untreue Seele! Biederte er sich so mit dem Mädchen an. Wahrscheinlich solidarisierte er sich mit Amata, weil sie beide noch Kinder waren. Vivian lächelte und ging wieder ins Wohnzimmer. Sie stellte die Tasse Kakao auf den Boden neben Amata. Schwerer Schokoladenduft füllte das Zimmer. Kolumbus hob träge den Kopf und klopfte mit dem Schwanz auf den Boden.

Die Kleine fixierte sie über den Becherrand, während sie mit dem Löffel die Marshmallows von der Oberfläche fischte. Vivian wippte sachte im Schaukelstuhl und nippte an ihrem Kakao.

Amata kicherte. „Du siehst lustig aus!"

„Ach nee, warum das denn?"

„Weil du einen Milchbart hast."

„So ein Mist aber auch! Ich dachte, dir würde das nicht auffallen."

Amata steckte den Löffel in den Mund und schleckte ihn genüsslich ab. „Geschmolzene Marshmallows sind ein Traum." Sie schluckte und steckte den Löffel wieder in ihren Becher. Dann runzelte sie ihre Stirn. „Warum hast du geglaubt, dass ich das nicht sehe? Ich bin doch nicht blind."

„Nein, aber du hast nur Augen für Kolumbus, und ich wollte mir doch einen Vorrat von Kakao für später anlegen." Vivian setzte ihre Ich-meine-das-absolut-ernst-Miene auf.

Amata hob die Augenbraue. „Das glaub ich nicht. Warum solltest du das denn?"

Vivian lachte und leckte sich den Sahnebart ab. „Erwischt. Ich wollte dich nur necken. Aber du bist offensichtlich eine kluge kleine Dame."

„Paps sagt, ich bin nicht auf den Kopf gefallen."

„Dein Paps hat recht."

„Du wohnst noch nicht lange hier." Amata stellte ihre Tasse auf den Boden und vergrub wieder ihre Finger in Kolumbus Fell.

„Stimmt, du kennst dich ja gut aus. Du wohnst also hier?"

Wieder ignorierte Amata Vivians Frage. „Bleibst du länger?"

„Ich weiß es noch nicht."

„Kolumbus will sicher nicht woanders wohnen. Jetzt hat er ja mich als Freundin. Da solltest du nicht wegziehen."

„Ja, ich würde auch gern hier wohnen. Ich finde es schön hier. Das Meer und die Dünen ...“

„Dann bleibst du? Wenn du wegziehst, verliert er ja seine Freunde.“

Vivian schmunzelte. „Du meinst, er verliert dann dich?“

„Genau. Also, bleibst du?“

„Das ist nicht so einfach. Ich arbeite in Berlin.“

Amatas Gesicht verdunkelte sich. Sie war mit dieser Auskunft nicht zufrieden.

Vivian trank einen Schluck. „Hast du schon mal jemanden verloren?“

„Warum fragst du das?“

„Weil du nur deinen Paps erwähnt hast. Da dachte ich ...“

„Dass ich keine Mutter habe?“, fragte Amata und spitzte ihre Lippen.

Vivian nickte. Das war eine blöde Frage gewesen. „Tut mir leid, das geht mich nichts an.“

„Ich habe eine große Familie“, sagte Amata trotzig. „Und bald auch wieder eine Mama. Meine richtige Mama ist gestorben, damit du das weißt.“

Vivian blinzelte eine Träne weg. Ihr Herz fühlte sich plötzlich wie eingemauert an. Rikke. Ihre kleine Schwester Rikke war viel zu früh gestorben, nur ein wenig älter als Amata war sie gewesen. Rikkes Tod hatte Vivian aus der Bahn geworfen. Amata hatte ihre Mutter verloren. Das war furchtbar. Ob sie sich genauso leer fühlte, wie sie damals?

„Das tut mir leid, Amata.“

„Wenn man jemanden verliert, tut das feste weh. Wie wenn man in ein Loch fällt, sich den Fuß verstaucht und nicht mehr rauskommt. Das willst du doch nicht, dass Kolumbus das erlebt? Kolumbus wäre sehr traurig, wenn er eine Freundin wie mich verliert."

„Nein, das will ich nicht. Ich werde alles tun, damit Kolumbus nicht traurig wird."

„Dann ist alles gut." Amata wandte sich wieder Kolumbus zu. Ihr Lächeln war wie weggewischt, ein dunkler Schatten glitt über ihre helle Haut. Dann verschloss sie sich wie eine Auster und presste ihren Mund fest zu. Nur das Ticken der Uhr war in der Stille zu hören.

„Wenn du jetzt Kolumbus' Freundin bist, kannst du mit ihm spielen, wann immer du willst. Aber du solltest mit deinem Paps darüber reden. Er muss wissen, wo du bist. Einverstanden?"

„Echt?" Sie strahlte Vivian an, und einen Augenblick hatte Vivian das Gefühl, als wenn die Herbstsonne den Nebelschleier wegzog. „Das wär schön."

„Ja, finde ich auch. Kolumbus mag dich, und ich bin mir sicher, er würde sich freuen. Schau mal, er jagt gern hinter diesem Ball her."

Vivian stand auf, holte Kolumbus' Ball, der unter die Kommode gerollt war. Sie warf den Lederball, an dem eine Schnur festgebunden war, über den Boden. Sofort machte Kolumbus einen Satz und flitzte dem Spielzeug hinterher. Sie zog am Garn, veränderte die Position des Balls. Blitzschnell sprang der Kater in die andere Richtung.

„Lass mich mal!" Amata griff nach dem Ball, doch Kolumbus sprang flugs. Seine Krallen gruben sich in ihre Hand. Amata sprang auf. Tränen glitzerten in ihren Augen. Sie wich zurück.

Vivian stand auf, nahm ihren Arm. „Lass mich mal sehen."

Feine Striemen zogen sich über die helle Haut. Amata verzog ihr Gesicht. Gleich würde sie wie ein Vulkan explodieren, dachte Vivian, aber nichts passierte. Die Stille, mit der sie den Schmerz ertrug, schmerzte Vivian fast körperlich. Dieses Kind hatte viel zu früh gelernt, dass das Leben auch viele Dornen hat. „Blöde Katze." Amata stampfte auf, und Kolumbus floh hinter den Sessel. „Das hat weh getan."

„Warte, ich hole Pflaster." Vivian kletterte die Stiege zum Badezimmer hoch. Sie stieß sich den Kopf an der Decke und fluchte leise. Oben durchforstete sie den Apothekerschrank, bis sie eine verbeulte Packung Pflaster fand. Vorsichtig tupfte sie die Blutstropfen vom Amatas Handrücken. „Du bist ganz schön tapfer. Machst gar keinen Mucks."

„Das sagt Paps auch immer."

„Siehst du, und wenn er es sagt, dann stimmt es auch."

Vivian schaute aus dem Fenster, vor dem die Dämmerung auf die Nacht lauerte. Sie knipste die Stehlampe an und fütterte die Flammen mit Holz.

„Ich sollte dich jetzt nach Hause bringen."

„Warum? Das mache ich doch immer allein."

„Ich wüsste gern, dass du gut zu Hause ankommst. Deine Familie vermisst dich sicher schon. Jetzt zieh dich an, und vergiss die Violine nicht." Vivian nahm ihre Daunenjacke vom Haken. „Wo wohnst du?"

„Kennst du das Restaurant La Trattoria? Dort kannst du mich absetzen."

Sie war eine Fontana! Und sie Schussel hatte Amata zu sich eingeladen. Das konnte nicht gut gehen!

Amata drehte sich noch einmal um und winkte Vivian zu. La Trattoria lag mitten im Dorf mit Ausblick auf den Marktplatz.

Der Geigenkasten schlug an ihre Wade. Sie hüpfte auf einem Bein über die Terrakottafliesen der Terrasse. Dann stemmte sie sich mit aller Kraft gegen die Tür und stieß sie auf. Er duftete nach Knoblauch, Basilikum und Tomate. Sie winkte Tante Chiara zu, die hinter der Bar Gläser abwusch, und schlüpfte durch die Schwingtür in die Küche. Dort stellte sie ihren Geigenkasten an die hintere Wand. Nonnas Hände waren mehlbestäubt. Ihre Augen waren umkränzt von Lachfalten, als sie Amata erblickte.

„*Bambina,* du kommst spät." Sie schmatzte Amata zwei feuchte Küsse auf die Wangen, drehte sich wieder um und warf eine Handvoll Tortelloni ins kochende Wasser. Schnell wischte Amata sich die feuchte Backe trocken. Nonna mischte Salat und stellte die Schüssel auf den Tisch. „Du bist sicher ausgehungert wie ein Eisbär."

„Geht so." Amata fischte eine Mozzarellakugel, die sie an einen Schneeball erinnerte, aus der Sauce. „Ich habe mit Kolumbus gespielt." Nonna spitzte die Lippen. Das war ein untrügliches Zeichen, dass sie ihr zuhörte. Das konnte Nonna besser als jeder andere. Sogar besser als Paps.

Nonna konnte gut zuhören, sagte sie immer, weil sie in ihrer Küche viele Geschichten hörte, wenn sie jemanden mit einem Teller Nudeln tröstete. Aber einen Haken hatte die Sache doch. Leider wusste Nonna auch immer besser als jeder in der Familie, was man zu tun hatte. Ihre

Ermahnung gab's dazu, so wie die Bruschetta, die alle Gäste gratis serviert bekamen.

„Kolumbus? So heißt doch keiner aus deiner Klasse?"

„Nö", kicherte Amata. „Eigentlich müsste er auch Moses heißen."

„Dann hast du mit Christoph Kolumbus gesprochen? Ist der nicht zu den Indianern gesegelt? Was macht er hier? Soll ich ihm eine Pizza machen?"

„Nonna", prustete Amata los und verschluckte sich fast an einer Mozzarellakugel, so sehr musste sie lachen. „Der doch nicht!"

„Kolumbus, der war über den Ozean? Und weg war er."

„Nicht der Kolumbus. Mein Kolumbus ist ein süßer seidenweicher Kater", schwärmte Amata, und weil Nonna immer eine Heidenangst vor Krankheiten hatte, fügte sie zur Sicherheit noch schnell hinzu: „Kolumbus ist keine wilde Katze, sondern eine kleine Hauskatze ist er. Und sooo süß!"

Da zuckten Nonnas Schultern. Eine Welle flutete durch ihren runden Körper, und Nonna lachte und lachte, bis ihr Tränen über die Wangen rollten und sie einen Schluckauf bekam. Sie wischte sich mit dem Handrücken die Augen trocken und schüttelte sich vor Lachen.

„Kolumbus? Katzen mögen doch kein Wasser."

Der Croûton krachte so schön zwischen ihren Zähnen. „Nonna, er hat das weichste Fell der Welt. Noch flauschiger als Tante Chiaras Pullover."

„Sì, so ein Kater ist ganz schön weich, *bella,* da hast du recht. Und wo wohnt dieser Kolumbus?"

„Im Dünenhaus."

„Echt? Sind da Feriengäste?"

Amata saugte an einem neuen Croûton, bis er auf ihrer Zunge zerbröselte. „Ich glaube, Vivian gehört das Haus. Sie ist echt nett. Und weißt du was? Sie hat rotes Haar und trägt eine dicke Brille …"

„Vivian?" Nonna richtet sich auf, als ob sie den Rücken strecken müsste. Ihre Augen funkelten. „*Bella*, wie konntest du nur zu dieser fremden Frau ins Haus gehen? Was wollte diese Vivian von dir?"

„Warum?"

„Ich kenne sie von früher, und da war sie alles andere als nett."

„Nonna, ehrlich. Ich habe die Katze durch das Fenster gesehen. Dann hat Vivian mich reingelassen, und wir haben Kakao getrunken …"

„Also ist sie schuld, dass du so spät kommst?" Nonna beugte sich wieder über die mit Mehl bestäubte Arbeitsfläche. Ihre Bewegungen waren hektisch. Amata biss auf ein Rucolablatt und kräuselte die Stirn. I, schmeckte das bitter. Nonna klatschte die Tomaten-Basilikumpaste auf die Bruschetta. Warum war sie jetzt so wütend?

„Nein, ich wollte nur mit Kolumbus spielen, und Vivian ist wirklich nett. Sie hat mich sogar nach Hause gebracht, weil ich nicht allein durchs Dunkle gehen sollte. Dabei bin ich doch kein Baby mehr."

„Das war das Beste, was sie tun konnte." Nonnas Messer hämmerte aufs Holzbrett, als wollte sie die Tomaten abschlachten.

„Ich darf immer mit Kolumbus spielen, hat sie gesagt."

„Wirklich?"

„Ja, Nonna, ich gehe morgen wieder zu ihr. Vielleicht kann sie hier auch mal essen, damit du sie kennen …"

Nonna hob die Hand mit dem Messer und fuchtelte in der Luft herum. „Diese Vivian hat hier nichts zu suchen. Du gehst da nicht mehr dahin."

Das hier war falsch. Amata wusste nicht, warum, aber irgendwas war richtig falsch. Nonna hatte immer Platz für Gäste. Sie sprang auf. Ihr Stuhl polterte auf den Boden. „Das ist ja zum Mäusemelken! Warum soll ich Kolumbus nicht mehr sehen?"

„Das ist besser so. Gäste kommen und gehen. Vivian wird auch nicht hierbleiben. Und dann vermisst du nur den Kater."

Tränen brannten hinter Amatas Lidern. Kolumbus sollte nicht aus ihrem Leben verschwinden. Überhaupt niemals. Vivian durfte gern abreisen, wenn sie wollte, aber Kolumbus, der war so niedlich. Er war wie ein eigenes Haustier. Na ja, fast. Ein geborgtes Haustier.

Und wenn Nonna doch recht hatte? Wenn Vivian abreisen und Kolumbus mitnehmen würde? So wie Mami damals einfach gestorben war? Ihr Hals wurde ganz eng, so dick war der Kloß, der sich dort breitmacht. Oder konnte sie Kolumbus dann behalten? Sie wollte nicht schon wieder allein sein. Möglich, dass Vivian ihn gar nicht haben wollte, wenn sie wieder heimfuhr.

„Erst mal bleibt sie ja."

„Aber später reist sie ab, Amata, denn sie gehört nicht hierher." Nonna schob die Bruschetta in den Ofen.

„Warum soll sie nicht hierher gehören?"

Nonna antwortete nicht, sie presste die Lippen zu einem schmalen Strich zusammen. Das war blöd. Amata holte zu einem Gegenangriff aus. „Du kommst doch auch aus Italien."

Abrupt hielt Nonna still, drehte sich um und funkelte

Amata an. „Natürlich gehören wir hierher. Aber Vivian, sie hat schon lange ein Leben gelebt, in dem wir keinen Platz haben."

4

Liseleje, 31. Oktober

VIVIAN

DIE DÄMMERUNG SENKTE SICH LANGSAM ÜBER DIE DÜnen. Dieser Tag war so seltsam gewesen. Vivian hatte morgens im Stall ausgeholfen, und dann war sie über den Hof zu Mona gelaufen, um ihr wie versprochen bei der Vorbereitung des Festes zu helfen. Das Essen, leckere Canapés, Salate und Brote, würde am Abend geliefert werden. Sie hatten Tische und Stühle geschleppt, Tischdecken und Blumen arrangiert und das Zelt geschmückt. Vivian hatte das Gefühl, dass die Zeit zurückgedreht worden war. Sie alberte wie ein junges Mädchen unbekümmert mit Mona herum, bis die Erinnerungen wieder zurückkehrten an ihre erste große Liebe. Gian mit den Augen wie geschmolzene Bitterschokolade. Rikkes Tod. Und dann Gians Verrat.

Während sie in der Wanne lag, im heißen Wasser die müden Muskeln auflockerte, dachte sie an alte Zeiten. Was hatte Gian an ihr gefunden? Ihre Eltern hatten immer nur gelächelt, wenn er mit zu ihnen kam, die schwarzen Locken verwegen in der Stirn. Als wenn sie wüssten, dass diese Liebe keine Zukunft hätte. Immerhin war sie sechzehn gewesen, als sie sich zum ersten Mal begegnet waren.

„Vivian", meinte ihre Mutter immer wieder lächelnd. „Gian ist ein netter Junge, aber auf Dauer? Das wird nichts mit euch."

„Warum? Wenn wir uns doch lieben?" Sie stemmte vor Wut die Arme in die Hüften. „Ist er nicht gut genug?"

„Doch, aber er passt nicht zu dir." Mehr hatte ihre Mutter nicht gesagt, und Vivian wusste genau, was sie damit sagen wollte. Wir sind Geschäftsleute, kommen aus Hellerup, da können wir uns nicht mit einem Einwanderer zufriedengeben. Seine Eltern können nicht einmal richtiges Dänisch reden. Ihre Mutter hatte Gian oft genug gezeigt, dass sie ihn nicht schätzte, nicht direkt, aber auf perfide und gemeine Art.

Vivian tauchte unter Wasser, hielt die Luft an. Die Erinnerung überrollte sie wie eine Welle. Warum hatten ihre Eltern sie nicht verstanden? Warum hatten sie ihr Glück belächelt? Gian hatte ihr das Gefühl gegeben, wichtig zu sein, einzigartig. Jetzt, wo Morten sie betrogen hatte, spürte sie wieder, wie gewöhnlich sie war. Er hatte sie einfach durch Katarina ersetzt. Und der Schmerz brannte in ihrem Inneren wie eine offene Wunde.

„Gian, ich habe noch Kleidung aus der letzten Kollektion. Schau mal, ob etwas für dich dabei ist." Erst hatte Vivian sich gefreut, dass ihre Mutter an Gian gedacht hatte, aber bald hinterließ die prickelnde Freude, die durch ihren Körper geströmt war, nur einen schalen Geschmack im Mund.

„Danke." Gian warf ihrer Mutter sein entwaffnendes Lady-Di-Lächeln zu, das scheue Lächeln, bei dem Vivian immer weiche Knie bekam. „Ich schaue sie mir gern an."

Ihre Mutter zog eine Designerjeans aus dem Stapel. „Die müsste dir passen."

„Ich geh' eben ins Badezimmer."

Irgendwie hatte Vivian das Gefühl, dass dies nicht

der richtige Weg war, um Gian in die Familie aufzunehmen. Es war demütigend, als wenn man ihm ins Gesicht sagte: Die Kleidung, die du trägst, ist nicht gut genug. Du bist zu arm, um dir diese Klamotten zu leisten. Aber Gian verzog keine Miene. Ihretwegen. Er schnappte sich die Jeans und verschwand stillschweigend auf der Toilette. Vivian hielt die Luft an, wagte nicht, ihre Mutter anzusehen. Als sie sicher war, dass Gian sie nicht hören konnte, fuhr sie ihre Mutter an: „Was fällt dir ein, ihn so zu demütigen?"

„Demütigen? Ich wollte ihm nur eine Freude machen." Ihr Gesicht sprach Bände.

Niemals zuvor hatte Vivian sich so sehr geschämt, zu den Reichen und Schönen aus dem Helleruper Luxus-Ghetto zu gehören. „Eine Freude machen?"

„Ja, was denn sonst? Er ist dein Freund."

„Ist er nicht gut genug, so wie er ist?"

„Ach Vivian", sagte ihre Mutter und schüttelte den Kopf. „Was du aber auch immer hast."

Doch als Gian dann aus dem Badezimmer zurückkam, wusste sie, dass sie recht gehabt hatte. Die Jeans, in die er sich mit Mühe gepresst hatte, war eine Nummer zu klein und saß viel zu stramm. Ihre Mutter fand sonst immer die richtige Bekleidungsgröße für jeden Kunden. Sofort. Ihr Auge war geschult. Sie hätte auch für Gian die richtigen Hosen finden können. Aber sie hatte ihm die falsche gegeben.

„Die sitzt ja wunderbar. Wie angegossen!", flötete sie mit gespielter Begeisterung.

Gian schwieg. Wahrscheinlich war ihm das Ganze nur peinlich. Oder er war beeindruckt von dem Haus mit den teuren Möbeln. Er hatte ihrer Mutter gedankt, obwohl er wissen musste, dass er diese Hose niemals tragen würde.

Vivian hatte sich oft gefragt, warum er sie mochte. In Hellerup hatte sie nie richtige Freunde gefunden. Zumindest empfand sie das so. Sie war verunsichert, ob die Klassenkameraden sie meinten oder das Bankkonto ihrer Eltern.

Gian war anders. Er wusste nicht, wer die Sangilds waren. Als er an einem Sommerabend am Strand Würstchen mit einigen Freunden grillte, hatte er ihren Blick aufgefangen und gefragt: „Hast du Hunger? Dann setz dich zu uns. Wir haben mehr als genug."

So hatte alles angefangen. Dazwischen lagen Sommermonate und Wochenenden am Meer, das berauschende Gefühl, jemandem wirklich wichtig zu sein, das Entdecken der Dynamik einer italienischen Familie, Lachen und Tanzen, Pizza und Pasta ohne Ende und viele gestohlene Stunden der Zweisamkeit mit Gian. Drei Jahren waren sie zusammen gewesen, bis sogar ihre Eltern akzeptieren mussten, dass niemand sie auseinanderbringen konnte. Das glaubte Vivian damals zumindest.

Erst viel später hatte sie verstanden, was sie einander geschenkt hatten. Sie kamen aus verschiedenen Welten, aber sie waren beide Außenseiter.

Das Wasser kühlte ab. Vivian fröstelte und ließ warmes Wasser nachlaufen.

Und dann war alles zerbrochen. Warum, das hatte sie nie richtig verstanden. Als ihre Schwester Rikke ertrank, endete auch Gians und Vivians Liebe, und Vivian wusste bis heute nicht, warum. Die Zeit danach, als ihr klar wurde, dass sie sich so sehr in Gian getäuscht hatte, hatte sie verletzt. Sie hatte an ihn geglaubt, in ihm einen Freund fürs Leben gesehen; fest überzeugt, die Liebe ihres Lebens gefunden zu haben. Aber sie hatte sich getäuscht. Nur der Gedanke daran schmerzte höllisch, sie schubste ihn weg wie einen Angreifer. Aber hier kamen die Erinnerungen wieder aus den dunklen Winkeln ihrer Seele hervorgekrochen.

So wie sie sich jetzt auch in Morten getäuscht hatte. Ihre Menschenkenntnis war grottenschlecht. Auf ihren Instinkt konnte sie sich nicht verlassen. Gab es überhaupt einen Menschen, der sie um ihrer selbst willen wollte? Sie glaubte es nicht mehr. Seitdem sie wieder in Dänemark war, träumte sie von Gian und nicht von Morten. Aber Gian war mit Lena zusammen.

Sie stieg aus der Wanne, trocknete sich ab und verwöhnte ihre Haut mit einer Bodylotion. Dann schlüpfte sie in eine schwarze Jeans und streifte sich eine weiße Bluse über. Perfekt. Noch Parfüm hinter die Ohren.

Sie betrachtete sich im Spiegel. Lässig und stilvoll. Genauso, wie sie sich wohlfühlte. Ihr Bauch rumorte. Wahrscheinlich würde sie heute Gian wiedersehen. Nach all den Jahren.

VIVIAN

Zur Feier des Tages hatten Mona und Anders ein beheiztes Zelt im Hof aufgestellt. Jetzt, da die Nacht ihren schwarzen Arm um alles legte, grinsten Kürbisfratzen auf dem Hofplatz. Die Einfahrt war mit Fackeln gesäumt, die im Wind flackerten und rotes Licht auf den Weg warfen. Auf den Tischen im Zelt standen Totenköpfe und an den Zeltstangen baumelten Skelette. Unter dem Zeltdach flog eine Hexe auf einem Besen durch die Luft.

Vivian steuerte auf den Hauseingang zu. Gleich kämen die ersten Gäste. Sie würde nur schnell ihre Tasche bei Mona abstellen. Dann konnte sie Mona auch fragen, wo sie sich nützlich machen könnte. Vivian lief zur Haustür und klingelte.

„Vivian!" Mona öffnete und musterte sie überrascht. „Die Party geht im Zelt ab. Was willst du hier?"

Vivian lachte. „Das weiß ich doch, aber ich wollte meine Tasche abstellen und dich fragen, ob ich noch irgendwo anpacken soll."

„Ach was, du hast mehr als genug getan." Mona zog sie in den Flur und kniff die Augen zusammen. „Tja, aber so geht das absolut nicht."

„Ich verstehe nicht ...", stotterte Vivian überrascht. „Was ist nicht in Ordnung?" Sie sah an sich herunter. „Hast du Probleme mit meinem Outfit?"

„Und ob ich das habe", knurrte Mona mit einer Stimme wie Gewittergrollen.

Vivian trat vor den Spiegel in der Garderobe. Festlich und lässig, das musste doch passen. Gedeckte Farben.

„Ja, ja, ich dachte, du wüsstest, dass man auf einer Halloweenparty anders aussieht. Die Farbe passt ja schon, aber der Rest?" Mona schüttelte den Kopf. „Das geht nicht."

„Ach, so wichtig ist das nicht. Das fällt doch keinem auf." Vivian versuchte, das Thema zu wechseln. „Du siehst wie eine Hexe aus ..."

Mona hatte die violetten Haare unter einem spitzen Hut verstaut. Mit ihrem alltäglichen Flower-Power-Outfit sah sie aus wie direkt vom Blocksberg importiert. An der Wand hinter ihr lehnte ein Besen. Damit, so dachte Vivian, war Mona allen Klischees gerecht geworden.

„Tut mir leid, dass ich so einfallslos bin." Wie konnte sie auch wissen, dass man in Dänemark jetzt Halloween im großen Stil feierte? Früher hatte sich kein Mensch zu Halloween verkleidet. Die Kinder waren niemals singend von Haus zu Haus gezogen.

„Komm mal mit. Wir können das noch verfeinern", sagte Mona und stieg die Treppe hoch. „Der Grundstock ist okay, aber du musst verwegener und gefährlicher aussehen."

Im Schlafzimmer öffnete sie den Schrank und wühlte sich durch Anders' Kleidung.

„Weißt du, das musst du nicht", sagte Vivian. „Ich bin einfach so dabei."

„Doch", tönte es aus dem Schrank. „Sonst fühlst du dich außen vor und fällst sofort ins Auge. Warte, ich habe schon eine Idee."

Vivian setzte sich aufs Bett. Sollte sie vielleicht wieder nach Hause fahren? Dann brauchte sie Gian auch nicht unter die Augen zu treten. Mona hatte sowieso genug damit zu tun, die Gäste und Kunden zu unterhalten. „Wenn ich serviere und Geschirr wasche, brauche ich doch keine Verkleidung."

„Hier habe ich es!", rief Mona triumphierend. Sie hielt eine schwarze Lederweste in der Hand. „Das ist perfekt. Probiere sie mal an!"

Vivian nahm die Weste und zog sie über. Mona schlug die Schranktür zu und kramte weiter in der Kommode. „Wir werden aus dir einen Piraten machen, so wie Jack aus *Pirates of the Caribbean.*"

„Was?"

„Kennst du den Film nicht?"

„Nein, ich lese und steh nicht auf Piraten."

„Tja, heute Abend wirst du aber einen abgeben." Sie wedelte mit einem roten Schal. „Den kannst du als Kopftuch verknoten. Danach brauchst du nur noch Farbe."

Mona zerrte sie mit ins Badezimmer, setzte Vivian auf den Wannenrand und umrahmte Vivians Augen mit einem schwarzen Kajalstift. Sie malte ein Muttermal auf ihre Wange, trat zurück und nickte anerkennend. „Sehr gut. Schau mal in den Spiegel."

Vivian stand auf. „Ja, ich sehe schon. Das ist etwas anderes als meine Jeans." Sie fischte ein Taschentuch aus ihrer Hosentasche und wischte sich das Muttermal weg.

„Ey, was machst du da?"

„Ich mag kein Muttermal."

„Das sieht aber spannend aus."

„Es erinnert mich an Katarina. Kein Muttermal für mich."

„Okay, eins zu null für dich." Mona steckte den Kajalstift weg und rollte Vivians Ärmel hoch. „Du solltest die Ärmel aufrollen, das ist verwegener. Dann noch die eine Seite des Hemdes in die Jeans stecken und warte …" Sie trat einen Schritt zurück. „Da fehlt noch was?"

Vivian sah in den Spiegel, stemmte die Arme in die Hüften und drehte und wendete sich. „Ich bin doch perfekt."

„Dir fehlt noch ein Bart, aber den hat Anders schon … warte, ein Halstuch tut es auch."

Mona verknotete das Tuch und nickte zufrieden. „Nun kann die Party losgehen."

Gian entdeckte Vivian sofort, und alles andere hörte einen Moment lang auf zu existieren. Das Porzellan klirrte, die Bässe wummerten und fluteten durch seinen Körper. Die Stimmen der Gäste füllten den Raum, aber ihm war, als ob mit einem Schlag alles gedämpft wurde und er sich in einer Luftblase befand – bei Vivian. Sie hatte sich zu einer Frau von solcher Schönheit entwickelt, dass er glaubte, sie sei nur seinem Tagtraum entsprungen. Ihr tizianrotes Haar funkelte so sehr, dass sie nicht zu übersehen war.

Er musterte sie eingehend. Ihre melancholische Ausstrahlung traf ihn mitten ins Herz. Sie hatte ihn noch nicht entdeckt, was ihm den Vorteil verschaffte, dass er sie ausgiebig anschauen konnte, wie sie dort am Buffet stand und gedankenverloren an etwas knabberte. Ihr Blick war in die Ferne gerichtet, die Augen traurig, und es schien, als ob sie sich völlig verlassen fühlte. Überflüssig.

Ihre Verletzlichkeit raubte ihm den Atem. Er konnte seine Augen nicht von ihr losreißen. Ihm wurde warm, sein Atem beschleunigte sich. Dann entwich ihm ein sehnsuchtsvolles Seufzen. Wie hatte so viel Zeit vergehen können, ohne dass er sie gesehen hatte? Wie hatte er sich jemals einbilden können, sie nicht zu lieben?

Lena schob ihre Hand unter seinen Arm. Besitzergreifend. Sie hatte bemerkt, dass er ihr entglitt. „Alles okay mit dir, Gianni?"

Ihm war klar, dass er sich nicht gerade als Gentleman aufführte. „Doch, alles bestens." Seine Stimme klang selbst in seinen Ohren aufgesetzt. Hoffentlich hörte sie das bei diesem Lärm nicht. Er versuchte zu lächeln. „Hier ist es so laut, dass es mich fast umhaut. Und dann die tollen Dekorationen. Ich fass es nicht, wie Mona das alles geschafft hat."

Lena kräuselte fragend die Stirn. Seine Antwort war kläglich, aber er hatte selbst keine Ahnung gehabt, dass Vivian immer noch diese Wirkung auf ihn ausübte. Sie sollte nicht diese Macht über ihn haben. Deshalb mobilisierte er seine ganze Wut, dachte an all das, was sie und ihre Familie ihm angetan hatten. Vergeblich. Sobald er sie anschaute, verschwand der angestaute Ärger wie Nebelschwaden in der Sonne.

„Lass uns zu Vivian gehen. Ich bin neugierig, warum sie plötzlich hier aufgetaucht ist", sagte Lena und schob ihn sanft in Vivians Richtung. Er nickte, zerrissen vom Wunsch, mit ihr zu sprechen, und der Angst, sich bis auf die Knochen zu blamieren. Vor Vivian und vor Lena. Vivian hatte ihm nach Rikkes Tod mehr als deutlich zu verstehen gegeben, dass zwischen ihnen nichts war. Obwohl er geglaubt hatte, dass sie füreinander geschaffen waren. Sie brauchte ihn nicht. Das High-Society-Girl hatte ihn nur benutzt.

Und wenn sie ihre Einstellung geändert hätte und ihn jetzt brauchte?, wisperte eine leise Stimme in seinem Hinterkopf.

Toll, er war dabei, nicht nur seinen Kopf, sondern wieder sein mühsam gekittetes Herz zu verlieren. Erst hatte er Vivian verloren und dann Hanna. Was kam jetzt noch?

Dann hob sie die Augen, und er begann, an sich und seiner geistigen Gesundheit zu zweifeln. Sie sah ihn an, als hätte sie ihr Lebtag nichts anderes getan, als auf ihn zu warten.

Er häufte Häppchen auf den Teller, an den er sich klammerte, nur um wieder Gewalt über sich und seinen Geist zu bekommen.

VIVIAN

VIVIAN KONTROLLIERTE noch einmal die sorgfältig gestapelten Canapés. Sie war erhitzt, schob die Brille, die auf die Nasenspitze gerutscht war, hoch und pustete sich Luft ins Gesicht. Nervös rückte sie eine Schüssel mit Frikadellen in die Mitte des Tisches, um ihre Unruhe zu verbergen. Was tat sie eigentlich hier? Sie fühlte sich so unbeholfen bei Festen. Gleich würde sie Gian wiedersehen und Lena. Natürlich hatte Mona recht: Sie waren erwachsene Menschen. Schon wegen Amata, die sicher wieder vorbeischauen würde, wäre es gut, kurz ein Wort mit ihm zu wechseln. Aber am liebsten wäre sie unsichtbar und würde mit der Umgebung eins werden wie ein Chamäleon. Damit niemand sie bemerkte. Vor allem Gian nicht. Ihre Hände waren feucht. Mein Gott noch mal, sie war doch kein Teenager mehr. Warum bekam sie feuchte Hände, wenn sie an Gian dachte? Er verdiente es nicht. Damals hatte sie ihm vertraut, und als sie ihn am meisten brauchte, war er nicht für sie dagewesen.

Nervös wippte sie auf den Fußballen auf und ab, beobachtete die Gäste, die ins Partyzelt strömten, Delikatessen vom Buffet wählten und allein oder in Grüppchen an ihren Weingläsern nippten. Es wimmelte nur so von Hexen, Vampiren und Zombies. Der Geräuschpegel nahm zu. Musik dröhnte aus schwarzen Boxen, so laut, dass sie die Bässe in ihrem Körper spürte. Lichterketten blinkten. Vereinzelte Tänzer wiegten sich auf der Tanz-fläche.

„Vivian!"

Das war Gians Stimme. Sofort galoppierte ihr Herz, und sie versteckte die Hände hinter dem Rücken. All ihre Gefühle fuhren Achterbahn. Sie wollte hier sein und gleichzeitig weit weg. GIAN. Als wenn ihr Herz mit jedem Schlag seinen Namen pochte. Sie hielt instinktiv die Luft an und sah ihn an. Gerade wollte sie ihren Mund, der trocken wie ein Flussbett war, öffnen, als Lena von irgendwoher zwitscherte: „Vivian, du bist es wirklich."

Vivian landete unbarmherzig auf dem Boden der Tatsachen, blinzelte mit den Augen und stellte das Bild scharf. Lena war immer noch der Inbegriff nordischer Schönheit: langbeinig, schlank mit runden Kurven und von natürlicher Eleganz. Blonde Strähnen kräuselten sich um ihren Hals. Sie trug ein enganliegendes, mit Pailletten besticktes Kleid, das ihre Figur betonte. Als Königin der Nacht erweckte sie genug Aufmerksamkeit zwischen den anderen Gästen. Lena schob besitzergreifend ihren Arm unter Gians. „Mona hat uns erzählt, dass du hier bist."

„Ja, hier gab es ja noch nie Geheimnisse", sagte Vivian. „Schön, euch zusammen zu sehen." Oder doch nicht, dachte sie grimmig, während sie Lena zur Begrüßung einen Kuss auf die Wange hauchte. Neben dieser Frau kam sie sich wie ein Mauerblümchen vor. Das tat ihrem Selbstwertgefühl, das momentan mehr als angeknackst war, nicht gut. Als Krönung stand Gian vor ihr, er, der sie damals schmählich verraten hatte. Alles in allem keine gute Kombination, um sich attraktiv zu fühlen.

„Willkommen daheim." Gian reichte ihr die Hand. Sein schwarzes Haar war von silbrigen Fäden durchzogen, doch ansonsten hatte er sich kaum verändert. Aus dem Jungen war ein Mann geworden, die Statur kantiger, aber noch immer hatte er breite Schultern und schmale Hüften wie in jungen Jahren. Er trug ein nachtblaues Magierkostüm mit weißen Säumen. Ein schmerzhafter Stich zuckte durch ihren Körper. Sein Mund verzog sich zu einem vorsichtigen Lächeln und wie schon damals zupfte er sich am Ohrläppchen. Ein untrügliches Zeichen, dass er nervös war. Vivians Knie waren weich wie lange nicht mehr. Was passierte mit ihr? Brauchte er nur vor ihr zu stehen und sie zerfloss wie ein Softeis in der Sonne? Sie wollte so viel mehr davon. Von diesem guten Gefühl, das sie so sehr vermisste. Dass jemand sie wollte, weil sie Vivian war. So wie damals, als sie noch jung und verliebt gewesen waren.

Sie setzte ein gewinnendes Lächeln auf. Die beiden waren eindeutig ein Paar, so wie Lena ihre Hand auf Gians Arm legte. Warum stand Lena neben ihm? Sie wollte da stehen. Aber … Mist, sie hatte kein Recht auf diesen Mann mehr. Also gut. Sie musste sich nur klarmachen, was damals passiert war. Dass sie ihn definitiv nicht mehr brauchte. Sonst würde sie nur in ein noch tieferes Loch fallen als nach Rikkes Tod. Deshalb würde sie sich mit ihnen unterhalten und dann Leine ziehen. Sie brauchte Gian nicht mehr und er sie schon gar nicht. Er stand dort mit Lena. Mit der hübschen Lena. Hier war nicht der richtige Ort, alte Leichen auszugraben, obwohl sie sich auf einer Halloweenparty befanden.

„Amata hat mir schon von dir vorgeschwärmt", sagte Gian. „Du hast also immer noch ein Herz für Tiere."

Mit ihren langen Fingern strich Lena über Gians Arm, aber bei ihrer Berührung trat er einen Schritt zurück.

Dann löste er sich aus Lenas Umklammerung und stopfte sich ein Crostini in den Mund. War die erotische Spannung zwischen den beiden so geladen, dass Gian eine einfache Berührung nicht aushalten konnte? Dann sollte sie ihre Tagträume von ihm schleunigst begraben. Aber verdammt – ihre Fingerspitzen kribbelten, und sie atmete flach. Vivian spürte Gians Blick auf sich und errötete leicht. Ertappt. Niemand kannte sie so gut wie Gian. Zumindest hatte er sie mal in- und auswendig gekannt.

„Sieht so aus", antwortete sie und rückte ihre Brille zurecht, als sie Lenas funkelnde Blicke auf sich spürte. In ihrem Mund schienen alle Worte verdorrt zu sein.

„Du hast Amata schon kennengelernt?" Lenas Lächeln erreichte nicht die Augen.

„Sie war plötzlich da, nachdem ich einem Kater das Leben gerettet habe", sagte Vivian. „Und da hat sie mir erzählt, dass sie bald eine neue Mama haben wird." Sie lächelte und versuchte, freundlich zu sein und Lena, die plötzlich ganz blass war, mit ihren Worten zu beruhigen. Was ihr offensichtlich gelungen war, denn Lena strahlte Gian an.

„Ja, Amata und ich sind ein tolles Team", sagte sie und wirkte jetzt gelassener.

„Du hast nicht nur das Leben des Katers gerettet, sondern auch Amatas Nachmittag", warf Gian ein und hob sein Weinglas. „*Salute.*"

Sofort kribbelte es wieder verdächtig in Vivians Bauch, und jetzt waren nicht nur ihre Hände feucht. Was war bloß los mit ihr?

Lena angelte sich eine Kirschtomate aus einer Keramikschüssel, während sie sich suchend umblickte. „Ist Morten auch hier?"

Gian verlagerte das Gewicht, stopfte die Hand demonstrativ in die Hosentasche. Unwillkürlich musste Vivian lächeln. Das war ihr Gian. Ihr Bad Boy, von dem sie niemals hatte die Finger lassen können. Er war noch genauso charmant wie früher. Als wäre die Zeit stehen geblieben. Ein sehnsuchtsvoller Seufzer entschlüpfte ihr. Als Lena fragend die Augenbraue hob, landete Vivian wieder in der Gegenwart.

„Nein, ich bin allein hier. Morten hat eine Ausstellung in Berlin. Wahrscheinlich steht er vor seinem großen Durchbruch."

Gians braune Augen suchten ihren Blick. „Mona hat mir gesagt, dass der Abfluss repariert werden müsste. Wenn du länger bleibst, sollte alles im Haus in Ordnung sein. Ich könnte morgen vorbeikommen und schauen, was ich machen kann."

„Oh, das ist nett von dir. Es wär schön, wenn alles reibungslos funktioniert, aber natürlich nur, wenn du Zeit hast. Ich kann auch einen anderen Handwerker suchen." Schon wieder flatterte ihr Herz. Ihm hatte sie noch nie widerstehen können. Wenn sie doch ihre Finger über seine Haut wandern lassen dürfte. Ihn riechen, berühren, seinen Duft atmen, seine Lippen auf ihren spüren. Den Geschmack mediterranen Sommers auf den Lippen kosten. Aber damit musste jetzt Schluss sein. Er hatte einen Trennstrich gezogen, und so mies, wie es ihr damals gegangen war, wollte sie sich nie wieder fühlen. Außerdem war er mit Lena zusammen. Er war mit Lena zusammen. Mit Lena. Trotzdem klopfte ihr verräterisches Herz bis in die Ohren. Aber er ist nicht verheiratet, wisperte eine böse Stimme, die Vivian bis in die hinterste Ecke ihres Inneren verdrängen wollte.

„Ach was, für Freunde hat Gianni immer Zeit." Lena lächelte so angestrengt, als wenn ein Schönheitschirurg ihr die Haut gestrafft hätte, damit ihr Gesicht nicht mehr entgleisen konnte.

„Morgen Nachmittag kann ich dich noch zwischen zwei Termine klemmen."

„Vergiss nicht, dass du versprochen hast, mit Mads zu trainieren. Vielleicht hat Vivian auch vormittags Zeit?"

„Lena!" Gian hob amüsiert die Augenbraue und lachte. „Dein Mads ist der eine Termin. Der hat höchste Priorität. Wie könnte ich den Jungen versetzen?"

Lenas Schultern sackten herunter. Die Erleichterung war ihr ins Gesicht geschrieben. Sagte Gian das nur, um Lena zu beruhigen? Oder war es ihm ernst mit diesem Mads? War Gian so ein Kinderfreund? Immerhin hatte er eine große Familie, und als Italiener liebte er Kinder wahrscheinlich abgöttisch.

„Oh", warf Vivian ein und nahm einen Schluck von ihrem Glas. „Wir brauchen keine Zeit abzumachen. Ich hinterlege dir einfach den Schlüssel. Kein Problem." Sie war zufrieden mit sich selbst. Es wäre in jeder Hinsicht besser, wenn sie Gian aus dem Weg ging. So hektisch, wie ihr Herz klopfte, und so feucht, wie sie in seiner Gegenwart war. Sie war keine Frau, die eine Beziehung zerstörte wie diese miese Galeristin. Außerdem hatte sie damals ihre Lektion gelernt, und deshalb musste sie ihrem Kopf folgen und nicht ihrem Herzen. Verzweifelt stützte sie sich mit der Hand am Tisch ab, um nicht trotz aller Vernunft doch noch in Gians Arme zu purzeln. Ehrlich, was passierte hier mit ihr? War jemand anderes in ihren Körper geschlüpft? Harmonierten ihre grauen Zellen und ihre erogenen Zonen nicht länger?

„Trau nie einem Sizilianer über den Weg. Das ist die Mafia pur, so sagt man doch." Lena zwinkerte Gian zu, aber er zuckte bei der Bemerkung kaum merklich zusammen.

„Gerade deshalb ist es besser, wenn mir jemand auf die Finger schaut. Das dachten deine Eltern damals auch, oder, Vivian?" Gian sah sie durchdringend an. War er immer noch wütend? Seine Augen verschlangen sie wie ein schwarzes Loch. Magisch. Tief. Unergründlich.

Vivian schluckte. Ihr Mund war ausgedörrt, und die Zunge klebte am Gaumen. Wenn du wüsstest, dass ich dir liebend gern nicht nur auf die Hände, sondern auch auf dein wunderbares Hinterteil sehen würde und wünschte, deine Hände wären überall zugleich. Ihr wurde heiß, als feine Röte ihr Gesicht überzog.

„Ja", flüsterte sie. „Aber so haben dich doch alle genannt."

„Aber nur einer durfte es." Er räusperte sich. „Liegt der Hausschlüssel immer noch an der gleichen Stelle?"

„Daran erinnerst du dich noch?"

Lena verschluckte sich am Wein und hustete. Gian klopfte ihr auf den Rücken, und als sie sich beruhigt hatte, schien ihr Gesicht verrutscht zu sein. Sie wedelte mit der Hand vor ihrem Gesicht. „Gianni, kommst du? Wir müssen noch andere Gäste begrüßen."

Vivian sah den beiden nach, wie sie sich zu anderen Leuten gesellten und Lena sich dabei an Gian schmiegte. Vivian hätte heulen können, weil Lena an Gians Seite war. Ihre Hände zitterten unkontrolliert. Verdammt, warum holten die Erinnerungen sie mit solch einer Wucht ein?

Vivian schaute auf die Uhr. Hoffentlich konnte sie

bald unbemerkt verschwinden. Die Einsamkeit wurde größer, wenn man allein inmitten einer Horde feiernder Menschen war. Vor allem aber war sie verwirrt. Wie konnte Gian noch diese Gefühle in ihr wecken? Entschlossen reckte sie den Rücken. Sie würde sich nützlich machen, statt Löcher in die Luft zu starren oder in Selbstmitleid zu versinken. Arbeit war die beste Medizin gegen trübe Gedanken. Bisher hatte sie so jede Herausforderung in ihrem Leben überwunden. Sie sammelte Teller und Gläser auf ein Tablett und trug sie in die Küche. Dort räumte sie das Geschirr in die Spülmaschine.

Einen Lidschlag später wurde die Tür geöffnet. Als sie sich mit fragendem Blick umdrehte, stand Gian vor ihr, die dunklen Haare zerzaust, verwegen frech sah er aus, einen Stapel Geschirr vor der Brust. „Ich habe gesehen, dass du geflohen bist, und da dachte ich, ich könnte dir zur Hand gehen."

„Stimmt", sagte sie und lächelte zaghaft, während ihr Herz schon wieder einen Klopfmarathon einlegte. „In dieser Sache habe ich mich nicht besonders verändert. Ich bin nicht gern allein auf einer Party. Irgendwie fühle ich mich ohne Begleitung immer … wie abgestellt. Aber du bist auch kein Partylöwe, wenn du hier bist?"

„Absolut nicht, da sind wir uns noch immer ähnlich."

Nicht nur da, sondern auch in vielen anderen Dingen, dachte sie und spürte, wie ihr Herz gegen die Rippen hämmerte. „Du hast wenigstens Lena. Sie hat doch schon immer gern gefeiert. Ihr seid ein Paar, oder?" Jetzt waren die Worte raus. Warum fragte sie das, wo es doch so offensichtlich war? Warum machte sie sich selbst zum Idioten?

Er stand mit dem Rücken zu ihr, sortierte leere Weinflaschen in einen Karton. „Ein Paar? Nein, nur ein gutes

Team. Du kennst ja Lena, sie ist immer für eine Party zu haben. Umso wilder, umso besser. Trotzdem habe ich mich weggeschlichen", gestand er zerknirscht. „Ich wollte dich gern allein sehen."

Vivians Mund war staubtrocken. Er wollte sie allein sehen? Warum? Wie sollte sie sich bloß verhalten? All die Jahre, die vergangen waren, seitdem sie ein Paar gewesen waren, und die vielen offenen Fragen … Sie räusperte sich. „Wo ist Amata?"

„Sie schläft heute bei ihrer Freundin. Von morgens bis abends heißt es: Kolumbus hier und Kolumbus da." Er drehte sich um und grinste sie an, schelmisch und enthüllte seine Grübchen. Vivian atmete tief ein. Jetzt bloß keine Schnappatmung, das hätte ihr noch gefehlt. „Amata kann mich jederzeit besuchen, wenn du nichts dagegen hast."

„Eigentlich nicht, aber …"

„Willst du nicht, dass sie bei mir ist? Wegen damals?" Er zupfte sein Ohrläppchen, setzte sich auf einen Stuhl und knetete seine Hände. „Nein, damit hat das nichts zu tun. Aber seit Hanna nicht mehr da ist, ist sie anders. Verletzlicher."

Vivian goss sich ein Glas Wein ein. „Ehrlich, Gian, sie hat ihre Mutter verloren. Was erwartest du von ihr?"

„Ich will doch nur verhindern, dass sie wieder leidet." Mit seinen Fingern fuhr er die Maserung des Holzes auf dem Tisch nach, als sich die Tür öffnete und Mona mit einem neuen Tablett hereinkam.

„Aber hallo!", flötete sie eine Spur zu begeistert. „Was treibt ihr hier? Zwei so Hübsche sollten doch beim Fest dabei sein."

Gian stand auf. „Es bleibt also bei morgen?"

„Gern. Bring doch Amata mit."

„Mal sehen. Am Donnerstag hat sie lange Unterricht. Also dann, *ciao*, meine Damen." Gian deutete eine über- triebene Verbeugung an, winkte und verließ die Küche. Mona plumpste ächzend auf einen Stuhl und rieb sich die geschwollenen Knöchel.

„Alles okay?" Vivian reichte ihr ein Glas Chardonnay.

„Danke, ich trinke keinen Wein. Aber ein Wasser hätte ich gern."

Vivian schenkte ihr ein und reichte Mona das Glas mit einem Lächeln. „Gibt es etwas, was du mir erzählen möchtest? Ich habe da so eine Vermutung ..."

Mona lachte ihr sonores Lachen. „Ja, ertappt, ich bin wieder schwanger und stehe momentan auf Frauenman- teltee, Prinzessin."

Vivian schlang die Arme um Mona und drückte sie. Dann zog sie Mona hoch und wirbelte mit ihr durch die Küche. „Ich dachte es mir doch schon, aber ich habe mich einfach nicht getraut zu fragen, als du in meiner Küche warst. Ich freue mich so sehr!"

Mona lachte und nickte. „Was glaubst du wohl, was ich mache?"

„Söckchen häkeln?"

„Quatschkopf!" Mona gab ihr eine liebevolle Kopf- nuss und sank ermattet auf den Stuhl.

Vivian klatschte in die Hände. „Nur damit das klar ist: Ich bestehe darauf, Patentante zu werden."

„Mal sehen, meine Liebe, Patentanten müssen ihren Wohnsitz wieder ins Königreich verlegen, verstanden? Und wenn du als Hofdame der Prinzessin arbeiten willst, solltest du das auch machen."

„Darüber denke ich ernsthaft nach."

„Wegen dem netten Mann, der gerade meine Küche verlassen hat? Vielleicht gibt es bald eine doppelte Taufe?"

„Wie das? Ich bin zurzeit ein verlassener Single. Attraktive Männer sind in meiner Altersklasse nicht üppig gesät."

„Ach, hast du nicht gerade mit einem gesprochen?"

„Über Abwasserleitungen, ja. Wie romantisch." Vivian plumpste erschöpft neben Mona auf einen Stuhl und strich sich eine vorwitzige Haarsträhne aus der Stirn.

„Hast du gar keine Augen im Kopf? Bemerkst du nicht, wie er dich angeschaut hat?"

„Rede keinen Quatsch. Er stand mit dem Rücken zu mir und hat abgewaschen. Von wegen Augen für mich. Ich habe eher die Blicke bemerkt, die Lena mir gesandt hat, obwohl ich ihr gesagt habe, wie sehr Amata sie vergöttert."

„Siehst du, sogar sie weiß, dass du eine echte Konkurrentin für sie bist."

„Ehe du noch weiter solch dummes Zeug redest, räume ich noch hier auf. Du gehst jetzt zu deinen Gästen."

„Ja, ja, ich trolle mich."

5

Kattegat, 1. November

GIAN

Sein Herz raste durch seine Gefühle wie sein Auto über den Asphalt. Gleich wäre er zum ersten Mal wieder im Dünenhaus. Seit Rikkes Tod hatte er die Schwelle des Ferienhauses, in dem er so viele Stunden mit Vivian und ihrer Familie verbracht hatte, nicht mehr überschritten. Immer noch, wenn sich die Bilder des verhängnisvollen Tages, an dem Rikke ertrunken war, aufdrängten, perlte Schweiß auf seiner Stirn. Hätten Vivian und er ihren Tod verhindern können? Die alten Ängste sprangen wie Flaschenkorken wieder heraus und verfolgten ihn.

Eigentlich hatte er Vivian nie richtig vergessen können. Manchmal glaubte er sogar, dass er sie noch genauso sehr wie früher wollte. Aber das war Bockmist. Sie hatte ihm mehr als deutlich gezeigt, dass es aus mit ihnen war. Das sollte er endlich kapieren und einen runden Abschluss machen, damit er wieder normal mit Vivian umgehen konnte, frei von Vorwürfen und unbeantworteten Fragen. Wenn sie keine Freunde sein konnten, dann wenigstens alte Bekannte. Die Jugendsünden sollten ihnen heute wirklich nicht mehr den Alltag verhageln.

Kurz darauf parkte er vor dem Dünenhaus und sprang aus dem Berlingo. Er reckte den Rücken und sah das Häuschen. Rot gestrichenes Holz, eine weiße Tür und kleine Butzenfenster. Darüber das Reetdach, so tief, als wenn das Haus sich eine Mütze in die Stirn ziehen wollte.

Das Reethaus stand schon viel zu lange leer. Er ging zur Hauswand und kratzte mit der Schlüsselspitze über das Holz. Die Substanz war gut, aber die Farbe blätterte. Er konnte sie abziehen wie die Rinde von einer Birke. Die Bretter brauchten dringend einen neuen Anstrich.

Hinter ihm öffnete sich die Tür. Er drehte sich um. Vivian trat auf die Veranda. Sie hatte tatsächlich wieder diesen Poncho mit dem Zopfmuster an, den sie damals immer getragen hatte. Wie elend und übernächtigt sie aussah. Schatten umrahmten ihre grünen Augen. Hohe Wangenknochen zeichneten sich unter pergamentener Haut ab.

Was hatte der Hurensohn von Morten ihr angetan? Gians mühsam aufgebaute Distanz zu ihr löste sich auf.

„Guten Morgen, *cara,* ich schau mich gerade um. Es gibt eine Menge zu tun, wenn du bleiben willst." Er hatte Lust, sich an den Kopf zu schlagen. Wie konnte ihm das nur rausrutschen? Sie war nicht mehr seine ‚cara', sein Liebes. Sie war Mortens Mädchen. Sein Kiefer schmerzte, so fest biss er die Zähne zusammen. Er musste auf andere Gedanken kommen, berührte den Fensterladen mit den Fingern und kratzte leicht mit dem Nagel darüber. „Die Schotten müssten auch abgeschliffen werden und brauchen einen neuen Anstrich. Möglichst bald. Sonst verwittert das Holz. Das Klima hier ist hart."

Sie schlang die Arme um den Oberkörper. „Natürlich, ich hätte mich mehr um das Haus kümmern sollen. Drinnen stehen auch Reparaturen an."

„Ich kann dir einige gute Handwerker empfehlen."

„Klasse, ich bin froh über jede Hilfe, die ich bekommen kann. Aber mit dem Anstrich warte ich noch bis zum Frühjahr."

„Willst du so lange bleiben? Oder kommst du dann wieder? Bisher haben wir dich ja nicht oft hier gesehen. Ein Haus sollte nicht leer stehen, Vivian, das tut ihm nicht gut."

„Natürlich nicht. Häuser sind gebaut, damit man sie bewohnt."

Vivian hatte seine Frage nicht beantwortet. Es ging ihn ja auch nichts an, ob sie länger blieb. Wahrscheinlich musste sie zurück, wegen Morten und ihrer Arbeit.

Sie wickelte eine Strähne um ihren Zeigefinger. „Aber vermieten wollte ich es auch nicht. Hier gibt es einfach viel zu viele Erinnerungen."

Gian streifte die Schuhe am Eingang ab und lief auf Socken über die ausgebleichten Dielen des Flurs bis in die Küche. Die Bretter knackten wie die Knochen eines alten Mannes.

In der offenen Küche hatte sich kaum etwas verändert. Unter den Sprossenfenstern stand sogar noch die Eckbank mit den blauen Kissen, auf der sie so oft Holunderblütensaft getrunken hatten. Die Holzwände waren immer noch weiß getüncht, aber eine Spur nachgedunkelt. Fast war es, als ob er mit einer Zeitmaschine in seine Jugend zurückkatapultiert wurde. Wenn da nicht diese altmodische Brille wäre, die Vivian gerade putzte, weil sie beschlagen war. Die hatte sie früher nicht getragen. „Also", er räusperte sich und stemmte die Hände in die Seite. „Welcher Abfluss ist verstopft?"

„Der da, unter dem Abwasch. Ich trage das Spülwasser immer raus und schütte es in den Garten."

Er öffnete die Schranktür unter der Spüle. „Hast du einen Eimer oder eine Schüssel, die ich nehmen darf?"

„Ja. Warte." Vivian nahm eine Emailleschüssel, die

schon bessere Tage gesehen hatte, und reichte sie ihm. Ihre Fingerspitzen berührten sich. Als sie ihm so nah kann, atmete er ihren Duft ein. Maiglöckchen. Das war immer schon ihre Lieblingsblume gewesen. Eine unbändige Lust, sie an sich zu ziehen und zu küssen, erfüllte ihn. Er musste sich regelrecht zwingen, sich wegzudrehen. Er atmete heftig, stoßweise und schloss die Augen, um sich zu sammeln. Aber es half nichts. Wie eine Fata Morgana tauchte Vivian wieder auf seinem inneren Bildschirm auf. Sofort riss er die Augen auf. Ruhig atmen, sagte er sich, ein und aus. Versuch, auf andere Gedanken zu kommen.

„Ehrlich, Gian, es ist ja nicht so, dass ich noch nie einen Abfluss gereinigt habe. Ich habe es mehrmals versucht, aber es hilft nichts. Ich bekomme das Rohr einfach nicht auf."

„Hier ist wirklich die Zeit eingefroren worden. Das hat sich auch nicht geändert!"

„Was?"

„Du magst immer noch nicht um Hilfe bitten, richtig?"

Sie antwortete nicht, sondern kräuselte nur ihre Nase, als er sich einen Seitenblick auf sie erlaubte. Nachdem er die Schüssel unter den Abfluss gestellt hatte, schraubte er das Rohr ab. „Nimm es nicht persönlich, aber diese alten Rohre sind rostig und korrodiert. Wie funktionieren hier im Haus die Abflüsse sonst?"

„Im Badezimmer ist alles okay, aber der Zufluss funktioniert nicht. Es gibt nicht genug Druck, wahrscheinlich ist der Duschkopf auch verkalkt und muss erneuert werden ..."

„Dann reinige ich das Sieb dort auch und schau mir

den Duschkopf an. Du solltest bei Gelegenheit überlegen, ob du die Hütte ganz renovieren willst. Fürs Erste geht es mit den kleinen Schönheitsoperationen, und wenn du nur so selten kommst, geht es auch mit weniger Luxus. Aber dieses Haus hat so viel Seele, dass ich mir wünschen würde, du oder jemand anderes könnte öfter hier sein."

„Ich denke drüber nach."

Sie dachte darüber nach? Hatte sie auf der Party nicht erzählt, dass Morten gerade eine Ausstellung hatte und kurz vor seinem Durchbruch stand? „T'schuldigung. Es geht mich ja nichts an." Verlegen strich er sich eine Locke aus dem Augenwinkel. „Ich … ach, vergiss es. Wie lange bleibst du überhaupt? Amata hofft, dass sie noch viel mit Kolumbus spielen kann."

„Keine Ahnung. Momentan habe ich Urlaub, aber ich habe auch Verpflichtungen in Berlin."

„Klar, Morten wartet auf dich."

Sie runzelte die Stirn. „Das sei dahingestellt."

„Mona hat erzählt, dass er eine Ausstellung hat. Das ist doch toll. Aber wenn die eröffnet ist, hat er doch sicher Zeit hierherzukommen. Das Ende ist doch absehbar."

„Ja, das Ende ist absehbar. Da hast du recht." Sie lachte, aber ihr Lachen klang nicht wirklich fröhlich. „Immer, wenn ich hier bin, fühle ich mich schwer und leicht gleichzeitig. Komisch, nicht wahr? Meine Füße werden bleischwer, so als ob ich mich nicht mehr fortbewegen sollte. Ich schlage regelrecht Wurzeln, und gleichzeitig fühle ich mich frei und leicht wie sonst nie."

Er stand auf und wischte sich die Hände an der Jeans trocken. „Das ist das gute Gefühl von Heimat. Gerade deshalb bin ich mit Amata hiergeblieben."

„Du bist ein Glückspilz, dass du sie hast."

„Ja … Habt ihr, also Morten und du, nie daran gedacht, Kinder zu bekommen?"

„Schon, aber wir sind uns nicht einig. Ich würde gern Mutter sein, Morten fühlt sich der Elternschaft nicht gewachsen. Überhaupt ist die Welt überbevölkert. Und weil zum Kindermachen immer zwei gehören, sind wir noch nicht weitergekommen."

Er spürte, dass er auf einem Drahtseil balancierte und nicht weiterbohren sollte.

Vivian lehnte sich mit dem Rücken an die Anrichte. „Dass Mona schwanger ist, weißt du?"

„Natürlich, Anders hat es mir erzählt. Bei den Eltern und auf dem Hof ist eine schöne Kindheit fast vorprogrammiert. Hoffentlich klappt es diesmal."

„Ja, das wäre schön. Sie hätten es verdient." Sie räusperte sich. „Ich mache mir einen Espresso. Willst du auch einen, bevor du gehst?"

„Bevor du gehst? Willst du mich etwa schon loswerden? Ich sollte mir doch noch das Badezimmer anschauen."

„Nein, natürlich will ich dich nicht loswerden", protestierte sie. „Ich dachte nur, du wärst fertig."

„Ich geh eben hoch, und ja, wenn ich wieder runterkomme, nehme ich gern einen Espresso."

VIVIAN

Er verschwand die Stiege hinauf, die unter seinem Gewicht knarrte. Dann hörte sie ihn fluchen, als er sich den Kopf stieß. Fast jedem passierte dieses Malheur. Sie schmunzelte und füllte Wasser in die Espressokanne. Dann löffelte sie das feine Kaffeemehl ein, es duftete verführerisch. Sie schloss die Augen und inhalierte den intensiven Duft von Mokka.

Es war so verdammt vertraut, mit Gian zusammenzusein. Als würde sich dieser Tag nahtlos an die Vergangenheit anschließen. Mona hatte ihm offenbar nicht erzählt, warum sie hier war, und Anders auch nicht, was sie wunderte, denn Anders und Gian waren Freunde. Sie tranken gern einen Rotwein oder ein Bier zusammen. Es wäre also natürlich gewesen, dass Anders erzählte, was Mona wusste. Größer war die Welt hier nicht. Aber offensichtlich hatten sie ihre Privatsphäre respektiert. Gian glaubte, dass Morten nicht hier war, weil er eine Ausstellung in Berlin vorbereitete. Dass sie immer noch ein Paar wären.

Es fühlte sich nicht mehr so an. Aber mit jedem Tag, den sie hier im Dünenhaus mit dem Blick auf das Meer, dem struppigen Strandhafer und den sanft geschwungenen Dünen verbrachte, wuchs die Gewissheit, dass sie noch einen sauberen Schlussstrich ziehen müsste. Noch einmal zurückgehen, miteinander reden, die Zelte in Berlin abbrechen. Darauf würde es sicher hinauslaufen, aber erst einmal brauchte sie den Abstand. Sie musste sich neu sortieren. Momentan glich ihr Leben einem Puzzle, das in all seine Teile zerfallen war.

Sie sah aus dem Fenster. In dieser Weite, wo das Blau des Meeres mit dem Aquamarin des Himmels verschmolz, kam ihr Herz zur Ruhe. Nach allem, was in Berlin geschehen war, brauchte sie einen neuen Anfang. Nur nicht mit Gian. Er gehörte zu Lena. Aber sie sind nicht verheiratet, wisperte diese blöde Stimme in ihrem Kopf wieder.

Sie stellte die Kanne auf den Herd, machte ihn aber nicht an, damit der Espresso erst fertig würde, wenn Gian wieder in der Küche war.

GIAN

Vivian reichte ihm den Espresso. Als er das Tässchen entgegennahm, berührte er ihre Hand. Wieder überwältigte ihn die Sehnsucht, sie festzuhalten und ganz sanft ihre samtige Haut zu streicheln. Unter dieser Sehnsucht versteckte sich eine Trauer, die ihm fast das Herz zerriss. Warum hatten sie es nicht geschafft, ihre Liebe zu beschützen? Wie war das, was einmal das Kostbarste in seinem Leben gewesen war, einfach so verschwunden? Er kaute auf seiner Lippe, um nicht vor Schmerz aufzustöhnen, und sah aus dem Fenster. Er musste fort von hier, ehe er sich vergaß.

Der Espresso war perfekt; stark und bitter, wie er ihn liebte, und so heiß, dass er sich die Zunge verbrühte. Vivian setzte sich auf die Bank und schaute ihn über den Rand des Bechers an. Warum nur perlte das Glück plötzlich in ihm? Und obwohl er nie verstanden hatte, warum Vivian nach Rikkes Tod einfach aus seinem Leben verschwunden war, wollte er nichts anderes, als sie endlich wieder in den Armen halten. Aber was sollte er jetzt machen? Mit ihr reden? Er hatte keine Lust zu reden. Er wollte sie küssen. Konnte er es tun? Einfach so? Nach all den Jahren? Es war verrückt, aber es war einen Versuch wert. Vielleicht zerplatzte dann die Magie des Augenblicks wie eine Seifenblase, und er wäre frei. Oder, wenn sie seine Gefühle erwiderte, dann wüsste er endgültig, wo sein Platz war. Immer gewesen war. Er spülte den Espresso hinunter und stellte die Tasse auf die Anrichte. Dann nahm er ihr Gesicht in beide Hände und küsste sie auf den Mund. Wie weich ihre Lippen waren, wie Butter und Honig. Er atmete ihren Duft ein, öffnete ihre Lippen sachte mit seiner Zungenspitze. Sein Herz schlug einen Takt schneller, als sie ihre Hände auf seine Brust legte, nicht um ihn wegzustoßen, sondern weil sie seinen Kuss erwiderte. Sie schmeckte nach Espresso und Zucker, schlang ihre Arme um seinen Nacken. Für das, was er in diesem Augenblick empfand, mussten die Worte erst noch erfunden werden. Aber sie verstanden sich glücklicherweise auch ohne sie. Sie schmeckten ihre Liebe, tranken sie in vollen Zügen, atmeten sie. Vivian erbebte unter seinen Lippen, die sich gierig an sie drängten. Der kleine Seufzer, den sie ausstieß, klang wie ein geflüstertes Geheimnis. Er wollte alles, den Duft ihrer Haut riechen, den Geschmack ihrer Lippen kosten und sich jedes Detail ihres Körpers einprägen. Vorsichtig schob er seine Hand unter ihren Pulli. Einmal wieder ihre weiche Haut spüren.

Sie erstarrte, löste ihre Lippen von den seinen. Dann nahm sie seine Hand, zog sie hervor und zerrte den Pullover wieder an seinen Platz. „Es tut mir leid, Gian, das hier …" Sie stotterte und nestelte nervös am Saum ihres Pullovers. „Es geht einfach nicht. Bitte, ich …"

Fahrig zerrte sie ein Taschentuch aus dem Ärmel und zerknüllte es. Gian wünschte, er könnte die Hand ausstrecken und sie auf ihre Hände, die am Taschentuch herumzupften, legen, um sie zu beruhigen. Aber er hielt sich zurück, nickte ihr zu und verließ mit rasendem Herzen das Haus.

GIAN

GIAN DRIBBELTE DEN FUSSBALL, wechselte ihn geschickt von einem Bein zum anderen. Mads stürmte auf ihn zu.

„Ich krieg ihn!"

„Das will ich sehen!" Gian schlug einen Haken. Verflixt, er hatte sich verrechnet. Der Junge war nicht nur schnell wie ein Wiesel, sondern auch wendig. Jetzt hatte er den Ball.

„3:2 für Dänemark!" Mads veranstaltete einen Indianertanz. Gian ging zu ihm und klopfte ihm kameradschaftlich auf die Schulter.

„Aber nächstes Mal kommt Italien zurück, und dann wirst du richtig arbeiten müssen."

„Ach nee, dann solltest du aber joggen, damit du besser in Form bist."

„Darauf kannst du dich gefasst machen."

Auf dem Weg zur Umkleide trocknete Gian sich das nasse Gesicht mit dem Ärmel des Trikots, während er Mads aus den Augenwinkeln beobachtete. Der Junge war groß für sein Alter, doch unter dem kantigen Äußeren verbarg sich immer noch ein Kind von fast neun Jahren. Knochen stachen durch die Haut wie Spargelspitzen im Frühjahr aus der sandigen Erde, so dünn war er.

„Klasse, wie du mit beiden Beinen spielst."

„Im Klub versau ich das immer."

Gian nickte. Er hatte mit Anders, dem Trainer, gesprochen. Die Mannschaft war noch kein Team. Jeder kämpfte für sich, und auf Mads waren die meisten Jungen eifersüchtig. Er war einfach zu schnell für sie. „Das ist gar nicht so schwer, das gründlich zu versauen."

„Ach nee." Mads kickte einen Stein über den Asphalt.

„Du willst ein Tor schießen, oder?"

„Darum geht es doch beim Bolzen, oder habe ich mich vertan?"

„Eben. Wenn du den Ball annimmst, hast du also schon einen Plan. Du musst immer einen Schritt vor deinem Gegner sein, so wie eben, als du wusstest, dass ich einen Haken schlagen werde. Denk dran: Wer könnte mir helfen? Wem sollte ich zuspielen? Wem sollte ich ausweichen?"

„Ach menno, ich sehe aber nur den Ball, Gian."

„Macht nichts. Das üben wir ja, deshalb bist du auch im Klub. Fußball ist ein Mannschaftssport."

„Nee du, ich bin nicht mehr im Klub, ich will nicht mit den anderen spielen, ich will nur den Ball haben und ihn dann ganz schnell ins Tor schießen."

„Klar, aber wenn du nur an dich denkst, vermasselst du vielleicht die Ballannahme und bremst den Spielfluss. Dann nützen dir schnelle Beine auch nichts mehr."

„Aber das ist ganz schön schwer."

„Habe ich behauptet, dass es leicht ist?" Gian boxte Mads in die Seite. „Du machst das großartig. Ich nenne dich jetzt nur noch MiniMadsMessi."

„Blödsinn! Ich kann zwar manchmal den Gegner durchschauen und ihm den Ball klauen, habe aber keine Ahnung, wie es dann weitergehen soll. Ich denk erst immer nach, wohin mit dem Ball, wenn ich ihn kriege."

„Versuch es einfach: Schau voraus. Dann klappt es immer besser."

„Echt?"

„Ja, warum sollte ich es sonst sagen?" Gian schloss den Wagen auf. Die beiden glitten ins Auto und schnallten sich an.

„Sag das mal meiner Mamse. Die hat doch überhaupt keinen Plan gehabt."

„Was meinst du?" Gian setzte den Blinker und fuhr auf die Straße.

„Das ist jetzt nicht dein Ernst, oder?"

„Doch, erklär es mir."

„Okay, okay, also, ich war ja wohl kein Kuckucksei."

Daher wehte also der Wind. „Ach so, na ja, im Leben ist es wie beim Fußball. Man will immer das ganz Spielfeld im Auge haben, aber schafft es einfach nicht und wird dann auch mal übers Ohr gehauen."

„War das so bei Mamse?"

„Keine Ahnung. Frag sie einfach selbst."

Wer hatte schon den Durchblick? Er selbst schon gar nicht. Wie könnte er Lena beibringen, dass sie niemals ein Paar würden? Freunde ja, aber kein Paar. Lena gab einfach nicht auf, und jetzt, wo Vivian wieder im Dünenhaus wohnte, war das Chaos komplett. Er fand nachts kaum noch Ruhe. Immer wieder wanderten seine Gedanken zu Vivian. Was sie machte? Wie sie aussah, wenn sie schlief? Er fragte sich, ob sie immer noch im T-Shirt schlief oder nackt … Ob sie ihren Tee süßte oder nicht? Ob sie kichern würde, wenn er seine Hand oder seine Lippen ganz langsam an ihrem Bein emporwandern ließ? Er schüttelte den Kopf, um die Gedanken loszuwerden. Die Vergangenheit brach wieder und wieder in seine Gegenwart ein, und er erinnerte sich, wie er Vivian im Arm gehalten hatte, wie weich ihre Lippen gewesen waren. Wie stolz war er gewesen, dass sie mit ihm zusammensein wollte. Ausgerechnet sie hatte ihn gewollt, sie von allen. Dabei hätte Vivian jeden haben können. Er wusste: Sie waren füreinander geschaffen.

Warum hatte sie sich so schnell nach Rikkes Tod an Morten gehängt? An diesen arroganten Typen, der seine Hände nicht aus den Taschen bekam, um etwas für Vivian zu tun; sich aber gern von ihr aushalten ließ Gian hatte diesen Scheißkerl von Anfang an durchschaut. Von wegen Künstler ... Sensible Seele ... Berechnend war Morten, nur auf seinen Vorteil aus. Niemand würde Gian etwas anderes erzählen. Seine Gefühle spielten Roulette im Casino des Herzens. War seine Sehnsucht nach Vivian stärker als seine Wut auf sie?

VIVIAN

Sternenklar lauerte die Nacht vor den Fenstern. Vivian legte einen Scheit auf die Glut im Kamin. Funken stoben in die Dunkelheit, kleine Lichtpartikel voller Leben, die bald erloschen. Vivian kuschelte sich mit einer Tasse Tee in den Ohrensessel. Seitdem sie im Dünenhaus angekommen war, wälzte sie sich nachts unter den Decken hin und her. Mortens Verrat hatte sich wie eine Bombe in ihr Innerstes gegraben, war laut explodiert und hatte einen tiefen und leeren Krater hinterlassen. Da war nichts mehr. Sie fühlte sich ausgelaugt, leer und wertlos. Braches Land, ohne Leben.

Was nun? Sollte sie nach Berlin zurückkehren und so tun, als ob nichts geschehen wäre? Oder sollte sie dort allein, ohne Morten, einen neuen Anfang wagen? Sie hatte nie richtig Wurzeln in der Großstadt geschlagen.

Aber dieser Flecken Erde, das war ihre Heimat. Wenn Rikke damals nicht ertrunken wäre, würde Vivian heute hier am Meer wohnen und mit Tieren arbeiten. Vielleicht war die Zeit gekommen, diesem Traum Leben einzuhauchen und noch einmal ganz neu anzufangen.

Morten hatte ihre Leidenschaft für Dünen, Wind und Wellen nie geteilt. Er war der geborene Stadtmensch. Seinetwegen hatte sie Dänemark hinter sich gelassen. Die Entscheidung war naheliegend gewesen. Er war für sie dagewesen, als ihr ganzes Leben nach Rikkes Tod den Bach runterging, damals, als Gian plötzlich von der Bildfläche verschwand. Ja, und dieser Gian lebte hier. Wenn sie hier wohnen wollte, musste sie sich auch über ihre Gefühle für Gian klar werden und einen Weg finden, mit ihnen zu leben. Endlich frei werden.

Unzählige Male hatte sie alle Möglichkeiten im Laufe der letzten Tage durchgespielt. Trotzdem hatte sie keine befriedigende Antwort gefunden. Wenn sie doch das Denken und die Sorgen wegschieben könnte. Nur für ein paar Minuten. Sie wollte so gern in der Dunkelheit ausruhen, in die zuckenden Flammen starren, um nicht immer wieder das andere Bild vor sich zu sehen, wie Katarina ihren Kopf zu ihr drehte und sie anschaute. Sie erschrak über die Heftigkeit ihrer Gefühle; sie hasste diese Frau, die meinte, alles stünde ihr zu und mit den Bildern besäße sie auch die Maler. Jeden Gedanken an Gian versuchte Vivian zu verdrängen. Auch wenn sie immer noch von ihm träumen konnte, verbot sie sich diese Phantasien. Sie wollte sich nicht wie Katarina in eine Beziehung drängen. Er war mit Lena zusammen. Punkt. Gian und sie hatten ihre Chance gehabt, sie aber nicht genutzt. Es war aus. Aber warum tat es so weh, als wenn jemand Essig in eine Wunde träufeln würde …

Vivian starrte ins Feuer, die Finger um die bauchige Tasse geschlungen und genoss die wohlige Wärme und den Duft von Limone, den der Tee verströmte. Kolumbus strich um ihre Beine, schnurrte und rollte sich vor ihren Füßen zusammen. Gott sei Dank war ihr heute nicht wieder übel geworden. Irgendetwas war ihr auf den Magen geschlagen. Die Konturen verwischten. Ihre Augenlider wurden unerträglich schwer. Sie sollte ins Bett gehen. Sie hob die Tasse zum Mund, und als sie ein Klappern hörte, zuckte sie zusammen.

„Autsch!" Sie hatte sich den warmen Tee auf ihre Hand gegossen. Kolumbus sprang mit einem Satz auf und flitzte zum Fenster. Vivian hielt die Luft an. Was war das gewesen? Sie hatte doch etwas gehört. Reglos lauschte sie in die Stille, während ihr Herz im Stakkato gegen ihre Rippen hämmerte. Im Haus war es still. Nur das Feuer knackte. Ansonsten umarmte sie die dunkle Stille. Da war es wieder. Krasch! Etwas fiel um und kullerte über die Fliesen der Terrasse.

Gehetzt schaute sie durch das Fenster. Nichts. Sie wollte nur eins: die Treppe ins Schlafzimmer nehmen und von dort Hilfe rufen.

Das war kindisch. Weglaufen, ohne zu wissen, was den Lärm verursacht hatte. Entschlossen ignorierte sie ihre Angst und stellte die Tasse auf den Fußboden. Mit weichen Knien schlich sie weiter ins Dunkle, bis zum Fenster und spähte hinaus in die Nacht.

Auf der Terrasse kullerte ein Blecheimer über die Fliesen. Das war es! Wie hatte Vivian das vergessen können? Hier an der Küste trieb der Wind fast immer etwas vor sich her. Sie lebte nicht mehr im Schutz der Häuserschluchten Berlins. Erleichtert atmete sie auf, aber ihr Herz hatte sich noch nicht beruhigt. Es half nichts, sie musste jetzt ins Bett und versuchen zu schlafen. Morgen früh arbeitete sie wieder zeitig im Reitstall. Sie spähte ein letztes Mal nach draußen. Irgendetwas stimmte nicht. Was war das nur? Sofort hämmerte ihr Herz wieder los.

Sie schaltete die Außenbeleuchtung ein. Reglos streckten die Bäume ihre Äste in den Himmel. Kein Blatt bewegte sich. Draußen war es windstill. Warum also war der Eimer umgefallen? Sie machte das Licht aus, weil sie nichts Verdächtiges sehen konnte. Schweiß trat auf ihre Stirn.

Plötzlich war es wieder da. Das nackte Entsetzen, das ihr Gänsehaut verursachte und ihre Sinne schärfte, weil sie in der Dunkelheit eine Gefahr wittern konnte. Sie roch regelrecht ihre Angst.

Sei nicht hysterisch, ermahnte sie sich selbst. Trotzdem war sie sicher: Jemand war in der Nähe. Sie dachte daran, wie einsam das Dünenhaus lag. Niemand würde sie hören, wenn sie schrie. Ihr Atem wurde flacher, während ihr Herz trommelte. Kolumbus starrte mit hoch erhobenem Schwanz in die Nacht. Seine Nackenhaare sträubten sich.

Immer noch pochte ihr Herz schmerzhaft. Sie war nicht allein. Jemand schlich da draußen herum.

Sie ging zum Sessel und nahm die Tasse vom Boden, um sie in die Küche zu bringen. Da! Da war es wieder. Schlurfende Schritte. Gänsehaut kroch über ihre Arme. Sie drehte sich um. Vor dem Fenster, auf der Terrasse, stand ein Sensenmann und grinste ihr hämisch ins Gesicht. Der Schein einer Taschenlampe erhellte seine Fratze. Mit der Hand fuhr er sich über den Hals.

Sie wich zurück in die Dunkelheit des Zimmers, das Blut rauschte in ihren Ohren, ihr Mund war staubtrocken. Aber da verschluckte die Nacht ihn schon und nahm ihn mit. Vivian zitterte, rutschte ermattet an der Wand hinunter und schrie, bis ihre Kehle wund war.

6

Kattegat, 2. November

GIAN

Gian wälzte sich hin und her, fand keine Ruhe. Das Gedankenkarussell machte sich selbständig. Immer, wenn er die Augen schloss und sich auf die andere Seite rollte, sah er Vivian. Welch tiefe Wunden hatte ihr Bruch in ihm hinterlassen.

Mit dem Kuss, den Vivian erwidert hatte, hatte sie ein Tor in seinem Herzen aufgestoßen, das verschlossen gewesen war. Egal, was damals passiert war und wie sie gestern reagiert hatte, er wollte sie noch immer. Vor dem Unfall war ihre Welt in Ordnung gewesen. Und vor Morten. Warum hatte Vivian seine Entschuldigung nicht angenommen und Morten gewählt?

Wieder und wieder stellte er sich die Frage, auf die er wohl niemals eine Antwort erhalten würde: Hätten Vivian und er Rikkes Tod verhindern können? Was wäre gewesen, wenn sie nicht nur Augen für sich gehabt hätten? Was wäre, wenn sie mit Rikke gespielt hätten, statt sich in den Dünen zu küssen? Was wäre, wenn …

Aber die Gedanken waren müßig. Die Kleine war tot. Und die Zeit ließ sich nicht mehr zurückdrehen. Danach hatte er die Liebe seines Lebens aus den Augen verloren. Das hätte nicht passieren dürfen. Niemals und vor allem nicht nach all dem anderen. Die Krise hätte sie zusammenschweißen sollen und nicht auseinanderbringen. Hatte sein Versagen Vivian in Mortens Arme getrieben? Ermattet richtete er sich auf und massierte sich die Stirn.

Natürlich wäre er zu Rikkes Beerdigung gekommen, wenn er gekonnt hätte. Monatelang hatte er versucht, Vivian zu erreichen, um ihr alles zu erklären, aber es war ihm nicht gelungen. Er war ziemlich sicher, dass Vivians Mutter jeden Kontakt verhindert hatte, auch wenn er es nicht beweisen konnte. Genauso wenig wie er beweisen konnte, dass Vivians Mutter schuldig am Zusammenbruch seines Vaters gewesen war, als sie mit der Polizei gedroht und Gian einen Mörder geschimpft hatte. Als Vivian dann endlich in den Semesterferien auftauchte, war Morten an ihrer Seite. Richtig glücklich schien keiner von ihnen geworden zu sein. Aber er hatte verstanden, dass sie einen anderen hatte und nicht mehr an ihm interessiert war.

Gestern, als er über die Spurrillen des Feldwegs zurückgerumpelt war, hatte er im Rückspiegel gesehen, wie das Dünenhaus schrumpfte und schließlich in der Biegung verschwand, und er hatte sich die Hand auf die schmerzende Brust gelegt. Dorthin, wo sein Herz schlug. Drei Worte hatten in seinem Kopf gewummert wie die Bässe einer Band: Ich will dich. Ich will dich. Er wünschte sich die alte Zeit zurück. Die Vertrautheit zwischen ihnen. Und vor allem einen Neuanfang und eine Chance.

Seitdem Hanna mit der Harley verunglückt war, hatte er sich auf keine Frau mehr eingelassen und beschlossen, nur für Amata da zu sein. Ihre Mutter war tot, und Amata brauchte ihn. Aber es war nur die halbe Wahrheit. Nicht einmal mit Hanna hatte er sich auf eine tiefere Beziehung eingelassen. Hanna und er waren ein gutes Team gewesen, aber nie ein Liebespaar, das ohne den anderen nicht sein konnte. Sicher hätten sie nicht geheiratet, wenn Hanna damals nicht schwanger gewesen wäre. Es war die Verantwortung für Amata, die aus ihnen ein Paar gemacht hatte.

Irgendwann, als die Dunkelheit vor dem Fenster noch immer nicht weichen wollte, hielt er es im Bett nicht mehr aus. Eingerollt in eine Wolldecke sah er in die tänzelnden Flammen im Kamin. Er stöhnte vor Ohnmacht.

Vivian würde wieder zu Morten gehen. Warum hätte sie sich sonst nach den Küssen von ihm zurückziehen sollen? Sie hatte ihn genauso begehrt wie er sie, das hatte er sich nicht eingebildet, sondern deutlich gespürt. Aber er wollte Vivian nicht noch einmal verlieren. Das würde er nicht ertragen. Also würde er es erst gar nicht so weit kommen lassen, dass er etwas zu verlieren hatte. Er musste sich schützen. Die Herzenstüren gut verriegeln.

VIVIAN

Sie musste sich bei Gian entschuldigen. Nur weil sie den Kopf verloren hatte, ging sie einer peinlichen Situation nicht aus dem Weg. Entschlossen nahm sie ihr Smartphone, und als sie Gians Nummer wählte, spürte sie ein Zittern in der Magengrube. Dann straffte sie die Schultern.

„Gian Fontana."

Vivian atmete tief ein, um ihre blanken Nerven zu beruhigen. Insgeheim wünschte sie sich, dass sich unter ihren Füßen der Boden auftat. „Ich möchte dich morgen Abend zum Essen einladen", stotterte sie. „Ich habe mich gestern danebenbenommen und will es wieder gutmachen. Auch weil du mir mit dem Haus hilfst." Sie kaute nervös auf ihrer Unterlippe. Gott, war ihr das peinlich, aber sie konnte diesen Kuss nicht einfach so stehen lassen. Als er schwieg, fuhr sie fort: „Gian, ich will dich ja nicht drängen. Ich bin momentan einfach labil. Da passiert so viel in meinem Leben, und ich habe mich vergessen." Sie holte tief Lust, um ihre flatternden Nerven zu beruhigen. „Das mit uns, das ist doch schon lange vorbei, ich weiß es ja. Aber wir sollten die Sache ordentlich abschließen, nicht wahr? Findest du nicht auch?"

„Gut."

Sie atmete erleichtert auf. „Also, um 20.00 Uhr ... Du isst doch immer noch spät?"

„Ist gut. Ich bring einen Wein mit."

GIAN

WIE JEDEN SONNTAG versammelten sich die Fontanas um den ausladenden Eichentisch in der Trattoria zum Brunch. Gian beobachtete den Taubenschlag vor seinen Augen, und ein warmes Gefühl durchflutete ihn. Die Familie bedeutete ihm viel.

„Na, *fratello*, wie geht's?" Silvia, die älteste der drei Fontana-Geschwister, lehnte sich neben ihn an die Wand, während sie an einem Espresso nippte und gleichzeitig ihre drei Kinder im Auge behielt. Giulia, Guiseppe und Luca hatten alle die rabenschwarze Mähne ihrer Mutter geerbt. Zusammen mit ihrem Mann Henrik arbeitete Silvia als Hebamme in der gemeinsamen gynäkologischen Praxis. „Vivian ist zurückgekommen, habe ich gehört."

„Hat Amata das ausgeplaudert?"

„Guiseppe, gibt Luca sofort das Auto wieder!", rief Silvia, als ihr Ältester seinem Bruder einen roten Rennwagen aus der Hand riss und dieser sofort das Gesicht verzog und lauthals zu weinen drohte. „Nein, es war Mamma."

Chiara, seine jüngste Schwester, die als Bedienung in der Trattoria arbeitete, stellte Bruschetta auf den Tisch.

„Oh je, das hätte ich mir denken können. Was hat sie noch gesagt?"

„Sie hat mich gebeten, dir diese Frau auszureden." Silvia schenkte ihm ein spitzbübisches Lächeln. Alle Geschwister wussten, dass Antonella sich oft in Dinge einmischte, die sie nichts angingen. Richtig böse konnten sie ihr nicht sein, da sie es immer gut meinte. Ihre Dominanz war manchmal anstrengend und oft irritierend. Aber auch immer Ausdruck ihrer Liebe zu ihrer Familie. Gian seufzte.

„Sie will dich nur beschützen", beschwichtigte Silvia ihn. „Mamma hat nicht vergessen, wie schlecht es dir damals ging. Und Vivian und ihrer Familie niemals vergeben."

„Wer kann das schon? Vergessen?" Er stopfte seine Hände in die Hosentaschen und gähnte. Seitdem Vivian wieder hier war, konnte er nicht richtig schlafen.

Silvia legte ihre Hand auf seine Schulter. „Es war nicht deine Schuld, dass Rikke ertrunken ist. Das weißt du."

„Es geht nicht um Schuld. Es gibt keinen Tag, an dem ich nicht daran zurückdenke. Mamma sollte sich keine Sorgen machen. Ich kann selbst auf mich aufpassen."

„Sicher?"

„*Sì.* Natürlich."

„Deine Augen erzählen mir aber was anderes."

„Dann wird Lena dir erzählen, dass sie der Grund für dieses Strahlen ist."

„Ach ja. Das hatte ich ganz vergessen. Aber wenn Lena dir so wichtig ist, warum ist sie dann nicht hier?" Silvia spitzte ihre Lippen, wie sie es immer tat, wenn sie etwas Wichtiges mitteilen wollte. „Lass dich von Mamma nicht einschüchtern. Es ist dein Leben."

„*Segui il tuo cuore.* Dein Wahlspruch: Folge deinem Herzen."

„*Sì*, was sonst? Ich wusste, dass du ein schlauer Bursche bist und nicht zweimal den gleichen Fehler machst."

„Wie meinst du das?"

„Das weißt du ganz genau. Wenn man die Liebe seines Lebens gefunden hat, muss man sie festhalten. Mit weniger darf man sich niemals zufriedengeben. Aber du hast dich schon einmal gegen die Liebe entschieden, als du Hanna geheiratet hast, nur weil sie schwanger war. Heirate jetzt bloß nicht Lena, so nett sie auch ist, nur weil Amata sie vergöttert und du glaubst, dass deine Tochter eine Mutter braucht."

„Das hat alles nichts mit Vivian zu tun."

„Mach dir nichts vor! Du hast immer Vivian geliebt, sogar dann noch, als du die Welt nicht mehr verstanden hast, weil sie plötzlich aus deinem Leben verschwunden ist. Und du fragst dich bis heute, ob sie dir Vorwürfe wegen ihrer Schwester macht. Aber deine Zweifel dürfen dich nicht aufhalten. Du darfst sie jetzt nicht wieder verlieren."

„Ich habe sie doch schon lange an Morten verloren."

„Wo ist Morten jetzt? Für mich sieht es ganz so aus, als ob da wieder Platz in ihrem Leben ist. Du wirst niemals wissen, ob ihr zwei eine Zukunft habt, wenn du nicht dein Herz in die Hand nimmst und es herausfindest."

Wie er es hasste, wenn seine Schwester philosophierte. Aber recht hatte sie.

Antonella klatschte in die Hände. „Zu Tisch."

Er atmete auf, aber ehe er sich richtig entspannen konnte, wisperte Silvia ihm zu: „Morgen, und keinen Tag später."

Er würde Vivian sowieso morgen sehen.

7

Kattegat, 3. November

MONA

MONA SICHTETE DIE POST. REKLAME, RECHNUNG, RECHnung, Reklame. Wusste überhaupt noch jemand, wie man Briefe schrieb? Fein säuberlich getrennt stapelte sie alles auf dem Küchentisch. Ganz zuunterst versteckte sich ein blauer Briefumschlag. Sie erkannte die schwungvolle Handschrift von Charlotte, ihrer Cousine, sofort. Neugierig riss Mona das Kuvert auf. Heraus fiel eine blassblaue Karte, die Olivers Geburt verkündete. Er hatte vor vier Wochen, am 7. Oktober, das Licht der Welt erblickt.

Mona sank auf den Küchenstuhl und studierte den auf feinstem Papier gedruckten Text ausführlich. Charlotte folgte wie immer einem festgelegten Plan: Erst hatte sie ihre Bankausbildung mit Bravour absolviert. Sie hatte den richtigen Mann, einen Bankier in gehobener Stellung, geheiratet. Sie hatten zusammen ein Haus gekauft, ein Ferienhaus in Spanien erworben und einen Volvo vor der Tür stehen. Nachdem nun alles geregelt war, hatten sie ein Kind geplant. Natürlich kam es wie mit UPS geliefert. Pünktlich und in bester Ausstattung, wie das Foto bestätigte. Mona schluckte. Kaum jemand konnte verstehen, wie ängstlich und niedergeschlagen sie war. Natürlich freute sie sich auf ihr Kind, aber wie sollte sie ihren Freunden klarmachen, dass sie Angst hatte? Dass ihre Ehe unter einer ständigen Belastung stand, weil sie immer noch keine Kinder hatten?

Nur ihre Online-Gruppe wusste, wie es ihr ging. Mona starrte aus dem Fenster. Wolken jagten über den blassen Himmel. Da war wieder das nagende Gefühl der Unzulänglichkeit. Und die Eifersucht, die sie quälte, wenn andere einen Kinderwagen vor sich herschoben oder ein Kind im Arm hielten. Klar, sie freute sich für Charlotte. Aber gleichzeitig hatte sie Lust zu schreien und zu wüten: „Warum bin ich es nicht?" Warum funktioniert mein Körper nicht so minutiös wie Charlottes? Seit den Fehlgeburten hatten Experten schon unzählige Male auf diese Frage geantwortet. Trotzdem hatte sie das Gefühl, dass sie keine Antwort darauf wusste. Keine, die wirklich zählte. Oder die den Schmerz linderte. Vielleicht würde sie im nächsten Sommer ihr Baby im Arm halten.

Sie senkte den Kopf und strich über die zarte Wölbung unter ihrem Norwegerpullover. Eine violette Strähne fiel ihr in die Augen. Diesmal musste es einfach funktionieren. Das Warten machte sie wahnsinnig. Andauernd schürten die Schwangerschaften ihre Hoffnung. Die Ärzte machten es auch. Schließlich hatte Mona keine Probleme, schwanger zu werden. Aber sie verlor jedes Kind. Jedes Mal hatte sie bereits in den ersten Monaten eine Fehlgeburt erlitten. Anders und sie erholten sich kaum von den Verlusten, und schon war sie wieder schwanger. Oder guter Hoffnung, wie ihre Tante es sagte. Hoffnung … Tja, selbst die Hoffnung lebte in diesem Haus unter mageren Bedingungen. Natürlich hielten viele sie für verrückt. Sogar ihr Liebesspiel mit Anders war zur Routine verarmt. Sex nach einem Kalender. Das Warten auf den Ovulationstag. Dann die quälenden Besuche im Badezimmer, um nachzusehen, ob der rosa Balken wie von Zauberhand auf dem Display des Tests auftauchte.

Jede blasseste rosa Färbung war Geschenk und Qual zugleich.

Mona fuhr sich mit der Hand über die feuchten Augen, straffte den Rücken und stand auf, um Teewasser aufzusetzen. Während das Wasser kochte, füllte sie Frauenmanteltee, der sich angeblich positiv auf Schwangere auswirkte, in die Kanne. Irgendwie erinnerte der Name sie an das Bild der Madonna bei Gians Eltern. Die Mutter Jesu, die alle unter ihrem Mantel beschützte.

Leider schaffte Mona es nicht einmal, nur ein Kind zu beschützen. Ihr Kind. Egal, wie sehr sie sich auch anstrengte. Aber das war wohl der Unterschied zwischen einer Madonna und einer normalen Frau.

Immer wieder wurde darüber im Online-Forum diskutiert. Was förderte eine Schwangerschaft? Und was gefährdete sie? Die Ernährung war wichtig. Darauf pochten die einen. Andere glaubten, dass die Ernährung keine Rolle spielte. Aber Mona wollte kein Risiko eingehen. Deshalb las sich ihr Einkaufszettel wie das Angebot eines Reformhauses. Sie würde alles ausprobieren, um dieses Kind zu behalten. Sie wollte dem Schicksal ein Schnippchen schlagen.

Ihr Leben befand sich in einer Warteschleife. Dazu gehörten auch ihre Freunde. Sie hatte viele von ihnen sträflich vernachlässigt. Der Kampf, eine Schwangerschaft zu einem glücklichen Ende zu bringen, kostete sie mehr Kraft, als andere verstanden.

Das war nicht alles. Es war nur die halbe Wahrheit. Die andere war, dass sie sich schämte. Sie konnte die glücklichen Paare mit ihren Kindern nicht mehr ertragen.

Was hatten ihre Freunde und sie noch gemeinsam?

Deren Leben drehte sich um ihre Kinder, um Krabbel-gruppen, Kinderkleidung und Kindernahrung. Dazu hatte sie nichts beizutragen. Sie fühlte sich bei diesen Gesprächen ausgeschlossen, und wenn sie einmal den Mut hatte, ihre Meinung zu sagen, wurde gleich gekontert: „Werde Mutter. Dann kannst du auch mitreden."

Eigentlich nahm kaum jemand ihr Verlangen nach einem Kind ernst. Sie solle ihre Freiheit und Unabhängigkeit genießen, solange sie es noch konnte, hatte eine Kundin vorgeschlagen. Noch schlimmer war es nach der ersten Fehlgeburt gewesen, als alle nur dumm geschwätzt hatten. Entweder war ihr heißes Bad am Abend vorher schuld an allem oder die vierstündige Autofahrt nach Jütland. Wieder andere hatten sie getröstet, dass es so besser sei. Dieses Kind wäre nicht lebensfähig gewesen und hätte ohne Zweifel einen genetischen Fehler gehabt. Wie schrecklich es wäre, ein behindertes Kind zu bekommen. Da war es doch besser, dass die Natur rigoros sortierte.

Wussten diese selbsternannten Göttinnen, die so leichtfertig über das Lebensrecht plädierten, nicht, dass ihr Kind für sie perfekt war?

Dann folgten die endlosen Vertröstungen. Die hatten Gott sei Dank inzwischen aufgehört. Doch nun musste sie sich selbst eingestehen: Sie konnte nicht ewig so weitermachen. Die Angst, auch dieses Kind zu verlieren, lauerte unterschwellig unter jedem ihrer Atemzüge, raubte ihr den Schlaf und vergällte ihr die Freude. Sie musste der Wahrheit ins Gesicht sehen: Sollte es diesmal nicht klappen, könnte es sein, dass sie und Anders niemals ein eigenes Kind bekämen.

Der Teekessel pfiff. Sie goss das sprudelnde Wasser

in die Kanne. Nein, so wollte sie nicht denken. Dadurch wurde alles nur noch schlimmer. Sie musste an ihrem Traum festhalten. Sie hatte immer das Beste aus allem gemacht. Diesmal würde es gut gehen. Charlottes Geburtsanzeige durfte sie nicht dermaßen aus dem Gleichgewicht bringen.

LENA

ÄRGERLICH POCHTE LENA mit dem Bleistift auf die Schreibunterlage, während ihr Blick erneut über den leeren Parkplatz glitt. Aus Wolkenlöchern fielen breite Stoffbahnen aus Licht, die das Grau wie von Zauberhand erhellten. Dass Vivian aber auch gerade jetzt zurückgekommen war! Die Mühe, die sie in Gian investiert hatte, war vergebens. Plötzlich hatte er keine Zeit mehr für sie und nur noch Augen für Vivian.

Lena massierte sich die Stirn, ein pochender Schmerz hämmerte gegen ihre Schläfe, und schaute wieder auf den Computer. Die Zahlenkolonnen marschierten über den Bildschirm, verschwammen vor ihren Augen, konnten ihre Gedanken nicht im Zaum halten. Sonst beruhigten die ordentlichen Reihen sie immer. Sie gaben ihr Sicherheit, vorhersehbar wie sie waren, überschaubar, so anders als ihr Alltag. Wo blieb Gianni nur?

Sie stand auf und machte sich an der Kaffeemaschine zu schaffen. Irgendetwas musste sie tun. Kurz darauf hörte sie die Autotür zuschlagen. Sie zupfte an ihrem Top herum. Eigentlich war es schon viel zu kalt für so ein dünnes Stück Stoff, aber es brachte ihre Kurven gut zur Geltung. Wenn sie eins mit Sicherheit wusste, dann dass sie ihre Reize nicht verstecken musste. Das war immer ihr Trumpf gewesen.

Gianni stürmte ins Büro.

„Lena, ich muss nur eben was nachschauen, und dann mach ich für heute Schluss."

Scheiße, das war ein schlechtes Omen. Er hatte ihre Kleidung nicht bemerkt. Sie nicht bemerkt. Gianni kommentierte immer ihr Aussehen. Nicht ohne Grund gab sie sich damit viel Mühe. Lena goss Kaffee in die Tassen. Schwarz wie Giannis Haar. Bitter wie ihr Leben.

Mit einer dampfenden Tasse in jeder Hand folgte sie ihm ins Arbeitszimmer. Er hockte am Schreibtisch. Ein Lächeln umspielte seine Lippen. Leise trat sie neben ihn und stellte den Kaffee auf den Tisch. Dieses Foto hatte er noch? Ein Bild von Vivian, zerknittert. Hatte Gianni wirklich nichts Besseres zu tun, als von alten Tagen zu träumen? Wann kam er endlich von dieser Frau los? „Dein Kaffee." Ihre Stimme war heiser, und sie verfluchte sich selbst, dass sie so verletzlich klang. „Schwarz."

„Danke." Gianni sog den Kaffeeduft ein, schloss genießerisch seine Augen und nahm einen Schluck.

„Bist du mit der Küche bei den Webers fertig geworden?"

Er schüttelte den Kopf. „Nein, ich habe heute die Fensterläden im Dünenhaus repariert."

„Will Vivian das Haus verkaufen? So, wie es liegt, würde sie eine ordentliche Summe bekommen."

„Stimmt, es ist eine gute Investition." Er stellte die Tasse auf den Schreibtisch. „Aber ich glaube, sie weiß selbst noch nicht, was sie will. Und Geld ist ja kein Thema für sie."

„Nein, Geld ist kein Thema für Vivian." Lena verlagerte

ihr Gewicht auf den anderen Fuß. „Denk dran, das Haus der Andersens muss bis Ende nächster Woche fertig sein!"

„Danke, dass du mich daran erinnerst, aber mach dir keine Sorgen. Ich bin gut in der Zeit. Das meiste ist fertig, sodass ich nur noch einen Tag brauche."

Lena trank ihren Kaffee aus und ging zur Tür. „Gut, ich habe zu tun. Grüß Vivian, wenn du sie siehst."

„Klaro, ich habe zufällig eine Verabredung mit ihr. Als Bezahlung für die Reparaturen hat sie mich zum Abendessen eingeladen."

„Also hast du ihr einen Freundschaftspreis angeboten? War das wirklich nötig?"

Gianni antwortete nicht, sondern strich sich mit der Hand durch die Haare und nickte.

„O Gianni, du mit deiner sozialen Ader. Vivian hat genug Geld. Sie hat das Sangild-Imperium geerbt, schon vergessen? Ich hoffe, ich bekomme Ende des Monats trotzdem mein Gehalt, wenn du so weiter machst."

Er grinste. „Ich dachte, ich zahle dir diesmal ein Paar Gutscheine für die Suppenküche aus."

Lena schüttelte den Kopf. „Kannst du übermorgen nach dem Training? Dann sorgen Amata und ich für ein Abendessen. Damit du wieder etwas auf die Knochen bekommst." Und nicht auf blöde Gedanken wegen Vivian kommst, fügte sie in Gedanken hinzu.

„Lena, danke, aber du schuldest mir nichts. Vielmehr schulde ich dir etwas. Ich trainiere gern mit Mads." Er schob den Stuhl zurück und stand auf. „Weißt du was? Mach die Abrechnungen fertig, und dann gönn dir einen freien Tag mit Mads."

Er hatte ihr nicht geantwortet. Offensichtlich stand

es schlimmer um ihn, als sie gedacht hatte. Mit Vivian würde er zu Abend essen, aber nicht mit ihr. Sie musste dafür sorgen, dass er sich wieder daran erinnerte, wie sehr Amata sie liebte. Sie räusperte sich. „Soll ich auf Amata aufpassen? Wenn du essen gehst?"

„Nein, meine Schwester möchte ihren Tantenpflichten nachkommen."

Die italienische Mafia, na klar, dagegen kam sie wieder nicht an.

„Wir sehen uns morgen." Damit verschwand er im Lager.

Sie sog den Duft seines Aftershaves ein und schloss die Augen. Ihre Mutter hatte Recht: Sie zog das Pech magisch an. Schließlich war sie an einem Freitag, den 13. geboren. Langsam glaubte sogar sie an die Wirkung des Datums.

VIVIAN

Kolumbus strich Vivian um die Beine und schnurrte wohlig, als sie seinen Fressnapf füllte. Ihr Handy klingelte. Sie drückte die Empfangstaste.

„Ja?" Sie kraulte Kolumbus zwischen den Ohren. Stille. „Hallo, wer ist da?" Am anderen Ende hörte sie Schnaufen. Gänsehaut kroch über ihre Arme. War das der Sensenmann? Was wollte er von ihr? Mit feuchten Händen umklammerte sie den Hörer, richtete sich langsam auf und stützte sich an der Anrichte ab. Der Wasserhahn tropfte, und nur um etwas zu tun, drehte sie ihn fest; aber er tröpfelte weiter. Sie verstand nicht, warum sie das gerade jetzt so fertigmachte. „Wer ist da?" Pause.

Dann hörte sie Stöhnen, erst leise, dann lauter. „Lass das! Du bist ja verrückt!", schrie sie. Angst raste durch ihren Körper. Galle kam hoch, Hals und Augen brannten. Sie brach den Anruf ab, stürzte ins Badezimmer, wo sie auf die Knie sank und den Toilettendeckel hochriss. Dann übergab sie sich. Erschöpft hing sie über der Kloschüssel, entkräftet und schwitzend. Eine bleierne Müdigkeit hockte in allen ihren Gliedern. Die Lider waren bleiern, als ob sie mit Eisengewichten beschwert wären.

Sie trank gierig eisiges Wasser, spülte den Mund aus und spritzte sich Wasser ins Gesicht.

AMATA

AMATA SPRINTETE IM ZICKZACK aus dem Badezimmer über den Flur, wich der Kommode und dem Schaukelstuhl aus, rannte weiter über die Schwelle zu ihrem Zimmer am Ende des Ganges und sprang mit einem Satz in die Flanellbettwäsche. Die Matratze ächzte, und das Bettgestell knarrte. Lachend kuschelte sie sich in das Kissen und spähte erwartungsvoll auf den Flur.

Als Tante Chiara auf der Gästetoilette verschwand, fischte Amata ein Buch aus dem Regal neben ihrem Bett. Kurz darauf hockte sie gemeinsam mit Tante Chiara unter der Bettdecke, die Beine angewinkelt, den Kopf an die Schulter ihrer Tante gelehnt.

„Die Geschichte von der Anna aus *Frost!*", bettelte sie.

„Wird gemacht, *bella.*" Tante Chiara schlug das Buch auf. Amata zog die Bettdecke höher, sodass nur die Nasenspitze herausschaute, und lauschte mit Begeisterung,

140

bis Tante Chiara fertig gelesen hatte und das Buch zurück ins Regal stellte.

„Hättest du auch gern einen Wunsch frei, Tante Chiara?"

„Sicher, mindestens einen. Ich würde mir Sonnenschein für jeden Tag wünschen und vor allem auch täglich *gelato al cioccolato*."

Amata schüttelte den Kopf. Konnte ihre Tante nicht bis zwei zählen? „Das ist nicht richtig. Einen Wunsch."

„Dann würde ich mir wünschen, dass ich mir jeden Tag etwas wünschen darf. Dann hätte ich jeden Morgen einen Wunsch frei."

„Glaubst du, das funktioniert?"

Tante Chiara strich ihr die Haare aus der Stirn. „Aber sicher, und das Beste wäre, ich könnte dir dann ab und zu auch einen Wunsch erfüllen."

Amata strahlte. „Das wäre ja fast wie der Hauptgewinn. Ich würde mir ein paar klitzekleine Dinge wünschen."

„Und die wären?"

„Das verrätst du aber keinem!"

„Nein, mache ich nicht. Ehrenwort. Was würdest du dir wünschen?"

„Dass Lena bald heiratet!"

„Aha", Tante Chiara lächelte verschwörerisch. „Deinen Papa?"

„Ja, das wäre doch super praktisch. Dann hätte ich wieder eine Mama."

„Und einen Bruder, den Mads." Tante Chiara zerzauste Amatas Locken.

„Na ja." Amata schüttelte den Kopf und überlegte angestrengt. „Der findet Mädchen blöd und will immer nur bolzen." Sie seufzte. „Oder Autorennen fahren. Das ist echt öde."

„Das ändert sich vielleicht, wenn du seine Schwester wärst."

„Ich … Hauptsache ich bekomme eine Mama. Die kann dann Mädchenkram mit mir machen. Sicher will Lena das auch viel lieber, als Wii zu spielen."

„Na, du bist ein helles Köpfchen trotz deiner schwarzen Haare. Aber jetzt ist Schlafenszeit."

Mist. Schlafenszeit. Dabei war sie noch gar nicht müde. Höchstens ein klitzekleines Bisschen. Aber sie wollte noch nicht schlafen, wenn sie schon mal Tante Chiara hier hatte. So ganz für sich alleine. Sie roch so gut. Und war so lustig. Also versuchte Amata, den Moment hinauszuzögern, an dem Tante Chiara das Licht ausschalten würde.

„Kannst du noch ein Geheimnis für dich behalten?"

„Ein Geheimnis? Lass mich hören, da bin ich aber neugierig."

Amata schüttelte den Kopf. „Nö, erst musst du schwören. Sonst geht das gar nicht."

„Ich versiegele meinen Mund mit Uhu. Großes Tante-Chiara-Ehrenwort." Tante Chiara legte den Zeigefinger auf die Lippen.

„Paps ist heute Abend bei Vivian, und das ist gar nicht gut."

Chiara zupfte die Vorhänge zurecht. „Ist das ein Problem? Warum ist das nicht gut? Und kennst du Vivian?"

„Klar, kenne ich die. Ich habe mit ihrem Kater gespielt. Kolumbus ist echt cool. Kennst du sie etwa auch?"

„Die Katze oder Vivian?"

„Vivian natürlich!" Amata warf ein Kissen nach Tante

142

Chiara und lachte. Dass Erwachsene aber auch immer alles so kompliziert machen mussten und so schwer von Begriff waren. Dabei war Tante Chiara sonst so fix.

„Als dein Papa noch in die Schule ging, da war sie oft bei uns."

„Echt?" Amata riss die Augen auf und setzte sich auf. „Weshalb mag Nonna sie dann nicht?"

„Warum meinst du das?"

„Nonna war ganz sauer, als ich ihr von Vivian erzählt habe. Ich verstehe nicht, warum."

„Tja, Nonna redet viel. Aber mach dir nichts draus. Dein Papa findet Vivian bestimmt toll."

„Schon, aber das ist ja das Problem, weißt du. Das macht mir Magengrimmen."

Tante Chiara hob fragend die Augenbraue. „Warum? Ist Vivian nicht nett?"

Amata setzte sich wieder auf. „Er soll doch Lena toll finden. Ich will Lena als Mama. Vivian ist nett, aber sie geht wieder weg. Das hat Nonna gesagt. Und Nonna hat meistens recht."

„Na ja", sagte Tante Chiara. „Manchmal irrt sogar Nonna sich. Glaubst du nicht, dass das dein Papa entscheiden soll? Das mit dem Heiraten?"

„Schon, aber er ist in Vivian verliebt."

„Ach wirklich?" Tante Chiara rollte die Augen und pfiff leise. „Wow! Woher weißt du, dass er verliebt ist?"

„Das ist wirklich einfach. Paps hat heute ziemlich lange vor dem Schrank herumgeturnt, bis er endlich in seine Klamotten kam, und dann hat er auch noch so einen Duft auf seine Backen geklopft. Er ist verliebt, ganz sicher."

Tante Chiara lachte ihr perlendes Lachen, welches

Amata immer an eine sprudelnde Quelle erinnerte. „Da hast du sicher recht! Das ist sehr verdächtig." Sie beugte sich vor und flüsterte verschwörerisch. „Du hältst mich auf dem Laufenden, nicht wahr?"

„Tante Chiara, klar, aber das darf einfach nicht passieren. Paps darf sich nicht in Vivian verlieben. Das ist zum Mäusemelken. Da werden wir nur alle wieder traurig. Und ich hab was Blödes gemacht …"

„Warum das denn, meine Süße?"

„Ich habe Paps gesagt, er soll Vivian zum Brunch einladen. Das hätte ich nicht machen sollen. Mir sind die Worte einfach so rausgerutscht."

„Warum hast du Vivian dann eingeladen?"

„Na ja, um Paps eine Freude zu machen. Aber das war keine gute Idee. Weil … ich hätte Lena einladen sollen. Sie bleibt hier. Wenn Vivian weg ist, sind wir wieder allein. Und wenn Paps traurig wird, dann riecht er so komisch und spricht so seltsam, und dann stehen morgens immer so viele Flaschen unter der Spüle. Das ist blöd."

„Ach Schätzchen, es könnte ja auch sein, dass Vivian hier bleibt. Weil sie sich nicht nur in deinen Paps, sondern auch in dich verliebt hat." Tante Chiara stopfte die Bettdecke fest und küsste Amata. Amata drückte ihre Nase ganz fest an Tante Chiara, sie roch genauso gut wie Mami. „Das könnte ich mir sehr gut vorstellen. Du bist doch einfach zum Liebhaben. Aber jetzt musst du schlafen, und zwar eins-zwei-dreimal so schnell wie sonst. Okay? Morgen hast du Schule, und ich will nicht daran schuld sein, dass du dich auf den Tisch wirfst und schnarchst. Oder vor lauter Müdigkeit schielst …"

Amata kicherte. „Das mache ich doch nicht."

„Echt? Ich dachte schon. Als du klein warst, hast du

so laut in deinem Kinderwagen geschnarcht, dass alle Leute in der Buchhandlung zusammengelaufen sind, um dich zu bewundern."

„Ach nö, das passt doch nicht."

„Und ob das passt." Als Tante Chiara das Laken glatt zog, fiel Amata noch etwas ein.

„Du, Tante Chiara?"

„Amata, jetzt …"

„Nonna sagt, dass Vivian wieder weggeht … Nur deshalb will ich Lena. Glaubst du, Paps mag Vivian lieber?"

„Ich weiß es nicht, aber ich glaube schon." Tante Chiara ging zur Tür und machte das Licht aus. „Jetzt ist aber endgültig Schlafenszeit. Ich pack dich ein wie eine kleine Raupe, gut versteckt in ihrem Kokon. Und morgen wachst du als lustiger Schmetterling auf und fliegst von Blüte zu Blüte."

Amata gähnte. Wenn sie Glück hätte und heute eine Sternschnuppe herunter sausen würde, dann wüsste sie genau, was sie sich wünschen würde: Dass Nonna nicht recht hätte und Vivian bleiben würde. Aber das würde nicht passieren. Also war Lena die bessere Mama.

VIVIAN

Vivian ging zum Herd, auf dem ein Pilzrisotto schmorte, und drosselte die Hitze. Gian musste jeden Augenblick kommen. Vivian zündete die Bienenwachskerzen auf dem Tisch an und eilte leichtfüßig unter die Dachschräge, wo sich das Badezimmer und zwei Schlafzimmer befanden. T-Shirt und Jeans, in denen sie gearbeitet hatte, streifte sie ab und warf sie in den Wäschekorb. Dann schlüpfte sie in einen kurzen Jeansrock und eine grüne Seidenbluse. Der gusseiserne Ofen verströmte so eine satte Wärme, dass sie die Pashmina-Stola auf dem Bett liegen ließ.

Als sie sich im Spiegel betrachtete, blickten ihr zwei glänzende Augen entgegen. Warum nur war sie so aufgeregt? Vorgestern hatte sie Gian deutlich gezeigt, dass sie noch nicht für eine neue Beziehung bereit war. Und so sollte es auch bleiben. Immerhin war ihre erste Liebe schon vor vielen Jahren erbärmlich zerbrochen. Es gab wirklich keinen Grund, die alten Zeiten wiederzubeleben, obwohl sie bei seinem Kuss von ihren Gefühlen überrumpelt worden war. Aber sie konnten nicht einfach da weitermachen, wo sie vor einigen Jahren aufgehört hatten. Dazu war viel zu viel passiert. Und ein zweites Mal würde sie es nicht schaffen, durch einen Fontana-Entzug zu gehen. Sie würde den mühsam erworbenen Abstand nicht aufs Spiel setzen. Nach Rikkes Tod hatte Vivian sich in Berlin etabliert und Gian Hanna geheiratet und eine Tochter bekommen. Dieser Abend war nur ein Dankesessen, weil Gian sich um das Haus kümmern wollte. Mehr nicht. Und außerdem war er mit Lena zusammen. Mit Lena, erinnerte sie sich selbst, um die wispernde Stimme in ihrem Kopf in Schach zu halten.

Lena! Genau, sie hätte Lena mit einladen sollen. Warum hatte sie nicht vorher daran gedacht? Weil sie wieder einmal nur von Gian fantasiert hatte. Aber egal, sie würde sich nicht wie Katarina in eine Beziehung drängen.

Sie nahm die Brille ab und reinigte sie, um sich abzulenken. Aber sie konnte sich nichts vormachen. So wie Gian sie angeschaut hatte, hatte Morten sie schon lange nicht mehr angesehen. Ewig hatte sie sich nicht mehr so begehrenswert gefühlt. Und als er sie geküsst hatte, waren ihre Barrieren zusammengefallen und alle Sicherungen durchgebrannt. Seine Hand unter ihrem T-Shirt, die rauen Finger, die ihre Haut liebkosten und immer höher wanderten. Voller Erwartung hatten ihre Brustwarzen sich aufgerichtet, doch dann hatte sie sein Handgelenk genommen und ihn gestoppt. Gian sah jetzt fast noch besser aus als damals; sie erinnerte sich genau, wie er mit seinem Lächeln der Sonne Konkurrenz gemacht hatte. Seit Monas Fest turnte er in ihren Gedanken herum, und sie sehnte sich nach ihm, sobald sie an ihn dachte. Es war verrückt. Ihr Herz ließ sich einfach nicht vom Verstand dirigieren.

Die kleine Melodie der Klingel tönte durch das Dünenhaus, und voller Erwartung sprang Vivian die Holztreppe hinunter, stieß sich den Kopf am Deckenbalken, stöhnte und massierte die Beule, während sie zur Haustür stolperte und sie aufriss. Gian stand vor ihr, den Mund zu einem verlegenen Lächeln verzogen, so als ob er nicht wüsste, ob dieser Abend eine gute Idee wäre. Er hielt einen Strauß Sonnenblumen in der Armbeuge. Wo hatte er um diese Jahreszeit ihre Lieblingsblumen aufgetrieben?

„Danke für die Einladung, Vivian. Ich dachte, vielleicht magst du immer noch Sonnenblumen so wie früher."

„Dass du dich daran noch erinnerst." Sie wich einen Schritt zurück, damit er an ihr vorbei ins Haus treten konnte. Ihre Wangen glühten, ihr Magen rumorte. Es war zum Verrücktwerden. Wenn Gian Fontana im Spiel war, besaß sie einfach kein Rückgrat. Er reichte ihr den

Strauß, und Vivian ging durch das Wohnzimmer in die Küche, wo sie eine Vase aus dem Schrank holte und mit Wasser füllte. Dann arrangierte sie die Blumen und stellte sie auf den Tisch.

„Was ist hier passiert?" Gian deutete mit dem Kopf auf die zerbrochene Fensterscheibe, die sie notdürftig mit Pappe repariert hatte.

„Mach dir deswegen keinen Kopf. Ich bin mit dem Besenstiel in der Hand gestolpert und habe die Scheibe zerschlagen. Morgen kommt der Glaser."

Sie nahm den Wein aus dem Kühlschrank und öffnete ihn. Kondenswasser perlte von der Flasche. Dann goss sie die honigfarbene Flüssigkeit in die Weingläser und prostete Gian zu. „Danke, dass du das Haus auf Vordermann bringen wirst. Ich weiß das zu schätzen. Zum Wohl!"

Er hob sein Glas, nippte am Wein und glitt auf die Eckbank. Als sie sich gesetzt hatte, fingen sie mit der Vorspeise an. „*Cara,* ich mache mir Sorgen. Du solltest nicht hier alleine wohnen, solange die Scheibe zerbrochen ist."

„Ach was", sagte sie. „Das ist kein Problem. Es war viel gruseliger ..." Mist, jetzt hatte sie sich verplappert.

Alarmiert blickte er auf. „Was war viel gruseliger?"

„Das Halloweenmonster."

Gian legte das Besteck auf den Teller. „Nun rück raus ... Was ist passiert?"

Vivian stocherte in ihrem Essen, sie spürte, wie eine feine Röte über ihr Gesicht glitt, weil er sie ertappt hatte. „Na ja, am Halloweenabend habe ich spät noch im Wohnzimmer gesessen, einen Tee getrunken und meinen Gedanken nachgehangen. Und dann hat sich ein Sensenmann auf dem Hof herumgetrieben und mir Angst eingejagt."

„*Cara!*" Gian schüttelte den Kopf. „Und davon hast du mir nichts erzählt?"

„Es war Halloween, und irgendwer hat sich einen Scherz mit mir erlauben wollen." Sie trank einen Schluck Wein. Schnell stellte die das Glas ab, legte ihre Hände in den Schoss, damit er nicht sah, wie sie zitterten. „Natürlich habe ich mich erschrocken. Aber das hat nicht mir gegolten, ganz sicher. Es war einfach ein schlechter Scherz."

„Vielleicht, vielleicht aber auch nicht. Was ist, wenn du dich täuschst?"

„Ich täusche mich nicht", wiegelte sie ab, obwohl sie sich am liebsten in Gians Arme gekuschelt hätte. Dort hatte sie sich immer geborgen gefühlt.

„Jetzt hörst du mir mal zu! Wenn dir jemand nachstellt, bist du hier nicht sicher. Jeder Idiot kann ins Haus kommen." Er ballte die Hand zur Faust. „Und dein Sensenmann muss gewusst haben, dass du da bist. Hier wohnt doch sonst niemand. Natürlich galt der miese Scherz dir."

„Nicht mir", versuchte Vivian, ihn zu beschwichtigen. „Sondern den Touristen. Sie haben das Auto gesehen und sich gedacht, die Frau aus Deutschland erschrecken wir. Mehr ist das nicht." Sie wusste, dass es nicht stimmte. Ihr Magen war hart wie Stein. „Bitte lass uns über was anderes reden."

„Ich sag es noch einmal, Vivian, du solltest hier nicht allein wohnen. Das Dünenhaus liegt viel zu abseits."

„Aber ich wohne gern hier. Und daran wird sich nichts ändern." Am liebsten hätte sie geschrien: Und wo soll ich sonst hingehen? Bei dir einziehen? Ins Hotel wollte sie nicht, die meisten Pensionen hatten im Winter geschlossen. Und sie war hierhergekommen, weil das Dünenhaus ihr Zuhause war. Das ließ sie sich nicht auch noch wegnehmen.

„Du bist immer noch so dickköpfig wie eh und je", seufzte er. „Aber darum habe ich mich damals in dich verliebt. Wenn du hier wohnen bleibst, sollst du wissen, dass du mich immer erreichen kannst. Egal, um welche Uhrzeit."

„Danke, aber das wird nicht nötig sein." Hatte er wirklich gerade gesagt, dass er sich in sie verliebt hatte? Ihre Hände kribbelten, sie hatte Lust eine Melodie auf den Tisch zu klopfen, aber sie nahm nur schnell die Serviette in die Hand und tupfte sich die Lippen ab. Das gab ihr ein wenig Zeit, ihre flatternden Nerven zu sammeln. Auch wenn Gian mehr als attraktiv war, sie hatte ihre Entscheidung getroffen. Er und Lena gehörten zusammen und sie würde sich ihnen nicht in den Weg stellen. „Wie geht es Amata eigentlich?", wechselte sie abrupt das Thema.

Gian hob die Augenbraue. Auch das tat er immer noch, dachte sie. Dabei hatte sie bis eben ganz vergessen, dass er früher genauso reagiert hatte. Gian schnitt sich ein Stück Gorgonzola ab, den Vivian zum Dessert reichte.

„Sie vermisst ihre Mutter sehr."

„Und du?" Vivian biss sich auf die Zunge. Was für eine blöde Frage! Natürlich vermisste er seine Frau.

„Es gibt immer noch Tage, da komme ich nach Hause und habe das Gefühl, Hanna wartet auf uns. Ich kann fast riechen, dass sie etwas in der Küche brutzelt und will rufen: Ich bin's, Gian."

„Mona sagt, dass es ein Unfall war."

„Ja, Hanna ist mit dem Motorrad frontal in einen

entgegenkommenden Wagen gefahren. Kurz darauf ist sie im Krankenhaus gestorben. Ich kam zu spät."

Vivian schwieg. Was sollte sie sagen? Wieder einmal war Gian zu spät gekommen. Sie strich mit dem Finger über die Maserung des Tischs. „Das tut mir leid, Gian!", flüsterte sie.

„Mir auch. Vor allem für Amata. Kleine Mädchen brauchen ihre Mutter so sehr."

Vivian nickte und versuchte den Kloß, der sich in ihrem Hals breitmachte, herunter zu schlucken. Was wäre, wenn Amata ihre Tochter wäre, ihr gemeinsames Kind? Sie hatte sich immer ein Kind gewünscht, aber Morten wollte keins. Wenn Rikke damals nicht gestorben wäre, wäre sicher alles anders gekommen. „Wie schaffst du das? Ich weiß, du hast Lena, die dir hilft, deine Familie, aber trotzdem …" Sie vollendete den Satz nicht. Irgendwie hatte sie das Gefühl, dass ihr die Worte fehlten, angesichts seines Verlustes.

„Lena war, nein sie ist immer noch eine enorme Unterstützung. Kurz nach dem Unfall habe ich zu viel getrunken, und als ihr das auffiel, hat sie mir immer wieder den Kopf gewaschen." Ein schwarzer Schatten glitt über sein Gesicht. Vivian streifte seine Hand, als sie ein Stück Pecorino abschnitt, und allein diese Berührung verursachte ihr Herzklopfen. Diese Hand, sie wollte sie in ihrer halten, mit dem Daumen über seine Lebenslinien streicheln und davon träumen, dass sie immer noch zu seinem Leben gehörte.

„Ich habe so vieles falsch gemacht in meinem Leben. Geschuftet habe ich, um die Firma aufzubauen, und hatte kaum Zeit für Hanna und Amata."

„Im Nachhinein weiß man meistens, was man hätte

151

anders machen sollen. Ich bin sicher, Hanna wusste, dass du es für sie und Amata getan hast."

„Hanna hat sich etwas anderes gewünscht. Es ist schwer, damit zu leben. Deshalb zählt für mich heute nur Amata. Alles andere ist unwichtig." Gian schüttelte resigniert den Kopf. „Man kann die Zeit, die man verloren hat, nicht zurückbringen, das hat Hannas Tod mir gezeigt. Aber man kann versuchen, es besser zu machen. Amata verdient einen Vater, der für sie da ist. All das andere ist nicht so wichtig …"

„All das andere?"

„Das, was Hanna sich so sehr wünschte – Reisen, ein Haus, eine Harley … Ich dachte, wenn ich diese Dinge in unser Leben bringe, dann baue ich eine Brücke über den Abgrund, der sich über unsere Beziehung spannte. Wir waren uns fremd geworden. Aber Dinge konnten uns nicht das schenken, was wir uns wünschten. Ich wünsche mir, dass Amata das versteht. Darum verbringe ich so viel Zeit wie nur möglich mit ihr."

„Sie ist auch ein wunderbares Mädchen." Vivian schenkte nach.

„O ja, und sie mag dich. Und Kolumbus. Das ist ungewöhnlich. Seit Hannas Tod hat sie nur Lena an sich herankommen lassen. Jetzt hast du einen Platz in ihrem Herzen ergattert."

„Wirklich? Das wusste ich nicht. Das rührt mich, ehrlich."

„Sie hat einen Wunsch, den du ihr erfüllen kannst."

„Wenn ich kann, gern. Also, worum geht es?"

„Amata möchte, dass du am Sonntag mit uns zum Brunch ins Ristorante kommst."

Vivian nahm die Brille ab und massierte sich die

Nasenwurzel. Damals, als sie und Gian ein Paar gewesen waren, war sie oft mit zum Sonntagsbrunch gekommen. Bei den Zusammenkünften der Familie Fontana ging es laut und lebhaft zu. Es war eine ganz andere Atmosphäre als bei ihr zu Hause, wo alle immer nur redeten, ohne jemals die Stimme zu erheben.

Bei den Fontanas dagegen, da gab es Diskussionen, Farben, Gerüche, und der Geräuschpegel war hoch. Vor allem aber machten sie die verrücktesten Sachen. Manchmal stürmte Gians Vater Giuseppe in die Küche und riss Antonella von den Kochtöpfen weg. Gemeinsam wirbelten sie über die Dielen, als ob ein unsichtbares Orchester spielte. Vivian hatte diese Bilder in sich aufgesogen und davon geträumt, dass sie eines Tages Teil dieser Familie sein dürfte. Ihre Eltern hatten nie ihre Zuneigung gezeigt, auch nicht ihr gegenüber. Nur ganz selten wurde sie in den Arm genommen und gedrückt. Sie setzte die Brille wieder auf. Es war wohl an der Zeit, Klartext zu reden. Aber die Worte klebten an ihrem Gaumen und wollten nicht richtig raus.

„Kommen alle?"

„Ja, so wie früher. Den Sonntagsbrunch zu ignorieren ist in unserer Familie ein Sakrileg. Das wäre fast so schlimm wie eine heilige Kuh zu schlachten." Er grinste.

„Auch Lena? Und ihr Sohn?"

„Nein, warum sollten Lena und Mads kommen?"

Vivian atmete tief ein. „Weil ihr ein Paar seid. Das hat Amata erzählt. Und ich werde mich nicht zwischen euch drängen." Ihr war schwindelig vor Enttäuschung. Oder hatte sie zu viel Wein getrunken?

„Das muss Amata falsch verstanden haben. Lena und

ich arbeiten zusammen. Wir sind gut eingespielt, manchmal vielleicht zu gut. Aber wir sind definitiv kein Paar."

Sie kaute auf ihrer Unterlippe. Kein Paar. Wir sind definitiv kein Paar. Stimmte das? Oder hatte ihre Mutter recht, die meinte, dass Gian ein italienischer Macho wäre, der Frauen konsumierte wie andere ihr Roggenbrot … War er genauso ein Mistkerl wie Morten? Sie wusste einfach nicht mehr, wem sie trauen konnte. Aber noch mehr Enttäuschungen würde sie nicht verkraften.

„Amata würde sich freuen, und Chiara und Silvia haben schon nach dir gefragt."

Vivian stand auf, sammelte das Geschirr ein und stapelte es in die Spüle. „Und deine Mutter? Sie will bestimmt nicht, dass ich einen Fuß über die Schwelle setze."

„Meine Mutter … Sie wird damit klarkommen."

„Damit klarkommen. Warum sollte ich dann kommen? Immerhin lädt sie ein."

„Weil Amata es sich wünscht. Sie will, dass Nonna dich sieht."

„Perfektes Timing. Sie ahnt wohl nicht, dass Nonna mich lieber durch ihre Pasta-Maschine rollen würde, als mit mir an einem Tisch zu sitzen."

„Nein, das wünscht sich meine Mutter nicht. Also, was soll ich Amata sagen?"

„Ich überlege es mir."

8

Kattegat, 3. November

VIVIAN

ALS DIE NACHT DEM TAG DIE HAND REICHTE, JOGGTE Vivian zum Reiterhof. Modrig feucht und salzig begann der Herbstmorgen. Das Sturmtief der vergangenen Tage hatte die Wolkendecke vom Himmel gerissen. Auf der Koppel verschlang die Sonne die letzten Nebelfetzen zum Frühstück und schickte lange Strahlen in die Boxen. Pferde schnaubten leise, Hufe scharrten, und am Ende der Stallgasse wieherte ein nervöses Tier. Vivian tätschelte Anuschka und verwöhnte die betagte Pferdedame mit einem Apfel. Dann mistete sie die Ställe aus und versorgte die Pferde.

„Zeit für eine Pause, Vivian." Anders lehnte sich über das Gatter, in jeder Hand eine Tasse mit dampfendem Kaffee. Er reichte ihr einen Becher, den sie mit ihren Händen umschloss. Der Geruch gerösteter Kaffeebohnen kitzelte ihre Nase. Anders' Haare waren zerzaust und schimmerten unter der Neonbeleuchtung, ein unübersehbares Erbe seiner irischen Mutter. Vivian legte den Kopf in den Nacken, um ihm in die Augen zu schauen.

„Danke." Sie hatte noch nichts gegessen. So früh war sie selten hungrig, aber seitdem sie Berlin verlassen hatte, drehte sich ihr neuerdings der Magen um, wenn sie nur einen Gedanken an Essen verschwendete. Tagelang hatte sie sich mit Orangensaft nach dem Aufstehen begnügt und erst am späten Vormittag ein Zwieback geknabbert.

Sie war einfach erleichtert, wenn sie sich nicht übergeben musste. Nächste Woche würde sie einen Arzt aufsuchen. So konnte es nicht weitergehen. Außerdem war da diese bleierne Müdigkeit. Als ob sie ständig zu wenig Schlaf bekäme. Wahrscheinlich war das eine Stressreaktion. „Wie geht es Mona? Alles in Ordnung? Ich freue mich so sehr mit euch."

Anders nickte, aber das Lächeln um seine Lippen war eher zaghaft. „Danke, wir sind auch sehr glücklich." Er schwieg, trank seinen Kaffee und schien in Gedanken versunken. „Alles dreht sich um die Schwangerschaft. Du kennst doch Mona. Das Zimmer wartet nur darauf, dass das Baby einzieht. Hoffentlich geht diesmal alles gut." Anders kaute auf der Lippe.

Vivian winkelte das rechte Bein an und stützte sich an der Stallwand ab. Was sollte sie Anders auch sagen? Sie wusste nur zu gut, dass es nur ein schwacher Trost war. Niemand konnte ihnen garantieren, dass sie dies-mal ihr Kind in den Armen halten durften. Wenn über-haupt jemand Rückenwind verdient hätte, dann diese beiden.

„Noch einen Verlust könnte ich nicht ertragen. Und Mona wohl auch nicht." Er starrte in seine Kaffeetasse, als läge auf deren Grund die Antwort auf alle seine Ängste.

Um Zeit zu schinden, nahm Vivian einen Schluck und verbrühte sich die Zunge. Sie verzog ihr Gesicht. „Ehr-lich, Anders, ihr solltet euch jetzt einfach auf dieses Kind freuen."

Er blickte zu seinen Gummistiefeln, schluckte und fuhr dann mit leiser Stimme fort: „Das Schlimmste ist die Leere, die nach einer Fehlgeburt zurückbleibt. Vorher war dein ganzes Leben voll von Träumen, und du machst Pläne. Um diesen winzig kleinen Menschen dreht sich dein Universum, und dann ist er genauso plötzlich weg. Einfach so." Anders' Schultern bebten. Dieser Bär von Mann war so verletzlich und füllte die Box mit einer Traurigkeit, die Vivian nur zu gern vertrieben hätte. Sie trat einen Schritt auf ihn zu und legte ihre Hand auf seinen Unterarm.

„Das tut mir so leid, Anders, aber glaubst du nicht, dass ihr jetzt den Lottogewinn verdient hättet? Irgendwann muss man doch auch mal den Jackpot nach Hause tragen."

„Mit diesem Mantra lulle ich mich selbst ein. Glaub mir, ich bin richtig gut darin, und obwohl ich eher selten in die Kirche gehe, versuche ich, Gott zu bestechen, dass er auf dieses Menschenkind aufpassen soll, weil es allen Schutz dieser Welt braucht. Ich feilsche und handle wie ein Fischweib." Er ballte die Hand zur Faust. „Es hilft alles nichts, letztendlich hockt da immer die Angst. Mit jeder Fehlgeburt wird sie größer. Bei der zweiten Schwangerschaft war plötzlich auch ganz viel Angst, das Kind zu verlieren. Und bei der dritten noch mehr. Jetzt habe ich das Gefühl, dass wir auf Scherben balancieren, ganz vorsichtig, damit wir uns und dem Kind nicht wehtun. Freude gibt es nicht mehr, oder eher: Wir lassen sie nicht zu, um uns selbst zu schützen."

Vivian suchte verzweifelt nach Worten, die durch die Mauer der Angst zu ihm dringen könnten. „Aber die Freude ist doch so wichtig. Geht es Mona auch so? Sie kommt mir so gelöst vor …"

„Sie verdrängt es total, will unbedingt ein Baby. Ich habe ihr eine Adoption vorgeschlagen, weil ich den

Druck kaum noch ertragen kann, aber sie ist ein unverbesserlicher Sturkopf und Optimist. Es wird schon gut, sagt sie immer wieder, aber ich habe einfach nur Angst vor einem weiteren Verlust. Manchmal kommt mir mein Leben wie eine glatte Murmel vor, die den ihr bestimmten Weg findet. Unweigerlich."

Vivians Kopf schmerzte. Sie nahm die Schildpattbrille ab und massierte sich die Nasenwurzel. Dann setzte sie die Brille wieder auf.

„Hast du damals überhaupt trauern dürfen als Mann? Hat man dir oder hast du dir das Recht zu trauern zugestanden?"

„Trauern? Ich?" Anders suchte ihren Blick. Dann schüttelte er den Kopf. „Erst ist die Schwangerschaft Frauensache. Alles spielt sich in Monas Körper ab. Dann, wenn sie das Kind verloren hat, fühle ich mich immer als Außenseiter, und Trauer soll ich schon gar nicht zeigen. Irgendeiner muss ja stark sein. Die Karte liegt dann in meiner Hand."

„Du hast doch auch einen Verlust erlitten", protestierte Vivian entrüstet. „Natürlich kann man es nicht vergleichen, aber ich erinnere mich, dass es mir rasend wehgetan hat, als meine Schwester Rikke ertrunken ist. Ich wollte nicht mehr weiterleben. Fragen über Fragen habe ich gehabt. Warum? Was hatte ich falsch gemacht? Ich konnte an nichts anderes mehr denken. Doch dann, mit der Zeit veränderte sich der Schmerz." Vivian holte Luft und schlenderte zum Holzblock, der neben Anders auf dem Boden stand. Mit dem Finger zeichnete sie die Maserung nach, als ob sie das Holz liebkoste. „Schau dir mal die Jahresringe an. Die sind dein Leben. Deine Geschichte. Ins Holz geschrieben. Jahresring für Jahresring.

Jede Freude, jeder Verlust. Alles legt sich Schicht für Schicht um den Schmerz, bis er ganz im Inneren eingeschlossen ist. Er ist nicht mehr zu sehen wie vorher, aber er bleibt da. Der Verlust wird nie geringer. Nur der Schmerz wird anders. Du lernst, damit zu leben. Er wird ein Teil von dir und deiner Geschichte."

„Und heute?" Anders hielt ihren Blick fest.

„Der Schmerz ist immer noch da, manchmal erwischt er mich völlig unvorhergesehen, wenn ich jogge und eine Frau sehe, die Rikkes Alter haben könnte, wenn jemand von seiner Schwester erzählt, wenn ich mich einsam fühle oder glücklich. Aber er tut nicht mehr so weh wie früher."

„Vielleicht kann ich das auch irgendwann mal sagen."

Sie fing sein zaghaftes Lächeln auf und erwiderte es.

LENA

Lena schaute nach rechts und links und rannte, als der Lieferwagen mit Obst um die Kurve gefahren war, über die Straße. Eine Gruppe Männer hatte sich auf dem gegenüberliegenden Fußweg versammelt. Sofort befeuchtete Lena ihre Lippen, presste die Brust nach vorn und verlangsamte das Tempo. Sie spürte die bewundernden Blicke. Ein Siegerlächeln huschte über ihr Gesicht. Egal, sie hatte bisher zwar kein Glück mit Männern gehabt, aber sie konnte noch immer ihre Aufmerksamkeit erringen und das, obwohl sie einen neunjährigen Sohn hatte. Ihr tägliches Workout machte sich also doch bezahlt.

Warum ging es so langsam? Sie wollte wieder zu

Hause sein, wenn Gianni Mads zum Training abholte. Egal wie, sie musste Giannis Interesse wiedergewinnen, auch wenn Vivian jetzt wieder da war. Abrupt blieb sie stehen. Kaum dachte man an den Teufel, war er auch schon da. Und zwar leibhaftig.

Vivian kam doch tatsächlich aus dem Feinkostladen, dem überteuerten Touristenladen, in dem Lena niemals einkaufte. Die Preise dort waren eher für die Kopenhagener Schickeria als für die Einwohner. Dazu brauchte man ein ganz anderes Budget. Klar, mit dem Geld des Sangild-Imperiums konnte Vivian sich das leisten. Verärgert runzelte Lena die Stirn und folgte Vivian mit den Augen. In der linken Hand trug sie eine Leinentasche, die man bei Einkäufen in Brittas Boutique bekam. Lena hatte letzten Winter einmal all ihren Mut zusammengekratzt und war in das Geschäft geschlüpft, als gerade Kunden dort waren, und hatte sich eine kurze Zeit erlaubt zu träumen. Ihre Fingerspitzen hatten die flauschige Wolle liebkost. Doch dann war sie aus dem Laden geflohen, bevor Britta sich an sie wenden konnte. Aber natürlich kaufte Vivian ihre Kleidung dort. Das war einfach ungerecht.

Lena setzte sich wieder in Bewegung. Wie ein Roboter folgte sie Vivian Schritt für Schritt. Sie musste wissen, was Vivian vorhatte. Alles andere war unwichtig und schrumpfte auf die Größe einer winzigen Erbse zusammen. Lenas Mutter, die Zigarette im Mundwinkel baumelnd, hatte ihr immer wieder eingebläut: Nur wer seinen Feind kennt, kann ihn besiegen. Nun galt dieses Motto mehr als je zuvor. Vivian war ihr Feind. Ein mächtiger Feind, der ihr alles nehmen konnte, wovon sie schon seit Jahren träumte. Als Vivian die Stufen zum

Friseurladen hinaufstieg, zögerte Lena nicht einen Augenblick, sondern sprang die Treppe empor und öffnete die Tür. Feuchte Luft, vermischt mit dem Geruch frisch gewaschener Haare schlug ihr entgegen.

Vivian, die gerade ihre Jacke in der Garderobe aufgehängt hatte, drehte sich um. Als sie Lena entdeckte, umspielte ein Lächeln ihre Lippen. „Hallo Lena, wie schön, dich zu sehen. Hast du auch einen Termin hier? So ein Zufall!"

„Ja, ich muss dringend meine Erscheinung verbessern." Lena zupfte an ihren Haaren.

„Willst du einen Termin ausmachen?" Rose Lerner, die Inhaberin des Salons, zog eine Schnute, sodass der einer Kirsche ähnelte, und musterte Lena von Kopf bis Fuß.

Lena sog die Luft tief ein, presste den Rücken durch und setzte ihr Ich-habe-recht-und-alles-unter-Kontrolle-Lächeln auf. Vivian trat neben sie.

„Aber Rose, hast du das wirklich vergessen? Ich habe einen Termin, gerade jetzt, bei dir. Um 16.30 Uhr."

Rose steckte den Kopf wieder in den Terminkalender, blätterte vor und zurück und schüttelte resigniert ihren Kopf. „Es tut mir aufrichtig leid. Ich habe nichts notiert. Was sollte gemacht werden?"

„Die übliche Prozedur. Waschen, Schneiden, Föhnen und eine Maniküre."

„Also … das muss ein Missverständnis sein."

„Nein, nein, absolut nicht, Rose, ich habe die Karte hier irgendwo." Lena kramte in ihrer Manteltasche, öffnete die Handtasche und suchte.

Roses straff gezupfte Augenbraue bildete einen hohen Bogen. „Lena, es tut mir wirklich leid, aber wir sind heute ausgebucht. Könntest du nächsten Dienstag, am Vormittag?"

„Das passt mir überhaupt nicht. Ich muss heute Abend hervorragend aussehen, wenn du verstehst, was ich meine."

„Aber ich habe wirklich keine Lücke …"

„Wenn du deinen Kalender nicht ordentlich führst, ist das nicht mein Problem, sondern deins." Lena sah Vivian an. „Oder was meinst du?"

Roses Hals verfärbte sich rot und ehe Vivian etwas sagen konnte, rechtfertigte sie sich erneut. „Ich kann mich wirklich an keinen Termin erinnern."

„Also, ich muss nur geschnitten werden", mischte Vivian sich in das Gespräch ein. „Ob ich heute oder am Dienstag komme, ist egal. Ich könnte meinen Termin tauschen."

Lena wandte sich euphorisch an Vivian. „Damit rettest du meinen Tag. Ich hoffe nämlich, dass Gianni mir heute Abend die entscheidende Frage stellt."

„Als serviceorientierter Salon werden wir den kleinen Engpass schon hinkriegen. Wie ich sehe, kennt ihr euch? Ich setze euch nebeneinander, dann könnt ihr einander Gesellschaft leisten, während ich von einem Kopf zum anderen springe. Ist das eine akzeptable Lösung?" Rose funkelte Lena mit zusammengekniffenem Mund an.

„Wunderbar! Aber darunter darf der Schnitt nicht leiden. Ich erwarte beste Qualität, keine Schluderei."

Lena straffte ihren Rücken und folgte Rose, die in den Waschraum eilte. Lena legte den Arm um Vivian und flötete: „Du solltest sehen, wie Mads und Gianni miteinander trainieren. Gianni ist wie ein Vater für ihn, und ich hoffe, dass er es auch bald wird."

Sɪᴇ ᴋᴏɴɴᴛᴇ ɴɪᴄʜᴛ zum Familientreffen gehen. Lena und Gian waren doch ein Paar. Wie konnte Gian glauben, dass sie sich unter diesen Umständen mit seiner Familie an den Tisch setzte? Ihr Herz schmerzte bei dem Gedanken, und sie ignorierte die Traurigkeit, die sich in ihr breitmachte. Gian und sie hatten ihre Chance gehabt. Wenn sie die doch nur besser genutzt hätten. Und Gian war offenbar nicht ehrlich, dieser Schuft. Sie musste dringend mit ihm reden. So konnte es nicht weitergehen. Niemals würde sie sich zwischen Gian und Lena stellen. Auf ein kurzes italienisches Intermezzo war sie nicht erpicht. Das Beste wäre, wenn sie sich in Zukunft nicht mehr sehen würden, obwohl da das verräterische Flattern in ihrer Magengrube war, das sich immer ausbreitete, sobald Gian auftauchte.

Jetzt gleich würde sie Amata anrufen. Nein, sie hatte Amatas Nummer nicht, aber sie konnte Gian eine SMS schicken. Falls Amata nicht wieder hier auftauchte.

An: Gian Fontana
Hallo Gian, ich muss absagen wegen Sonntag. Bitte erkläre
Amata, dass ich leider nicht kommen kann. Vivian

Vivian legte das Smartphone auf den Tisch und atmete auf. Das war geschafft. Natürlich, sie hätte Chiara und Silvia gern gesehen und eigentlich auch Antonella, Gians Mutter. Früher hatten sie sich gut verstanden.

Rikkes Tod hatte sich wie die Kontinentalspalte in ihr Leben gegraben und alles, was vorher war, mit in die Tiefe gerissen. Seitdem drifteten ihre Familien unablässig auseinander. Ein Zurück schien es nicht zu geben. Aber es wäre schön, wenn sie wenigstens wieder Freunde sein könnten. Das war aber nur möglich, wenn sie ihre Gefühle für Gian unter Kontrolle bekam. Bis dahin … Wahrscheinlich nagte die Eifersucht auf Lena nur an ihr, weil sie selbst gerade in einem Ausnahmezustand war. Lena würde bald haben, wovon Vivian immer geträumt hatte: Eine ganz normale Familie, Partner und Kinder und ganz viel Liebe, ja, eben ein normales Leben, wo sie nicht die reiche Erbin war, sondern einfach Vivian.

Sie sollte sich für Gian und Lena freuen. Lena hatte es nicht immer leicht gehabt und verdiente eine Handvoll Glück. Auch wenn es wehtat, Vivian wusste, sie hatte die richtige Entscheidung getroffen. Nie und nimmer wollte sie zwei Menschen auseinanderbringen, wenn sie zusammengehörten. Aber, flüsterte diese miese kleine Stimme in ihrem Kopf, gehörten Lena und Gian wirklich zusammen? Gehörte Gian nicht eigentlich zu ihr? Warum glaubte sie eigentlich Lena mehr als Gian? Weil Gian sie schon einmal angelogen hatte. Die Liebe, die er ihr versprochen hatte, war nicht echt gewesen. Er war ohne ein Wort aus ihrem Leben verschwunden.

Kaum hatte sie den Gedanken zu Ende gedacht, als es an der Tür klingelte. Vivian ging in Richtung Haustür und öffnete. Vor ihr stand Amata, grinste und entblößte ihre Zahnlücke.

„Hallo Vivian, ist Kolumbus da?"

Vivian lachte. „O ja, wenn er nicht auf Mäusejagd ist, macht er gerade ein Nickerchen. Komm rein, und schau nach."

Amata trat in den Flur. Sie zog ihre Schuhe aus und

stellte ihren Rucksack auf den Boden. „Ich kann nicht so lange bleiben, ich wollte nur kurz vorbeischauen."

„Das ist gut. Ich muss gleich auf dem Reiterhof helfen. Aber eine halbe Stunde haben wir. Ich wollte sowieso mit dir reden."

„Was ist?", fragte Amata und lief auf Socken ins Wohnzimmer, wo sie auf die Knie fiel und Kolumbus, der vor dem Ofen schnarchte, hinter den Ohren kraulte.

„Dein Vater hat gesagt, dass du mich zum Brunch einladen wolltest?"

Amata hob den Kopf und strahlte sie an. Als wenn in ihrem Inneren eine Lampe angeknipst worden wäre. „Genau, hast du Zeit?"

Vivian schüttelte den Kopf. „Tut mir leid. Ich kann nicht kommen."

Die Lampe in ihrem Inneren erlosch und das Herzgesichtchen verschloss sich. „Ach nee, bist du dann schon wieder in Berlin?"

Vivian schüttelte den Kopf. „Nein, das bin ich nicht …"

Amata legte ihren Kopf auf Kolumbus Bauch und grinste. „Hörst du, wie er schnurrt?"

Vivian nickte. „Ja, das ist ein schönes Geräusch. Er fühlt sich sehr wohl bei dir."

„Aber dann kannst du ja kommen. Du bist doch hier ganz allein, hast nur Kolumbus."

Vivian stöhnte innerlich. Wie sollte sie Amata die vertrackte Welt der Erwachsenen erklären? Sie setzte sich neben Amata und legte den Arm um sie. „Ich habe mich wirklich gefreut, dass du mich eingeladen hast. Und ich mag deine Familie sehr gern. Die sind alle so toll. Du weißt ja, ich kenne Chiara, Silvia und deine Nonna schon sehr lange. Aber es ist da mal was passiert, und deshalb ist es besser, wenn ich nicht komme. Und dann finde ich, dass du eigentlich Lena und Mads einladen solltest. Die gehören doch in euer Leben hier."

„Aber Nonna soll doch sehen, dass du nett bist …"

Vivian lächelte. „Ich glaube, sie weiß, dass ich das bin."

Amata saugte ihre Lippe durch die Zahnlücke und runzelte die Stirn. „Ich weiß nicht. Sie scheint sich nicht daran zu erinnern."

„Das kann sein. Aber das macht nichts." Vivian stand auf. „Du, ich muss jetzt zum Reiterhof. Du darfst gern hierbleiben. Zieh nur die Haustür hinter dir zu, wenn du gehst."

Amata küsste Kolumbus und sprang auf. „Nö, ich muss auch los. Ida, meine Freundin, und ich, wir sind verabredet."

„Gut, dann lass uns gehen."

GIAN

„Vivian kann Sonntag nicht kommen", sagte Gian. Amata löffelte ihr Tiramisu, den Nonna ihnen mit nach Hause geben hatte.

„Ich weiß. Das ist zum Mäusemelken." Sie stocherte in der karamellfarbenen Mascarponecreme herum. „Kannst du sie nicht doch überreden?"

Gian wiegte den Kopf. „Nein, wenn Vivian sich etwas überlegt hat, dann bleibt sie dabei. Warum willst du sie unbedingt dabei haben?"

„Wegen Nonna."

Gian verschluckte sich fast. Wegen seiner Mutter? „Wegen Nonna?", fragte er erstaunt.

„Ja", sagte Amata und sah ihn unverwandt an. „Wegen Nonna. Sie soll merken, dass Vivian gar nicht so blöd ist, wie sie meint. Sondern nett."

„Nun ja", warf Gian ein. „Das weiß sie schon."

„Nö", protestierte Amata. „Sie war so sauer, als ich ihr von Vivian erzählt habe. Ich dachte, der Küchentisch kracht, so hat Nonna den Teig geknetet und geschlagen."

„Aber warum soll Nonna Vivian sehen? Das verstehe ich noch nicht so richtig." Bisher hatten sie noch nie jemanden zum Brunch mitgenommen, und Amata hatte nicht einmal Lena und Mads dazu eingeladen. Was passierte hier?

Amata richtete sich auf, streckte ihren Rücken. „Weil Erwachsene echt blöd sind …"

Gian hob erstaunt die Augenbraue und musste sich ein Lächeln verkneifen. „Deswegen? Ist Vivian die erste vernünftige Erwachsene, die du kennst?"

„Nein." Amata kratzte ihr Schälchen aus. Dann legte sie den Löffel hin und fuhr mit dem Zeigefinger die Innenseite der Schale ab. Sie steckte den Tiramisu-Finger in den Mund und seufzte selig. „Das ist doch ganz einfach. Nonna redet immer davon, dass man sich vertragen soll. Die Sonne soll man nicht über den Zorn untergehen lassen oder so. Nonna hat mir gesagt, dass bedeutet: Man geht nicht ins Bett, ohne dass man wieder Freunde geworden ist. Ich finde, die Sonne ist schon ziemlich oft untergegangen, seitdem Nonna und Vivian sich gestritten haben. Sie sollten es endlich mal auf die Reihe kriegen."

Gian sah Amata an, die lebhaften Augen, den Mund

mit der Zahnlücke. Wie klug sie war. „Du hast recht. Ich rede mit Vivian."

„Und mit Nonna", sagte Amata. „Die ist viel böser auf Vivian als Vivian auf sie."

„Weißt du das so genau?"

„Ja."

Gian löffelte den Rest Tiramisu und schob das Schälchen weg. „Du magst sie, oder?"

„Vivian? Ja", sagte Amata. „Sie riecht genauso gut wie Mama. Aber leider wird sie wieder weggehen."

„Hat sie das gesagt?"

„Nö, aber sie wohnt ja nicht hier. So wie Lena, die bleibt. Weil Mads hier zur Schule geht."

Gian rieb sich das Kinn. Versuchte seine Kleine, ihn gerade zu verkuppeln?

„Paps?"

„Ja?"

„Kann man aufhören, jemanden lieb zu haben?"

Was für eine Frage. Er konnte es definitiv nicht, wenn er an Vivian dachte. „Wie meinst du das?"

„Na ja", druckste Amata herum. „Nonna und du, ihr habt Vivian mal sehr gemocht. Aber Nonna mag sie nicht mehr. Kann man einfach aufhören, jemanden zu lieben?"

Gian seufzte. „Das kann passieren. Wenn jemand, den man liebt, einen sehr enttäuscht. Oder man nicht genug Zeit miteinander verbringt. Oder man immer die falschen Sachen sagt oder hört." Er schwieg, aber als er Amatas erstaunten Blick sah, musste er noch mehr sagen. Nicht dass sie den Glauben an die Liebe verlor. „Aber wenn es richtige Liebe war, dann wohl nicht. Die hält alles aus."

Amata lachte. „Dann ist es ja gut, dass wir immer so

viel Zeit miteinander verbringen. Sonst müsste ich mir wirklich was einfallen lassen."

„Komm her, Süße", sagte Gian, rückte den Stuhl zurück und bereitete seine Arme aus. Sie sprang auf und hüpfte in seine Arme. „Ich werde dich immer lieb haben, egal, was passiert."

„Und andere? Ist dir das schon einmal passiert, dass du jemanden nicht mehr geliebt hast?"

Gian sah Vivians Gesicht vor sich. Er konnte nicht lügen, während er Amata in die Augen sah. „Nein, Süße, das ist mir noch nie passiert."

9

Kattegat, 7. November

VIVIAN

VIVIAN STAPFTE HINTER AMATA HER. DEN SCHLUSS BIL-dete Gian. Sie wanderten durch die Dünen. Ihr Atem stand wie Wolken vor ihnen. Der Nachtfrost hatte filigrane Muster auf den Blättern und in den Spinnenweben hinterlassen.

Amata war enttäuscht gewesen, dass Vivian nicht zum Brunch in die Trattoria kommen wollte. Deswegen hatte Gian Vivian angerufen und gefragt, ob sie dann nicht Lust hätte, mit ihnen zu wandern. Darauf konnte Vivian sich einlassen. Immerhin war Amata bei ihnen. Einen Nachmittag konnte sie ihre Gefühle für Gian unter Kontrolle halten.

Sie hatten sich am frühen Nachmittag beim Dünenhaus getroffen. Amata trug einen Rucksack auf den Schultern und tänzelte vor ihr her. Sie rannte immer wieder voraus auf dem Sandpfad, der durchs Dickicht führte, und flitzte umgehend voller Begeisterung zurück, um zu berichten, was sie gesehen hatte.

„Puh, da badet jemand." Amata zog eine Grimasse. Eine Frau ging nackt ins Meer, sie verschwand kopfüber in den Wellen, und als sie einen Lidschlag später aus der Gischt auftauchte, schüttelte sie ihr Haar wie ein tropfnasser Hund.

„Eine richtige Wikingerin ist das. Aber ich würde das niemals freiwillig machen." Vivian grinste und genoss die Aussicht über das Kattegat. Gian stand so dicht hinter ihr, dass sie seine Wärme im Rücken spürte. Wenn Lena nicht wäre …

„Gut, dass wir keine Wikinger, sondern Knoblauchfresser sind, nicht wahr, Paps?"

„Aber wir baden doch auch kalt."

„Nur im Badezimmer." Amata hüpfte weiter. Vivian trat einen Schritt vor, um Abstand zwischen sich und Gian zu bringen. Möwen glitten über das Meer. Am Strand joggte ein Hundebesitzer mit seinem Vierbeiner um die Wette.

Gian stapfte vor ihr durch die Büsche, was ihr einen wunderbaren Blick auf seinen Allerwertesten erlaubte. Handwerker waren einfach besser gebaut als Bürohengste, da half auch kein Fitnessstudio, sinnierte sie.

„Ich bin am Verdursten!", klagte Gian. „Nun halt doch mal an, Amata!"

Amata verschwand hinter einer Gruppe Krüppelkiefern. Vivian blickte Gian schulterzuckend an. Gemeinsam folgten sie ihr auf dem sandigen Trampelpfad. Vivian blieb stehen und beobachtete ein Eichhörnchen, das im Gehölz der Birke wendig hin- und hersprang. Die dünnen Äste bogen sich so tief, dass sie mehrmals das Gefühl hatte, der kleine Kletterer würde abrutschen, aber immer fing er sich und umklammerte mit den winzigen Pfoten einen dünnen Zweig.

Als sie auf den Pfad schaute, waren die anderen weg. Der Weg vor ihr war wie ausgestorben. Niemand war zu sehen. Mist. Sie hatte den Anschluss verpasst. Wildes Indianergeheul ließ sie zusammenfahren. Gespielt entsetzt warf sie die Arme über den Kopf und hetzte die Kuppe der Düne hinauf, sackte im seichten Sand ein und rutschte auf der anderen Seite die Böschung hinunter. Sie spürte den nasskalten Sand durch die Kleider. Am Strand rannte sie, bis ihre Lungen brannten, verfolgt von Amata und Gian, die laut lärmend hinter ihr her waren. Gian holte auf, sie hörte seinen Atem, doch gerade als sie dachte, er würde sie packen und in den Sand werfen, schlug sie einen Haken und vergrößerte den Abstand zwischen ihnen. Gian hatte nicht damit gerechnet, dass sie ausweichen würde, und landete im Sand. Vivian blickte über die Schulter zurück. Gian drehte sich auf den Rücken, Arme und Beine von sich gestreckt und stöhnte: „Ich gebe auf."

In diesem Augenblick schmiss Amata sich auf Vivian. „Jetzt habe ich dich. An den Marterpfahl!"

„Gnade! Ich werde dir auch das Lager mit den Vorräten der Bleichgesichter verraten", flehte Vivian. Wie wunderbar so ein kleines Mädchen duftete.

Amata krauste die Nase. „Vorräte? Welche Vorräte willst du mit mir teilen?"

„Ich zeige dir meine Schätze." Vivian warf ihren Rucksack in den Sand und öffnete ihn. Sie steckte die Hand hinein, kramte und reichte Amata feierlich eine Ferrero-Rocher-Praline. „Eine echte Goldkugel, als Preis für ein Menschenleben. Davon habe ich noch mehr in meiner Festung hinter den Dünen."

Inzwischen hatte Gian sich aufgerappelt und trat zu ihnen. Belustigt beobachtete er, wie Vivian Amata die Goldkugel in die Hand drückte. Diese hielt die Praline zwischen Daumen und Zeigefinger und prüfte sie mit zusammengekniffenen Augen. In der Sonne funkelte das goldene Papier. Vivian sah hoch und ihr Blick kreuzte sich mit Gians. Die Farbe geschmolzener Schokolade. Er zwinkerte ihr zu und sofort machte ihr dummes Herz wieder einen Salto. Beschämt senkte sie den Blick. Denk an Lena. Du bist doch nicht wie Katarina. Aber die Wahrheit war, dass sie es nur zu gern wäre.

„Das ist Bestechung." Amata sah Vivian, die noch immer auf den Knien vor ihr lag, mit hochgezogenen Augenbrauen an. „Wir Plattfußindianer lassen uns nicht bestechen." Dann riss sie das Goldpapier ab, zerknüllte es und stopfte es in ihre Hosentasche. Die Kugel verschwand in ihren Mund.

„Gefangene, du solltest mehr von den Dingern zur Verfügung stellen, um dich frei zu kaufen. Ansonsten …"

„Amata!" Gian zeigte auf ihren Mund, der vor Schokolade troff. „Erst essen, dann reden."

Amata schluckte, leckte sich die Lippen sauber. „Mein Angebot gilt: Also, mehr von denen, dann wirst du nicht skalpiert."

Vivian kramte noch einmal in ihrem Rucksack und fischte eine neue Ferrero-Kugel heraus. „Ich habe nur noch diesen Klumpen Gold, doch den sollst du für mein Leben haben."

Erwartungsvoll streckte Amata die Hand aus.

„Das wär ja gelacht." Gian stürzte auf Vivian zu, entriss ihr die Kugel, bevor Amata sie ergreifen konnte, und sprang auf. Aber da hatte er sich getäuscht, Amata zerrte an seinem Hosenbein, er verlor die Balance, stolperte und fiel hin. Sofort ergriff Amata die Chance, warf sich auf seine Brust und entwand ihm die Praline.

„Du Verräter. Ich werde dich bestrafen!" Sie warf die Kugel in den Sand und hämmerte mit ihren kleinen Fäusten auf seine Brust. Vivian rappelte sich auf. Sie schnappte sich ihren Rucksack, startete durch und joggte am

Strand entlang. Triumphierend rief sie über ihre Schulter zurück. „Wenn zwei Freunde sich streiten, freut sich der Feind. Ich geh dann mal zurück zum Lager."

Sie schlug die Richtung zum Dünenhaus ein, krabbelte die Dünen hinauf, wo sie sich nicht zu gewaltig auftürmten. Kalte salzige Luft füllte ihre Lungen und eine sachte Brise wehte den Geruch von Tang herüber. Sie hörte die anderen hinter sich, aber sie hatte einen guten Vorsprung und war eine trainierte Läuferin. Vivian lief schneller, sank in den Sand, als sie auf der anderen Seite herunterlief und spürte, wie sie kurzatmiger wurde und ihre Seiten stachen. Die Protestschreie und Rufe hinter ihr verstummten, als Vivian am Fuß der Dünenkuppe ankam. Da, hinter dem Findling, befand sich eine Baumgruppe. Sie rannte weiter, erreichte das Gehölz und kletterte von einem Ast zum nächsten, bis sie sich in der Baumkrone verstecken konnte. Noch hatte der Wind nicht alle Blätter abgerissen, sodass sie ein wenig Schutz boten. Sie griff mit klammen Fingern in die Jackentasche und fischte Bonbons hervor.

Dann hörte sie Gian und Amata. Sie hatten nicht aufgegeben. Schritte kamen näher.

„Ich kann sie nicht mehr sehen."

Gian, der Vivian in der Baumkrone entdeckt hatte, hielt unter dem Baum an. „Sie kann nicht weit sein. Lass uns kurz anhalten, ich brauche eine Pause."

Amata blieb stehen und blickte sich suchend um. „Du kannst doch noch nicht außer Atem sein."

Vivian grinste, zielte und warf die Bonbons auf die Rücken der beiden. „Ergebt euch, ihr Rothäute. Ich will meine Freiheit."

„Da oben ist sie!" Amata schwang sich den ersten Ast

hinauf. Vivian kletterte auf der anderen Seite herunter. Auf Amatas Höhe angekommen, sprang sie mit einem Satz auf den Waldboden.

„Mich kriegst du nicht, Amata!"

Aber da umfasste Gian sie mit einem eisernen Griff. „Aber ich!"

MORTEN, *Berlin-Mitte*

MORTEN ZERSTAMPFTE BASILIKUM und Pistazien mit Salz zu einer sämigen Paste und beobachtete Katarina aus den Augenwinkeln. Sie hockte in einem kuscheligen Männerhemd aus Flanell auf dem Futon, die schlanken Beine angewinkelt. Nachdenklich fingerte sie an ihrem Muttermal, während sie Unterlagen sortierte. Er lächelte bei dem Gedanken, dass er sich hier in Katarinas Penthouse in der Nähe des Nikolai-Platzes so heimisch fühlte.

Sein Leben hatte sich in den letzten Tagen sehr verändert. Erstmals verdiente er mit seiner Kunst Geld, und die Zukunft sah vielversprechend aus. Auf diesen Erfolg hatte er die letzten Jahre hingearbeitet, und gerade deshalb hätte er sich gewünscht, dass der Abschied von Vivian anders verlaufen wäre. Vivian hatte seit ihrem Telefonat nichts mehr von sich hören lassen, und wenn er ehrlich war, gab er ihrer Beziehung keine Chance mehr. Oder eher: Sie gab ihrer Beziehung keine Chance mehr. Das Schweigen war Antwort genug.

Trotzdem wünschte er sich, er hätte Vivian nicht so abgrundtief verletzt, denn das hatte er. Sie hatte ihn unterstützt, nicht nur mit ihrem Geld, sondern auch emotional. Dabei war sie nie ein Großstadtmädchen gewesen, ganz im Gegensatz zu ihm, aber sie war mit ihm gegangen. Sie hatte an ihn geglaubt und war an seiner Seite gewesen, als ihm zum ersten Mal aufging, das Können allein nicht genug war.

Vivian hatte ihm all die Jahre den Rücken freigehalten. Trotzdem verband sie außer der gemeinsamen Wohnung schon lange nichts mehr. Je länger sie weg war, umso überzeugter war er, dass das stimmte. Er hatte es nur nicht wahrhaben wollen. Aus Nostalgie? Nein, weil es einfach bequemer gewesen war.

„Ich habe gerade eine Anfrage aus New York bekommen, ob ich Werke eines noch unbekannten, aber vielversprechenden Künstlers empfehlen könnte." Katarina massierte noch immer ihr Muttermal, während sie mit gerunzelter Stirn das Schreiben las. „Was meinst du, wen soll ich vorschlagen, *mon ami?*"

Katarina war die beste Investition für seine Karriere gewesen. Morten stellte sich neben den Futon und schaute Katarina über die Schulter, um den Brief zu lesen. Er legte seine Hände auf ihre Schultern und massierte die verspannten Muskeln. „Ich bin ein vielversprechender junger Künstler. Oder hast du das schon vergessen?"

„So?"

Er liebkoste ihren Nacken, strich mit seiner Zunge über ihren schlanken Hals. „Ich könnte meine Mappe holen."

„*Non,* lass uns morgen einige deiner Skizzen auswählen und Kontakt mit den New Yorkern aufnehmen. Vielleicht können wir dort sofort ausstellen, wenn der Vertrag hier in Berlin abläuft. Das wäre perfekt."

„Denkst du an bestimmte Werke?"

Sie stand auf. Das Hemd bedeckte ihre Oberschenkel. „Stell Bilder zu den Farben Rot und Blau zusammen. Wir sehen dann gemeinsam weiter."

Er ging um den Futon, zog sie an sich und küsste sie, doch sie schob ihn energisch weg. „Es duftet verführerisch gut aus der Küche. Lass uns essen."

„Das Dessert serviere ich später gern im Bett." Er brauchte nur die Augen zu schließen, um sich vorzustellen, was sie heute gemeinsam machen würden.

„Nun, der Service ist recht gut, Morten, viel besser als erwartet, aber ich würde heute Nacht gern allein sein."

Ihre Worte trafen ihn wie eine kalte Dusche. Sofort zuckte sein Augenlid nervös. Hatte er etwas verpasst? „Es ist Wochenende …"

„*Oui,* und normalerweise entspannen sich die Leute am Wochenende. Sie suchen Abstand zum Alltag."

„Genau!", sagte er. „Darum habe ich dir den Nacken massiert und nach dem Essen biete ich dir eine Ganzkörpermassage an."

„Verführerisch", sagte sie und schob den Brief in den Umschlag. „Aber das ist nicht nötig. Ich brauche Zeit für mich allein."

Verärgert runzelte er die Stirn. Er wollte schlucken, aber konnte es nicht. Irgendetwas lief hier furchtbar falsch. „Bin ich so anstrengend?"

Sie lachte ihr sonores Lachen. „*Non,* das bist du nicht. Wir haben Spaß miteinander, aber wir sind kein Paar. Ich will nicht wie meine Eltern enden."

„Ich doch auch nicht. Darüber können wir reden." Er entspannte sich. Katarina und er waren sich viel ähnlicher, als Vivian und er es jemals gewesen waren. Wenn das kein gutes Omen war. Er würde sie bestimmt umstimmen können. Sofort streckte er die Schultern, atmete wieder freier.

Katarina seufzte. „Morten, in meiner Welt ist kein Platz für ein Wir. Das habe ich immer klar gesagt. Bitte, respektiere das."

Eben war ihm noch eiskalt gewesen, jetzt brannte er vor Wut. Was sollte das? Kochen durfte er? Aber er war nicht willkommen? „Verdammt, Katarina, ich habe keine Lust, deinen Küchenchef zu spielen und dann so abserviert zu werden."

Er stampfte aus dem Wohnzimmer, verschwand im Gang und schlug die Wohnungstür hinter sich ins Schloss.

10

Kattegat, 10. November

VIVIAN

Vivian parkte den Peugeot vor Gians Büro. Seine Adresse befand sich in einem alten Reethaus, das Gian umgebaut hatte. Malerisch und verträumt duckte sich das Haus unter dem dicken Dach, als wenn es sich so vor dem frischen Wind schützen wollte. Es lag an der Landstraße, die durch den Ort führte, und war nicht zu übersehen, wie das Schwedenrot von den hellen Läden abstach. Vivians Peugeot knirschte über den Schotter vor Gians Büro.

Sie klaubte ihre Tasche vom Beifahrersitz und stieg aus. Der Ausflug mit Gian und Amata war wunderschön gewesen. Sie hatte sich leicht wie eine Feder gefühlt, so reich beschenkt wie lange nicht mehr. Aber seitdem hatten sie nicht mehr miteinander telefoniert, was nur gut war, wenn sie keinen Keil zwischen Lena und Gian treiben wollte. Sie schloss den Wagen ab und rieb sich mit Daumen und Zeigefinger die Nasenwurzel. Gian war ihre erste große Liebe gewesen, und es war leicht, sich eine schöne Zukunft an seiner Seite auszumalen. Aber die würde es nie geben. Lena hatte es beim Friseur deutlich genug gesagt: Gian und sie waren ein Paar. Wie könnte sie sich zwischen sie drängen, nur weil sie plötzlich einsam war? Sie musste eine klare Linie schaffen. Jetzt würde sie ins Büro gehen und ihre Rechnung bezahlen. So stand keiner mehr in der Schuld des anderen.

Gian war mit den ersten Arbeiten im Haus fertig. Er hatte alles erledigt, während sie bei Anders im Stall gewesen war. Nur Geld wollte er nicht annehmen.

Der Schotter knirschte unter ihren Schuhen, als sie auf das Haus zuging. Sie öffnete die Tür, ging durch einen kleinen Flur und betrat das Büro. Das Ambiente war südländisch, weiß getünchte Mauern, Terrakottafliesen auf dem Boden und italienische Landschaften an den Wänden.

Lena goss sich gerade eine Tasse Kaffee ein. Vivian hielt die Luft an, als Lena sich bückte. So eng wie die Jeans waren, würden sie sicher gleich platzen. Aber Lena umschiffte diese Herausforderung mit einer Grazie, um die Vivian sie beneidete, elegant war sie, auch in dieser Alltagskleidung.

„Vivian! Wie schön. Ich habe gerade Kaffee gekocht. Möchtest du eine Tasse?"

Vivian stellte die Handtasche neben den Schreibtisch und nickte, während sie eine imaginäre Fluse von ihrem Hosenrock pflückte.

„Gern."

Lena reichte ihr eine Keramiktasse ohne Henkel. Vivian schlang die Finger um den warmen Becher. Herber Kaffeeduft stieg auf.

„Was führt dich hierher?"

„Ich möchte meine Rechnung bezahlen."

Lena setzte sich hinter den Schreibtisch, klickte etwas an, das Vivian nicht sah, und runzelte die Stirn. „Einen Augenblick, bitte." Die Tasten klapperten leise. „Hier steht nichts. Gian macht das gratis. Hat er das nicht zu dir gesagt?"

Vivian stellte die Tasse auf den Schreibtisch und setzte

sich. „Das ist richtig. Aber das Projekt ist aufwendiger als anfangs gedacht. Ich will seine Großzügigkeit nicht länger ausnutzen. An Geld soll es nicht mangeln."

Lena krauste die Stirn. „Das wird ihm aber nicht gefallen."

„Nun, das muss es auch nicht." Vivian beugte sich nieder und fischte ein Scheckbuch aus der Tasche. Eine Welle von Übelkeit schoss durch ihren Körper. Hektisch sprang sie auf; das Scheckbuch glitt auf den Boden.

„Was ist los?" Lena stieß den Stuhl zurück. „Du bist ganz grün um die Nase."

„Wo ist die Toilette?"

„Komm, ich zeig es dir." Lena rannte zu einer Tür neben dem Kopierer. Vivian presste die Hand auf den Mund, würgte und stolperte hinter ihr her. Kaum hatte sie die Toilettentür hinter sich zugezogen und die Klobrille hochgehoben, konnte sie sich nicht mehr beherrschen und spuckte bereits. Ein Gemisch aus Galle und Kaffee füllte ihren Mund. Zitternd richtete sie sich auf, beugte sich sofort wieder nieder und erbrach sich erneut. Und wieder. Und wieder. Zuletzt betätigte sie die Spülung und setzte sich einige Minuten auf den heruntergeschlagenen Deckel, bis ihr Kreislauf sich stabilisiert hatte. Sie schwitzte, wandte sich zum Waschbecken und wusch sich Gesicht und Hände. Dann spülte sie den Mund aus. Höchste Zeit, einen Termin in der Praxis von Dr. Steger zu buchen. Am besten fuhr sie nachher gleich vorbei. Sie atmete tief durch, ehe sie wieder ins Büro zurückkehrte.

„Geht es wieder?"

„Doch, alles okay. Mir schlägt die Trennung von Morten auf den Magen." Vivian zog eine Grimasse.

„Bist du sicher?"

„Absolut sicher."

„Ich würde vielleicht mal einen Schwangerschaftstest machen ..."

Erschöpft sank Vivian auf den Stuhl und rieb sich die Augen. „Nein, das brauch ich nicht. Wir verhüten." Obwohl, als sie die Magen-Darm-Grippe hatte, da könnte es passiert sein. Kurz danach hatten sie Sex, und sie hatte eine ganze Woche vergessen, ihre Pille zu schlucken.

„Fühlst du dich müde, ohne Energie?"

„Lena, ich hatte viel Arbeit in den letzten Monaten und brauche nur ein bisschen Ruhe."

„Mag sein, aber mach trotzdem einen Test. Ich habe bei Mads auch immer den Weg zur Toilette gefunden, wenn ich Kaffee gerochen habe. Am schlimmsten war es morgens. Wenn du schwanger bist, ändert sich doch alles. Hast du es Morten schon erzählt? Du wirst doch zu ihm zurückkehren? Ein Kind braucht seinen Vater."

„Dazu kannst du sicher viel erzählen." Sobald der Satz heraus war, taten ihr ihre spitzen Worte leid. Sofort hinkte ihre Reue den Worten hinterher. Lena hatte Mads ganz allein aufgezogen. Wer der Vater war, hatte sie nie verraten. Wahrscheinlich wusste der Gute es nicht einmal selbst. „Tut mir leid, ich bin ein Idiot."

„Schon gut. Ich wollte mich nicht einmischen."

„Du hast doch recht. Ein Kind sollte einen Vater haben. Aber eben nur einen, der es auch haben will, nicht wahr?"

Ein Schatten verdüsterte Lenas Gesicht. „Was ist mit Morten? Will er immer noch keine Kinder?"

„Wie kommst du darauf?" Vivian runzelte die Stirn. Sie war nie damit hausieren gegangen, dass Morten ihren Kinderwunsch nicht teilte. Für sie war das fast wie das

Ausplaudern eines Staatsgeheimnisses. Sie wollte Morten gegenüber nicht illoyal sein. Warum aber wusste Lena das?

Lena häufte einen Löffel Zucker in den Kaffee und rührte um. Sie zuckte mit den Schultern. „Das hat er damals gesagt, als ihr das erste Mal hier wart. Erinnerst du dich nicht mehr? Und du verhütest, obwohl ihr schon so lange zusammen seid. Da habe ich einfach 1 und 1 zusammengelegt." Dann sah sie Vivian an.

„Nein, er hat seine Meinung nicht geändert. Morten will keine Kinder, da bin ich mir sicher."

„Wirklich?"

„Bombensicher."

„Eins sag ich dir. Wenn du schwanger bist, solltest du ihn umstimmen. Es ist nicht leicht, ohne Partner ein Kind zu erziehen. Immer triffst du alle Entscheidungen allein. Niemand teilt deine Freude über die ersten Schritte oder den ersten Zahn. Glaub mir, ein Kind braucht beide Eltern. Vielleicht nicht so sehr am Anfang. Aber jetzt, wo Mads älter ist, braucht er einen Vater. Deshalb bin ich so froh, dass er und Gianni sich so gut verstehen."

Vivian nickte, leerte den lauwarmen Kaffee mit einem Schluck und nahm ihr Scheckbuch wieder in die Hand. „Was soll ich nun bezahlen?", fragte sie, um das Thema zu wechseln. Allein der Gedanke, dass Gian und Lena bald eine Familie sein würden, schmerzte sie. Sie hatte kein Recht, neidisch zu sein. Wie sollte sie das nur ihrem störrischen Herzen beweisen? Das sprach offenbar eine andere Sprache als ihr Verstand.

„Ich kann dir keine Rechnung ausstellen. Gianni hat keine Kosten eingetragen."

Vivian zückte ihren Kugelschreiber. Er kratzte auf dem Papier. „Das sollte fürs Erste reichen."

„Gianni wird den Scheck zerreißen."

„Lös ihn ein, bevor er etwas bemerkt."

Lena lachte. „Ich tue mein Bestes. Und du gehst jetzt in die Apotheke und holst dir einen Schwangerschaftstest."

VIVIAN

VIVIAN PARKTE DEN WAGEN auf dem Parkplatz vor dem Strand und schaltete den Motor aus. Sie brauchte frische Luft, sofort. Lenas Rat hatte sie befolgt und war zur Apotheke in Frederiksværk gefahren, um sich einen Schwangerschaftstest zu holen. Gott sei Dank kannte sie dort niemand.

Sie hatte keine Lust auf neugierige Fragen, gute Glückwünsche. Aber sie konnte doch nicht wirklich schwanger sein, wo sie verhütete. Der kleine Aussetzer, als sie die Magen-Darm-Grippe hatte, vor acht Wochen ...

Sie stieg aus dem Auto. Ein scharfer Wind wehte vom Meer hoch zum Parkplatz. Nachdem sie den Wagen verriegelt hatte, stopfte sie die Hände in die Tasche und lief hinunter zum Strand. Der Wind raubte ihr fast die Luft zum Atmen. Es war schneidend kalt. Am Strandsaum blieb sie stehen. Die Holzbrücke für Badende war schon lange entfernt worden. Wellen rollten brausend an Land.

Heute schien die Welt in eins zu gehen. Wie die Chaosmassen aus der Schöpfungserzählung, die ihre Oma ihr immer wieder vorgelesen hatte, wenn sie sich als Kind neben sie in den Ohrensessel gezwängt und ihrer leisen Stimme gelauscht hatte. Als wenn das Meer die Welt verschlingen wollte. Schaumfetzen segelten durch die Luft. Nur weit draußen ließ ein dunkler Streifen sie erahnen, wo der Horizont war.

Lena musste sich irren. Schwanger. Vivian drehte sich so, dass sie den Wind im Rücken hatte und lief los … Aber warum war sie dann zur Apotheke gefahren? Weil sie es genau wissen wollte. Sie musste Sicherheit haben. Auch um zu wissen, wie es weiter gehen sollte. Was wäre, wenn sie doch schwanger wäre, gerade jetzt, wo Morten etwas mit dieser Katarina angefangen hatte? Wollte sie dann noch ein Kind? Vor allem *sein* Kind?

Morten hatte immer klar gesagt, dass er weder eine Trauung noch Kinder wollte. Das bürgerliche Leben ödete ihn an. Dafür war – so seine Worte – ihre Liebe viel zu kostbar. Dabei hatte sie sich immer gewünscht, dass er den Mut gehabt hätte, seine Liebe zu ihr auch öffentlich zu bekennen und sie zu heiraten. Zu gern hätte sie einen Ring an ihrem Finger getragen. Damit alle Welt wusste: Morten und Vivian gehören zusammen.

Noch viel mehr hatte sie sich gewünscht, dass Kindergetrappel ihre Wohnung füllen würde. Sie träumte von einem Jungen, der Mortens Gesichtszüge trug. Morten hatte sich nie eine Tochter mit ihren tizianroten Haaren gewünscht – und das war für sie fast ein noch größerer Verrat an ihrer Liebe als der verweigerte Trauring.

Und jetzt? Würde ein Kind alles ändern? Würde ein Baby ihre Sicht auf das, was in Berlin geschehen war, revidieren? Sie fröstelte und stopfte die Fäuste tiefer in die Tasche.

Hatte sie überhaupt eine Wahl? Schon einmal hatte das Leben für sie gewählt, hatte ihr die Liebe ihres

Lebens geraubt. Würde es ihr wieder Karten zuteilen, die sie selbst nicht wählen würde?

Sie schlug den Kragen hoch und drehte um. Der Wind stach wie winzige Nadeln in ihr Gesicht und raubte ihr den Atem. Sie musste nach Hause und herausfinden, ob sie schwanger war. Davor war es müßig, sich Gedanken zu machen. Verschwendete Energie, würde ihre Yogalehrerin sagen.

Sie spürte die Wut in sich brausen wie die Wellen, die an den Strand krachten. Doch sie musste ehrlich sein. Sie hätte die Konsequenzen ziehen können, sie hätte die Liebesbeweise, die sie so schmerzhaft vermisst hatte, von Morten einfordern oder ihn verlassen können. Es war nicht recht, dass sie ihm die Schuld an allem gab. Sie war zu bequem gewesen, hatte sich in ihrer kleinen Welt – unperfekt, aber behütet – eingeigelt und über all das getrauert, was das Leben ihr genommen hatte. Das bisschen Glück, das sie nach Rikkes Tod noch in ihren Händen gehalten hatte, konnte sie einfach nicht loslassen. Morten war damals für sie dagewesen. Das würde sie ihm nie vergessen.

GIAN

AMATA LÜMMELTE auf dem Ledersofa herum, die Storchenbeine ausgestreckt, und stopfte Chips in sich hinein. Auf Nickelodeon lief *Sally Bollywood,* als Gian, in jeder Hand eine prall gefüllte Plastiktüte, die Tür zum Wohnzimmer aufstieß.

„Hallo Herzblatt. Hilfst du eben und holst du die letzten Sachen aus dem Auto?"

„Och nö", maulte Amata und warf einen besonders großen Chip in den Mund. „Gerade ist es so spannend."

Irritiert schluckte Gian die strenge Antwort herunter und stellte die Taschen auf die Anrichte in der Küche. Er kämmte sich mit den Fingern die Haare aus der Stirn. Die Spüle starrte vor Dreck. Amata hatte Obst geschält, aber die Schalen nicht weggeworfen. Als er sie mit der Hand aufsammelte und in den Abfalleimer werfen wollte, war ihm klar, warum sie nicht aufgeräumt hatte. Der Behälter quoll über und verströmte einen säuerlichen Gestank. Angewidert rümpfte er die Nase. Im Haus gab es eine Abmachung: Amata hielt ihr Zimmer sauber und leerte den Abfalleimer. Jeder räumte seinen Kram weg. Das Problem war nur, dass Amatas Toleranzpegel nicht auf seinem Level lag. Sie war ausgesprochen duldsam, was Unordnung anging, während sein Zeiger viel früher ausschlug. Er seufzte. Was für ein Tag.

Durch die offene Tür drang Dosengelächter. Wie er Nickelodeon hasste. Da verblödeten die Kinder doch nur. Verärgert drückte er den stinkenden Abfall mit einem Papiertuch so tief in den Eimer, wie es möglich war, und stapfte mit der Tüte ins Wohnzimmer.

„Wenn du schon nichts rein tragen kannst, entsorgst du wenigstens den Abfall."

Amata starrte weiter gebannt auf die Mattscheibe, nur ihr Näschen war leicht gekräuselt. „Klar, Paps, mache ich gleich …"

Wieso saugte dieser Apparat eigentlich so sehr ihre Aufmerksamkeit auf? Gian stiefelte zurück zum Berlingo, packte die letzte Tüte und verschloss das Auto. Während er das Wohnzimmer durchquerte, riss die Plastiktüte, und Dosen, Bananen, Äpfel und Apfelsinen kullerten über das Parkett. „Auch das noch!"

Amata schaute auf, beförderte aber wieder nur einen Chip in den Mund. Gian kauerte sich auf den Fußboden und sammelte das Obst auf. Die Milchtüte hatte eine Delle bekommen. Gott sei Dank war sie nicht ausgelaufen. Leider war das Marmeladenglas auf einen Joghurt gefallen, der aufgeplatzt war. Musik. Er atmete auf. *Sally Bollywood* war überstanden. Amata machte den Fernseher aus und holte ein Kehrblech aus der Küche.

„Da hast du mal wieder zu viel in die Taschen gestopft, Paps!"

Er hatte Lust, sie richtig anzupflaumen, aber dann brach er in schallendes Gelächter aus. Das hatte auch Hanna immer gesagt, weil die Griffe der Plastiktüten jedes Mal lang und ausgeleiert waren und er die Einkäufe immer nur im letzten Augenblick in die Küche gerettet hatte.

„Ja, da hast du Recht, Schneckchen." Er strubbelte Amata durch das schwarze Haar. „Ich ändere mich wohl nie."

„Brauchst du auch nicht." Amata entblößte die Zahnlücke zwischen den kleinen Mäusezähnen. „Sonst wär's doch gar nicht spannend. Tut mir leid mit dem Abfall. Ich hatte einfach keinen Bock."

Er nickte. Auf Diskussionen wollte er sich heute nicht mehr einlassen. Das war unpädagogisch, aber er war müde. Als alleinerziehender Vater hatte er nicht immer Lust, die ganze Erziehung auf sich zu nehmen.

„Ich muss dich was fragen, Paps …"

„Dann mal los." Er stand auf, holte ein nasses Tuch aus der Küche und wischte den Boden sauber.

„Ich will Blut spenden. Am liebsten zusammen mit dir. Kommst du mit?"

Gian spülte den Lappen unter fließendem Wasser aus. Er verstaute die Einkäufe. „Aber du bist noch viel zu jung. Dein Blut nehmen sie nicht."

„Das ist ja zum Mäusemelken. Ich will das aber ..."

„Später kannst du es machen, aber jetzt ist es nicht möglich."

„Wenn der Notarzt schneller bei Mama gewesen wäre, dann hätte sie vielleicht auch eine Transfusion gebraucht."

Er hielt inne, lehnte sich an die Anrichte und sah sie an. „Willst du darum helfen?"

„Nicht nur. Mama hat immer gesagt, dass wir aufeinander aufpassen müssen. Die Menschen auf die Menschen und auch auf die Tiere."

Er schluckte. Amata hatte ihre Mutter gut gekannt. „Vermisst du sie sehr?"

„Was denkst du denn? Am meisten vermisse ich, mit ihr zu kuscheln und einfach zu reden." Amata hielt inne und schaute auf ihre Füße in den Ringelsocken. „Aber weißt du was? Wir reden immer noch miteinander."

Er beneidete Amata um ihren festen Glauben, dass ihre Mutter ihr immer noch zuhörte. „Hast du wieder von ihr geträumt?"

„Heute nicht. Aber ich spüre es. Sie ist da."

Er hätte sich sehr gewünscht, Hanna zu spüren. Unausgesprochene Dinge in Ordnung zu bringen. Aber er hatte nicht diese spirituelle Ader wie Amata. Überhaupt bewunderte er ihre Stärke. Wenn sie trauerte, dann mit Haut und Haaren, und kurz darauf konnte sie die Trauer auch gut wegschieben.

„Was gibt's heute? Ich bin so hungrig."

„Na ja, von Chips wird man auch nicht richtig satt."
Er lachte. „Magst du Cannelloni und Salat?"

„Super. Dann bringe ich jetzt den Abfall raus."

„Sag mal, wann soll ich denn zum Vampir? Also zur
Blutabnahme? Ich kann ja dorthin gehen, sozusagen für
dich. Was hältst du davon?"

„Das Rendezvous mit dem Blutsauger ist am Mittwoch. Habe ich auf einem Plakat gesehen."

„Ich werde Knoblauch essen."

„Tust du ja sowieso!" Amata hüpfte kichernd mit dem
Abfall aus der Küche.

VIVIAN

VIVIAN KAUERTE auf den Fliesen des Badezimmers, den
Kopf auf die Knie gestützt, und starrte auf den Schwangerschaftstest. Kälte kroch mit klammen Fingern durch
ihre Kleidung. Sie atmete flach. Bisher tat sich nichts.
Lena hatte sich geirrt.

Vivian rappelte sich erleichtert auf. Nicht, dass sie
kein Baby wollte, aber jetzt war einfach die denkbar
schlechteste Zeit. Könnte sie ein Kind allein aufzuziehen?
Noch war der Teststreifen blendend weiß. Sie bohrte ihre
Finger in das Zopfmuster des Strickponchos. Gott sei
Dank! 1:0 für sie. Sie hatte gleich gewusst, dass sie nicht
schwanger war.

Vivian strich den Hosenrock glatt. Nun gab es eine
Tragödie weniger. Das Telefon klingelte. Sie legte den
Teststreifen auf den Rand des Waschbeckens und rannte
ins Wohnzimmer.

„Hallo?" Stille. Das Blut rauschte in ihren Ohren. „Wer ist da? Haben Sie sich verwählt?" Als niemand antwortete, schaute sie auf das Display, aber die Nummer des Anrufers war unterdrückt.

Jemand keuchte in den Hörer, stöhnte. Dann zischte eine leise Stimme: „Verpiss dich, du Hure."

Vivian brach die Verbindung ab. Ihr Herz klopfte ihr bis zum Hals. Wer war das? Sie taumelte zurück ins Badezimmer. Ihr wurde warm, dann brach ihr kalter Schweiß aus. Als sie vor der Toilette auf die Knie sank, fiel ihr Blick auf den Teststreifen. Der Balken wuchs dort, wie von Zauberhand, blassrosa und fast nicht zu sehen. Aber er war da.

Verflixt, Lena hatte doch recht gehabt.

11

Kattegat, 11. November

VIVIAN

GEDANKENVERLOREN TAUCHTE VIVIAN DIE FINGER-kuppe in den Orangensaft und fuhr über die Kante des Glases, bis ein helles Sirren ertönte. Sie hatte schlecht geschlafen, sich ruhelos im Bett herumgewälzt und mit der Decke gekämpft. Seit gestern türmten die Gedanken sich in ihr auf wie Wolkenberge kurz vor einem Sturm. Sie war hin- und hergerissen zwischen ihren widerstreitenden Gefühlen. Dieses Kind war Mortens Baby, und obwohl sie nicht mehr zusammen waren und auch nicht mehr zusammen kämen: Morten musste von der Schwangerschaft erfahren. Das war sein Recht, selbst wenn sie sich seine Reaktion nur zu gut vorstellen konnte. Abtreiben sollte sie, würde er sagen, so wie er es schon einmal von ihr gefordert hatte.

Vielleicht sollte sie die Nachricht einfach für sich behalten. Morten war nicht an einem Baby interessiert. War es nie gewesen und würde es auch nie sein. Sie könnte das Kind allein großziehen, ohne ihn, und sie würde nie etwas von ihm verlangen. Aber durfte sie ihm sein Kind vorenthalten? Hatte sie ein Recht, dem Kind den Vater zu verweigern? Sie stützte verzweifelt den Kopf in die Hände.

Was sollte sie nur tun? Das Telefon klingelte. Sie wischte mit dem Handrücken eine Träne ab.

„Hallo?"

„Ich bin's, Mona. Hast du Lust, mit mir shoppen zu gehen?"

Mona. Ihre Jugendfreundin, die sich seit Jahren Kinder wünschte und sie nicht im Arm halten durfte, sondern unzählige Fehlgeburten erlitten hatte. Sie würde so gerne mit Mona reden, aber Angst schnürte ihr die Kehle zu. Mona würde sie nicht verstehen … Solange sie nicht wusste, wie sie sich entscheiden würde, konnte sie Mona nicht die Wahrheit sagen. Was würde sie denken, wenn Vivian die Schwangerschaft abbrechen würde …

„Erde an Vivian? Bist du noch da?" Monas Stimme war aufgekratzt, voller Elan, aber auch etwas belustigt. Sie katapultierte Vivian wieder in die Gegenwart. „Bist du wieder mal abgetaucht?"

„Ja, entschuldige. Ich bin ein wenig groggy. Irgendwie war die Nacht zu kurz. Was hast du noch gefragt?"

Mona gurrte ihr tiefes Lachen. „Hast du Lust, mit mir Geld zu verpulvern? Der zivilisierte Ausdruck dafür ist Shopping. Das kennst du sicher aus deiner Berliner Zeit. Wenn man den Medien glaubt, ist das eine der Hauptbeschäftigungen der Großstadtmenschen. Und es macht tierisch Spaß, wenn man zu zweit ist. Also, hast du Zeit?"

Vivian lachte. „Ehrlich? Was willst du denn in deine Höhle tragen?"

„Och, Beutesachen, die eine werdende Mutter braucht."

Vivian schluckte den Kloß in ihrem Hals herunter. Wahrscheinlich war sie genauso weit in ihrer Schwangerschaft wie Mona. Vorsichtig legte sie ihre Hand auf den Bauch.

„Ist das nicht zu früh? Ich meine …", stammelte sie überrascht.

„Ich weiß, es ist früh, Vivian, aber das ist mir egal. Ich brauche eine Auszeit und das Gefühl, dass ich endlich Mutter werde. Ich muss das Nest bauen, es einrichten. Wenn ich es noch länger aufschiebe, ist es, als wenn ich selbst nicht daran glaube, dass es gut gehen kann." Sie seufzte. „Und das könnte ich nicht ertragen. Es ist sowieso schon verdammt schwer, die Freude immer in Schach zu halten. Also: Kommst du nun mit oder nicht?"

„Gut, das verstehe ich. Wo fängt die Jagd an?" Vivian räusperte sich.

Stille. Vivian meinte fast, die Rädchen in Monas Gehirn knarren zu hören. „Vivian? Ist alles okay? Deine Stimme ist so komisch. Bist du erkältet? Dann möchte ich lieber allein jagen."

„Keine Sorge, ich bin völlig okay, wenn man von dem gewöhnlichen und klischeehaften Drama absieht, in dem ich momentan die Hauptrolle spiele. Mein Leben ist gerade wie eine Hollywoodsoap."

Mona lachte laut. „Immerhin ist sie vom echten Leben geschrieben worden. Wein Morten bloß keine Träne nach."

„Mache ich auch nicht. Ich jammere über meine Dummheit. Ehrlich, ich beneide dich."

Einen Lidschlag lang war es still. Vivian lauschte Monas Atmen. „Wirklich? So beneidenswert ist mein Leben nun auch nicht. Was ist los?"

„Na ja, genau wie du wollte ich eigentlich immer eine Familie, aber Morten war nicht bereit. Das weißt du doch. Und nun sind wir nicht mehr zusammen." Vivian zog schniefend die Nase hoch. „Ich kann mir das mit den Kindern dann doch abschminken."

„Ach, Prinzessin, lass dich doch von ihm nicht so fertigmachen. Wenn du die Liebe deines Lebens findest, geht es vielleicht schneller, als du denkst."

„Und die richtigen Männer gibt's dann auch bei Baby Sam, wo wir gleich sicher hinfahren. Die Mütter ihrer Kinder würden mich bei einem Flirtversuch lynchen. Und das bei den Hormonen, die in den Frauen herumpurzeln."

„Hast du überhaupt Lust, mitzukommen? Ich möchte nicht, dass es dich runterzieht."

„Natürlich komme ich mit. Ich bin deine Freundin und will als kommende Patentante schon jetzt alles tun, damit der kleine Mensch sich hier wohlfühlt."

„Das ist wunderbar."

„Wann treffen wir uns?"

„Nach dem Mittagessen hole ich dich ab."

Als Vivian aufgelegt hatte, zog sie ihre Holzschuhe an und eine Strickjacke über, um die Post aus dem Briefkasten zu holen. Modrige Herbstluft schlug ihr entgegen. Im Briefkasten lagen fünf Umschläge. Sie schüttelte den Kopf, als sie auf die Absender schaute. Sicher waren es nur Reklamesendungen. Sie riss den ersten Umschlag auf.

„Hallo, wir gratulieren Ihnen zu Ihrem neuen iPad …" In diesem Augenblick fuhr der Paketdienst vor. Ein gedrungener Mittfünfziger, dessen Gesicht nur aus Haaren zu bestehen schien, kletterte aus dem Auto.

„Vivian Sangild?"

„Das bin ich."

„Zwei Päckchen für Sie. Bitte unterschreiben Sie hier."

Vivian quittierte auf dem Bildschirm und trug die Pakete in die Küche. Schickte Morten ihr jetzt Geschenke, um sich auszusöhnen? So versuchte er, vieles glattzubügeln, ohne dass sie sich jemals richtig aussprachen. Sie trug selbst einen Teil der Schuld. Zu oft hatte sie geschwiegen, aus Angst, ihn zu verlieren. Dabei stand er offensichtlich auf Frauen, die ihre Meinung kundtaten und wussten, was sie wollten. Wie diese Katarina. Sie hätte viel mehr für ihre Träume kämpfen sollen. Das würde sie in Zukunft auch tun.

Mit einem Messer schnitt sie das Klebeband durch und hob den Deckel an. Sie runzelte die Stirn. Ein Willkommensgeschenk für ein Zeitungsabo? Aber sie hatte es doch gar nicht bestellt. Warum sollte sie eine Gartenzeitung ein Jahr lang abonnieren? Sie hatte doch gar keinen Garten. Verwirrt starrte sie auf das Schreiben. Sie eilte zum Telefon und wählte die Direktnummer des Versands. Dieses Mysterium musste sie umgehend aus der Welt schaffen.

„Bitte verbinden Sie mich mit der Abonnementsabteilung."

Kurz darauf erklärte ihr eine freundliche Mitarbeiterin: „Es tut mir leid. Das Abo wurde schon bezahlt."

„War es ein Geschenk?"

„Nein, ich habe hier eine Direktbestellung, unterzeichnet von Vivian Sangild. Es wurde mir gestern zugestellt."

„Aber ich habe dieses Abo nicht abgeschlossen. Da hat jemand meine Daten missbraucht."

„So sieht das nicht aus."

„Das soll sofort storniert werden."

„Das geht leider nicht so einfach, ich kann ja nicht wissen, dass Sie wirklich diese Vivian Sangild sind."

„Die bin ich aber. Was soll ich machen? Ein Formular ausfüllen?"

„Nein", lachte die Dame angespannt. „Aber Sie können natürlich das Willkommensgeschenk zurückschicken und das Abo stornieren, indem Sie sich nach der Probeperiode noch einmal bei uns melden."

„Warum kann ich jetzt nicht alles stornieren?"

„Das Prozedere ist nun einmal so. Entweder Sie schicken uns das Geschenk zurück mit einer Erklärung, und dann stornieren wir sofort. Oder Sie behalten die bestellten Zeitschriften und das Geschenk. Dann müssen Sie sie nur am Ende des Probeabos abbestellen. Ansonsten verlängert es sich automatisch."

„Aber das ist doch Schwachsinn. Ich habe das Abo nicht bestellt, und ich habe keinen Kopf, mir zu merken, wann ich abbestellen muss. Machen Sie das jetzt für mich. Seien Sie so nett …"

Die Dame seufzte, leicht genervt. „Das kann ich leider nicht. Die Bestimmungen …"

„Die Bestimmungen sind völlig idiotisch …", warf Vivian ein. „Was sagt der Verbraucherschutz dazu?"

„Das weiß ich nicht, aber machen Sie es einfach so, wie ich es Ihnen erklärt habe, und alles ist aus der Welt."

„Ich fasse es nicht." Vivian raufte sich die Haare.

„Ich habe leider die Bestimmungen nicht gemacht."

Genervt drückte Vivian das Gespräch weg. Wer hatte das Abo in ihrem Namen bestellt? Was ging hier vor sich?

Mit zitternden Fingern riss sie das zweite Paket auf. Ein Pflegeset mit Seife, Creme, Lotion und Peeling. Wieder ein Werbegeschenk. In ihren Ohren rauschte es wie die Brandung am Strand. Wieder ein Geschenk, das sie behalten durfte. Dazu kamen drei gratis Exemplare für die Zeitschrift „Bodyworld". Erst danach trat das Abo in Kraft, wenn es nicht storniert wurde.

Wenn das so weiterging, hatte sie bald eine Vollzeit-
stelle, nur um merkwürdige Postsendungen zu stornieren. Sie schwitzte, spürte, wie der Schweiß an ihrer Wirbelsäule herunterperlte. Angeblich genügte ein Anruf
oder eine E-Mail. Sie würde das sofort erledigen. Vielleicht waren die besser gelaunt als die Gartenzwergin.

Sie riss einen der Briefe auf und erstarrte. Katarina
hatte ihr die Rechnung für die Reparatur des Porsches
geschickt. Sie würde sie nicht bezahlen. Niemand konnte
beweisen, dass sie es gewesen war. Das Geld war kein
Problem, aber hier ging es für Vivian um viel mehr als
um Geld. Ein Blick auf die Uhr machte ihr einen Strich
durch die Rechnung. Nun musste sie schnellstens etwas
zum Anziehen finden. Mona konnte jeden Augenblick
kommen. Dieses Schlamassel würde ihr schrecklich viel
Arbeit aufhalsen. Wer war nur so gemein, alle möglichen
Abos für sie zu bestellen, nur um ihr das Leben schwer-
zumachen?

VIVIAN

Vivian schlug den Kragen ihrer Daunenjacke hoch, sodass er sich weich an ihren Hals schmiegte, und zog die
Mütze tiefer in die Stirn. Es war empfindlich kalt. Die
Sonne hatte sich im Laufe des Vormittags hinter den Wolken versteckt. Ihre Hände vergrub sie in den Taschen.
Nachdem sie zusammen mit Mona Babykleidung und
winzige Söckchen und Strampler eingekauft hatte,
brauchte sie Luft. Sie hatte ein Mobile und einen süßen
Stoffhasen ergattert, und Mona hatte in eine Wippe für
das Auto investiert.

Vivian schlug den Weg zum Strand ein. Im grauen Dämmerlicht sah sie kaum die Treppenstufen, die von der Steilküste zum Meer führten. Mit der rechten Hand hielt sie sich am Geländer fest. Die Brise, die am Tag vom Meer herübergeweht war, hatte sich zu einem starken Wind entwickelt, der Wellen gegen das Ufer trieb. Sie hörte Kiesel hin- und herrollen. Mit hochgezogenen Schultern stemmte sie sich gegen die Windstöße und beschleunigte ihre Schritte, während die Gedanken durch ihren Kopf wirbelten wie die aufgepeitschte Gischt.

Ein Kind veränderte alles. Ein Baby wuchs in ihr. Ein kleiner Mensch. Und dieser Mensch hatte ein Recht auf seine Eltern. War es das Zeichen, auf das sie gewartet hatte? Sozusagen ein Wink mit dem Zaunpfahl, dass sie und Morten es noch einmal miteinander versuchen sollten? Das konnte doch nicht sein! So grausam war nicht einmal das Leben.

Dann sah sie Gian. Er stand vor der Uferbefestigung und blickte über das Meer. Noch hatte er sie nicht gesehen, und kurz überlegte sie, ob es nicht besser wäre, wenn sie auf dem Absatz kehrtmachte. Er rief noch immer Gefühle in ihr wach, die ihr nicht mehr zustanden. Aber heute hatte sie ein unbändiges Bedürfnis, mit jemandem zusammenzusein, der es gut mit ihr meinte. Mona, so lieb sie auch war, war nicht die Richtige. Sie erwartete ihr Kind, und Vivian fühlte sich nicht berechtigt, ihre Freude und Trauer Mona gegenüber auszudrücken. Gian dagegen würde ihr zuhören. Kurz darauf erreichte sie die aufgeschütteten Berge mit Steinen und Findlingen, die den Strand sicherten.

„Hallo Gian." Sie stellte sich neben ihn und lauschte dem Brausen der Wellen.

„Hallo! Schnappst du auch frische Luft?", rief er gegen die Brandung.

Sie nickte und versuchte sich mit einem kleinen Lächeln. Verflucht, bei seinem Anblick bekam sie schon wieder weiche Knie. Ihre Finger zuckten. Am Liebsten würde sie ihm die vorwitzige Locke aus der Stirn streichen. Dummkopf. Du hast deine Entscheidung getroffen. Lena und Gian gehören zusammen.

Gian reichte ihr die Hand, um ihr über einen Findling zu helfen. „Lass uns spazieren gehen, es ist sonst zu kalt."

Dankbar ergriff sie seine Hand, doch wider Erwarten ließ er sie nicht los, sondern verschränkte seine Finger mit ihren. Sein Daumen streichelte sie. So vertraut. So richtig fühlte sich das an. Vivian wanderte schweigend neben ihm her, genoss die Wärme seiner Finger. Genau wie damals, als sie immer am Strand spazieren gegangen waren.

Lass diese Tagträume, die zu nichts führen. Du bist von Morten schwanger und nicht von Gian, schimpfte sie sich selbst. Aber sie vermochte nicht, die Hand aus seiner zu lösen.

„Bei unserem letzten Strandspaziergang war es wärmer", sagte er und umschiffte eine Wasserlache.

„Der Sommer damals war glühend heiß. Ich glaube, es war der trockenste Sommer seit Jahren. So trocken, dass die Erde gerissen ist und man die Hand in die Spalten hineinschieben konnte."

Gian blieb plötzlich stehen, zog sie näher. Sie spürte seine Brust, die kräftigen Arme, die sie vorsichtig an sich drückten. Seine Bartstoppeln kratzten über ihr Kinn. So schön. Sie wollte ihr Gehirn ausschalten, aber es klappte nicht. Vivian stemmte sich gegen seine Brust und schob ihn von sich.

„Nein, lass das."

„Du willst es doch auch."

Sie presste die Lippen aufeinander, damit sie nicht mit einem Stöhnen ihr wundes Herz verraten konnte. „Das ist wieder mal dein italienisches Machogehabe. Du nutzt meine Verletzlichkeit aus. Ehrlich, Gian, außerdem hast du eine andere."

„Was redest du da?" Er warf die Hände in die Luft und schüttelte den Kopf. „Ich versteh dich nicht."

„Lena! Du bist doch mit Lena zusammen."

„Ich und Lena?" Er lachte rau. Er zog sie in den Windschatten der Dünen, wo sie sich nicht anschreien mussten, um zu reden.

„Wie kommst du darauf? Hat Amata von ihr geschwärmt?"

Vivian kaute auf ihrer Lippe. Ja, Amata hatte von Lena geschwärmt und Lena von Gian. „Nein, Amata schwärmt bei mir nur von Kolumbus. Aber ich habe Lena getroffen, und sie hat gesagt, dass …"

Gian legte die Hände auf Vivians Schultern und schüttelte sie sachte. „Hör mir mal zu, Vivian, zwischen mir und Lena läuft nichts."

„Wie kannst du das nur sagen?" Warum konnte er es nicht einfach zugeben? Ihr wurde eiskalt. So ein Mistkerl. Lena hatte etwas Besseres verdient.

Er schüttelte resigniert den Kopf. „Weil es stimmt. Lena hat mir damals sehr geholfen, als Hanna verunglückt ist. Aber mehr ist da nicht. Das musst du mir glauben."

„Ehrlich? Ich weiß nicht, was ich dir glauben kann."

„Seitdem du hier bist, denke ich nur daran, wie es mit uns beiden hätte sein können."

Vivians Herz pochte schneller, aber gleichzeitig spürte sie, wie Wut in ihr hochschoss. „Warum hast du dich damals nicht gemeldet? Ich habe dich so vermisst!"

Im fahlen Licht sah sie, wie er fragend die Stirn runzelte. „Das wollte ich dich auch schon fragen."

„Wirklich?"

„*Sì*, du hast dich nie gemeldet. Und dann bist du mit Morten wiedergekommen."

Vivian schüttelte ungläubig den Kopf. „Gian, nun erinnere dich doch. Rikke ist gestorben, weil ich mit dir allein sein wollte. Wir haben uns in den Dünen vergraben. Ich konnte mir einfach nicht vorstellen, dass der Sommer vorbei war und ich nach Paris gehen und du hierbleiben würdest. Dann ist sie ertrunken. Alles war anders, war vorbei. Doch am schlimmsten war es, dass du dich nie mehr gemeldet hast. Ich habe so lange gewartet. Warum bist du nicht zur Beerdigung gekommen? Ich hätte dich gebraucht. Oder später … Kein Wort von dir, und jetzt meinst du, wir könnten da weitermachen, wo wir aufgehört haben?"

„Mein Gott, Vivi, glaubst du das wirklich? Hast du mich nicht besser gekannt? Ich wollte kommen, hatte sogar schon die Jacke an." Er stockte, hockte sich auf einen Findling und stützte den Kopf in die Hände.

„Und was hat dich daran gehindert?" Das Rauschen in ihren Ohren übertönte das Brausen der Wellen.

„Ich fuhr mit Mamma ins Krankenhaus. Mein Vater hatte einen Herzstillstand. Ich konnte meine Mutter dort nicht allein lassen."

Entsetzt hörte Vivian zu. Das hatte ihr nie jemand erzählt. Trotzdem, es gab auch eine Zeit nach der Beerdigung. Da musste mehr sein.

„Warum hast du es mir nicht erzählt? Du hättest anrufen können, schreiben, was weiß ich …"

„Was hätte ich dir sagen sollen? Dass deine Mutter nicht unschuldig am Tod meines Vaters war?"

„Meine Mutter? Was soll sie damit zu tun haben?"

„Am Abend vor der Beerdigung hat sie angerufen und meinem Vater gedroht. Ich sei schuld, dass Rikke ertrunken ist, und das hätte ein Nachspiel."

„Das hat sie unter Schock gesagt", wehrte Vivian entrüstet ab.

„Mag sein, aber eher nicht."

„Du kennst sie doch. Wundert es dich wirklich, dass sie so gehandelt hat?"

„Aufbrausend? Cholerisch? Manipulativ? Dass sie mich nie mochte? Ich war ja nur ein unzuverlässiger Spaghettifresser, der Bad Boy der Stadt, und du das Mädchen aus gutem Haus. Wenn wir jemals eine Chance hatten, dann haben wir sie mit Rikkes Tod verspielt."

„Du warst in mich verliebt. Warum hast du sie nicht einfach ignoriert?"

„Ich hatte Gewissensbisse und habe mich immer wieder gefragt, was ich falsch gemacht habe, ob ich Rikke vielleicht doch hätte retten können."

„Du bist hinter ihr her geschwommen." Sie warf die Hände in die Luft. „Du hast alles getan, was du tun konntest. Das muss dir doch klar sein. Und dabei wärst du fast selbst drauf gegangen." Vivian sank neben ihm auf den Findling und nahm seine Hand. „Mir ging es genauso. Ich hatte auch Schuldgefühle. Trotzdem hätte es uns nicht auseinanderbringen dürfen."

„Du hast noch nicht alles gehört."

„Was?"

„Kurz bevor wir aus dem Haus gehen wollten, wegen der Beerdigung, hat deine Mutter noch mal angerufen ..."

„Warum? Was ist passiert?" Eine bange Ahnung dämmerte ihr.

„Sie hat geschrien und getobt und gesagt, dass wir, vor allem ich, aus eurem Leben verschwinden sollen, wenn wir nicht eine Klage wegen Totschlags am Hals haben wollen. Als mein Vater versuchte, sie zu beruhigen, und gesagt hat, dass ich alles getan hätte, um Rikke aus dem Wasser zu retten, ist sie völlig durchgedreht. Sie hat scheußliche Sachen gesagt; dass wir nur miserable Einwanderer seien oder so was in der Richtung und dass die Polizei dafür sorgen würde, dass wir dorthin kämen, wo wir hingehörten. Auf alle Fälle hat Papa sich so aufgeregt, dass er einen Herzstillstand hatte. Ich habe das Gespräch nicht vollständig gehört, sondern nur, was er gesagt hat. Sie haben gestritten, heftig und laut, und zuletzt schrie Vater nur, dass sein Sohn kein Mörder sei. Dann brach er zusammen."

„Oh, mein Gott!", keuchte Vivian erschrocken. „Jetzt versteh ich auch, warum meine Mutter nicht mit zur Beerdigung war. Am Morgen hatte sie einen Anfall. Unser Hausarzt musste ihr eine Beruhigungsspritze geben. Aber ich ahnte ja nicht, dass sie sich wegen euch so aufgeregt hat."

„Sie hat ihre Tochter verloren. Heute kann ich ihren Schmerz verstehen." Gian half Vivian hoch. „Das muss ein unvorstellbarer Schmerz gewesen sein. Aber trotzdem hatte sie unrecht. Komm, es ist kalt."

„Aber warum hast du dich später nicht gemeldet?"

„Ich habe mich gemeldet. Nur kam niemals eine

Antwort von dir. Da dachte ich, ich wäre nur eine Sommerliebschaft gewesen."

„Das hast du geglaubt?" Vivian verschränkte die Arme vor der Brust.

„Was hätte ich sonst glauben sollen?" Er stapfte durch den feuchten Sand, die Hände in den Taschen vergraben. „Als Papas Zustand sich im Laufe des Tages stabilisiert hat, fuhr ich von der Klinik sofort zu eurem Haus. Ich hatte die Beerdigung nicht geschafft, und Papa lag auf der Intensivstation, aber ich wollte dich noch einmal sehen. Ich habe nur noch die Rücklichter eures Mercedes gesehen. Später kamst du mit Morten."

„Alle haben sich damals gegen uns verschworen. Deine Mutter hat meine Briefe sicher abgefangen."

„Ich denke schon. Sie hatte Angst, dass wir Probleme bekommen würden."

„Probleme? Da überschätzt du meine Mutter."

„Wahrscheinlich, aber wir hatten zu dem Zeitpunkt noch nicht einmal die Staatsbürgerschaft und deine Familie hatte Beziehungen. Wir waren einfach unter Druck."

„Ach was, du solltest die Schuld nicht nur meiner Mutter in die Schuhe schieben. Antonella war sicher stocksauer auf mich, wegen der Geschichte mit deinem Vater. Das ist doch klar. Sie hat genauso ein hitziges Temperament wie meine Mutter."

„Das Ganze ist … eine furchtbare Tragödie", seufzte er. „Glaub mir, ich bin so froh, dass du hier bist. Wir könnten noch einmal neu anfangen, nun, wo du nicht mehr mit Morten zusammen bist."

„Keine gute Idee. Deine Mutter hasst mich."

„Nein, sie hasst dich nicht, aber sie will nicht, dass ich noch einmal verletzt werde. Damals, nach der Beerdigung ging es mir sehr schlecht. Mein Vater ist an den Folgen des Herzstillstands gestorben. Und die ganze Zeit hast du dich nicht gemeldet."

Vivian stemmte sich gegen den Wind, der aufgefrischt hatte. „Lass uns Freunde sein, Gian, zu mehr bin ich noch nicht bereit."

„Du bist noch nicht bereit?" Er sah sie enttäuscht an.

„Du weißt genau, was ich meine!" Und du weißt nicht, warum ich das sage, dachte sie, und es ist gut, dass du es nicht weißt. Ich erwarte ein Kind.

„Okay, okay, *cara,* ich warte gern noch ein paar Wochen. Nein, nicht gern, aber ich warte, ich habe Übung im Warten. Irgendwann wirst du wissen, dass du an meine Seite gehörst."

Sie schlenderten zurück zum Dünenhaus. Gemeinsam kletterten sie die Treppe hoch und gingen durch den Strandhafer zum Haus. Licht floss durch die vorgezogenen Gardinen.

„Kommst du Sonntag trotzdem mit zum Familienbrunch? Amata würde sich freuen."

„Mal sehen, ich habe viel zu tun."

„Das kann sicher ein paar Stunden warten." Sie schüttelte den Kopf. Er legt seine Hand unter ihr Kinn und hob es sachte an.

„Was bedrückt dich, *carissima?* "

„Vieles, aber darüber kann ich nicht sprechen." Heute Abend würde sie ihm nicht mehr von dem Baby erzählen. Sie hatte keine Worte mehr.

„Hast du herausgefunden, wer die Fensterscheibe zerschlagen hat?"

„Nein, noch nicht. Viel schlimmer ist, dass ich Anrufe erhalte. Und Pakete."

Gian nahm ihr den Schlüssel aus der Hand. „Ich schaue nach, ob alles in Ordnung ist. Was sind das für Pakete? "

„Bestellungen, die offenbar von mir aufgegeben wurden."

Er sperrte die Tür auf und ging durch das Erdgeschoss. Dann kletterte er die Wendeltreppe hoch. Vivian hängte Jacke und Mütze auf, ging ins Wohnzimmer und legte ein neues Holzscheit auf die knisternde Glut.

„Alles in Ordnung. Willst du heute Nacht bei mir schlafen?"

„Nein, das geht schon. Ich bin gern hier."

„Du kannst mich immer anrufen."

Sie nickte. „Mache ich, wenn es notwendig ist."

Plötzlich ballte er eine Faust und donnerte sie auf den Küchentisch. „Dieser verdammte Scheißkerl. Wenn ich den kriege."

„Wen meinst du?"

„Morten, er inszeniert das doch."

„Nein, so ist Morten nicht."

„Und das soll ich dir glauben?" Gian rieb sich die wunde Hand. „Wenn er dich nicht betrogen hätte, dann müsstest du dies nicht allein durchstehen."

Obwohl sie sich elend fühlte, musste Vivian lächeln. „Ich habe ihn verlassen, Gian, weil er es nicht wert war."

12

Kattegat, 12. November

VIVIAN

VIVIAN SCHOB DIE BRILLE HÖHER. DIE VERKÄUFERIN mit den rabenschwarzen Haaren, die sich gerade hinter den Tresen des Gemischtwarenlädchens pressen konnte, reichte ihr die Trillerpfeife. Wenn sie nicht so kugelig rund wäre, hätte die junge Frau glatt als Mozarts Königin der Nacht durchgehen können. Ihr Haar glänzte seidig. Die Augenbrauen hatte sie mit Kajal schwarz nachgezogen. Ein Ring durchbohrte ihren Nasenflügel.

„Versuchen Sie es mal."

Vivian sah sie erstaunt an. Sie wollte die Trillerpfeife kaufen, um den unliebsamen Anrufer zu vertreiben, aber nicht die Kunden des Ladens. „Hier?"

„Natürlich! Hier ist doch keiner außer uns."

Zögernd hob Vivian die Trillerpfeife an den Mund und blies hinein. Ein schriller Ton zerriss die Stille im Geschäft, malträtierte ihr Trommelfell. Hinter ihr klappte die Tür, Schuhe quietschten auf dem Linoleum. Zufrieden legte sie die Pfeife in die Hand der Verkäuferin. „Ausgezeichnet. Die nehme ich."

„Willst du einen Hund dressieren? Da draußen, wo du wohnst, wäre ein Wachhund gar nicht schlecht. Es ist doch recht einsam."

Vivian drehte sich um und blickte in Lenas offenes Gesicht. Dann schob sie die EC-Karte in das Lesegerät und tippte ihre Geheimnummer ein.

„Wem sagst du das? Wenn ich wüsste, dass ich hierbleiben würde, hätte ich schon längst einen Hund, aber
in der Stadt ist es zu eng für einen Vierbeiner. Da wäre
ein Hund zu viel allein, wenn ich arbeite. Das möchte
ich ihm nicht bieten. Ein Tier hat doch auch ein Recht
auf ein gutes Leben."

„Das stimmt", sagte Lena. „Warum kaufst du die Trillerpfeife dann? Fühlst du dich bedroht?"

Vivian nahm die Ware entgegen und verabschiedete
sich mit einem Nicken.

„Nein, nein. Absolut nicht." Sie hatte keine Lust, allen
von den Anrufen zu erzählen. Wahrscheinlich waren es
nur einige Jugendliche, die sich einen Scherz erlaubten,
warum auch immer.

„Also wenn du keine Verwendung für die Pfeife hast,
dann kannst du mit Mads auf das Spielfeld gehen und
ihn zu Liegestützen drillen ..." Lena nahm ein paar Zeitschriften aus dem Regal.

„Warum nicht?", flachste Vivian. „Ich schikaniere
gern Leute."

„Daran kann ich mich nur zu gut erinnern!"

Vivian blickte in Lenas Augen, suchte nach einem
Zeichen, dass sie es ernst meinte, aber ihr Lächeln war
warm und offen, und Vivian entschied: Es handelte sich
nur um einen Scherz.

Lena schob die Hochglanzmagazine über den Tre-
sen und holte ihre Bankkarte aus dem Portemonnaie.
„Mal ehrlich, muss ich mir Sorgen machen? Erhältst du
Anrufe? Für so was gebrauchen die meisten so ein
Ding."

Vivian war aufgeflogen. Es machte keinen Sinn mehr
zu lügen. „Ja, genau, ich werde telefonisch belästigt. Und

hoffe so, endlich mal wieder in Ruhe meinen Tee trinken zu können."

„Wer macht denn so was? Ein Perverser? Oder hast du Feinde?"

„Bisher habe ich immer geglaubt, dass ich keine hätte, aber inzwischen bin ich mir nicht mehr so sicher."

„Wenn ich was für dich tun kann, dann melde dich. Das tut mir wirklich leid." Lena legte den Arm um Vivian. „Erst der Abschied von Berlin und der Stress mit Morten und jetzt das ... Du musst ja wirklich ein Nervenbündel sein. Wenn du willst, kannst du auch in meinem Gästezimmer wohnen. Falls du schwanger bist, dann brauchst du Ruhe und nicht so viel Tumult. Denk auch an das Baby."

„Danke Lena, das ist nett von dir, aber ich bleibe in meinem Haus. Entschuldige mich, ich muss los."

„Klar, meine Mittagspause ist auch vorbei."

GIAN

Gian tippte eine SMS in sein Smartphone, als Lena, übers ganze Gesicht strahlend, plötzlich vor seinem Schreibtisch stand und mit einer Papiertüte wedelte.

„Hallo, du Arbeitstier. Ich war gerade bei Arendse. Was willst du? Sandwich mit Lachs oder mit Hähnchen, Avocado und Tomaten?" Sie öffnete die Tüte und schnupperte.

Oh Mann, heute war Mittwoch. Seitdem Vivian wieder da war, verschluderte er so vieles – nicht die Termine, daran erinnerte Lena ihn immer. Aber er lebte eigentlich von einem Termin zum anderen, von einem Tagtraum zum anderen. Lena würde enttäuscht sein, wenn sie wüsste, an wen er immer dachte, aber es war nicht zu ändern. Sie wollte ja nicht hören, dass es keine gemeinsame Zukunft für sie gab. Er hatte es ihr oft genug gesagt. Mehr konnte er nicht tun. Obwohl sein Magen bei dem verführerischen Duft, der der Tüte entwich, grummelte, schob er den Stuhl zurück, griff nach seiner Jacke und stopfte das Smartphone in die Seitentasche. „Tut mir leid, Lena, ich schaff es jetzt nicht, muss weg. Sei so nett und sag alle Termine für heute ab. Ich mache den Rest des Tages frei."

Alarmiert stopfte sie das Sandwich, das sie in der Hand hielt, wieder in die Tüte. „Was ist passiert? Ist was mit Amata?"

„Nein, Amata geht es blendend. Zumindest war das so, als ich sie zuletzt gesehen habe. Ich brauche nur einen freien Nachmittag." Gian legte alles an seinen Platz und stand auf.

„Was hältst du davon, dass wir die Sandwichs gemeinsam am Strand essen? Mir täte ein Spaziergang auch gut."

„Gern ein anderes Mal, jetzt bin ich in Eile."

„Und was soll ich mit den Sandwichs machen? Die habe ich doch extra für uns geholt. Nimm deins wenigstens mit."

„Mads wird sich sicher freuen." Gian schritt mit weit ausholenden Schritten zum Eingang. Auf dem Kies vor dem Büro holte sie ihn ein. Die Enttäuschung stand ihr ins Gesicht geschrieben. Er öffnete die Tür des Berlingos und glitt hinter das Steuer. Dann drehte er den Zündschlüssel, aber als er ihre Resignation sah, kurbelte er das Fenster herunter. „Wenn du alle Termine abgesagt hast, machst du auch frei."

Sie beugte sich zu dem offenen Fenster. „Lass mich hier nicht einfach stehen, Gianni, bitte. Wir essen jeden Mittwoch zusammen."

„Ich habe es verschwitzt. Morgen essen wir zusammen, okay? Und ich besorge das Essen."

„Wohin zum Teufel willst du? Hast du einen neuen Auftrag an Land gezogen?"

„Nein, aber was ich mache, geht dich nichts an."

Lena stemmte die Hände in die Seite und funkelte ihn wütend an. Wenn sie jemanden mit ihren Augen töten könnte, würde sie das wahrscheinlich gerade jetzt machen, dachte er.

„Was soll das, Gianni? Ich frage doch nur, weil ich deine Termine koordiniere."

„Meine beruflichen, aber nicht meine privaten."

„Verdammt", ihre Stimme war heiser. „Ich dachte, wir wären Freunde. Vertraust du mir nicht mehr?"

„Doch, und wir sind auch Freunde, aber ich habe auch ein Recht auf Privatleben."

„Freunde? Und dann lässt du mich so stehen? Ich fühle mich wie ein abgestellter Koffer, den der Passagier am Flughafen vergessen hat." Ihre Stimme zitterte. Sie kniff die Augen zusammen, weil die Sonne sie blendete.

„Lena …"

„Behandelst du deine Freunde immer so? Was macht für dich eigentlich einen Freund aus?"

„Einen Menschen, auf den ich bauen kann; der mit hilft, mit dem ich lache und der das Beste aus mir herausholt."

„Ach nee, Gianni, was bin ich für dich? Kann ich auf dich bauen, wenn du mich an einem Mittwoch hier stehen lässt?" Ihr Gesicht war aschfahl und verzerrt.

„Jetzt krieg dich doch ein. Ich nehme mir nur einen freien Tag. Mehr nicht."

„Ach, hau ab."

Die Tüte mit den Sandwiches klatschte auf die Windschutzscheibe, platzte auf und die Weißbrotscheiben rutschten herunter. Eine Mayonnaisespur verschmierte das Glas. Lena schritt zum Haus und knallte die Tür zum Büro hinter sich zu.

VIVIAN

Vivian stapelte Holzstücke an der Scheunenwand. Helles und leichtes Birkenholz. Sie sog den harzigen Duft ein, der sich mit der salzigen Luft, die vom Strand herüberwehte, mischte. Am Himmel kreischten Möwen auf Futtersuche.

Sie musste sich bewegen, Gedanken ordnen und sie sortieren wie das Holz. Dann wäre alles klarer. Hatte man das System heraus, dann lagen die Holzstücke alle ordentlich in einer Reihe, arrangiert nach Größe und Breite, akkurat aufgeschichtet. Doch seitdem sie ins Dünenhaus gekommen war, war alles anders. Die Fetzen in ihrem Kopf wurden vom Wind durcheinandergewirbelt, wehten fort und ließen sich nicht mehr fein säuberlich stapeln. Die Ungewissheit zermürbte sie, raubte ihr den Schlaf, obwohl sie ohnehin ausgelaugt und erschöpft war. Bleierne Müdigkeit hielt sie gefangen. Angst hockte ihr im Nacken. Wer belästigte sie? Sollte sie zu Morten zurückkehren, jetzt wo sie schwanger war? Bisher hatte sie keine Antwort gefunden, was sie machen sollte. Wahrscheinlich gab es auch keine richtige Wahl. Sie konnte nur eine Entscheidung treffen und hoffen, richtig gewählt zu haben. Und damit leben zu können.

Ein Auto rollte den Schotterweg zum Haus herauf und hupte mehrmals. Sie drehte sich um, um zu sehen, wer sie besuchte, und als der Wind ihre Haare zauste, strich sie sich eine Locke aus dem Gesicht. Gian! Wollte er noch etwas reparieren? Dann könnte sie einen Spaziergang am Strand machen oder Anders helfen. Irgendwohin würde sie gehen, auch wenn es eine feige Flucht war.

Sie ertappte sich immer wieder dabei, wie sie sich vorstellte, dass das Kind von ihm wäre. Dass er, Amata und sie eine Familie wären. Es war verrückt. Die Hormone spielten ihr einen Streich, und dabei war sie sich nicht einmal sicher, ob sie das Kind überhaupt behalten wollte. Früher einmal hatte sie all diese Dinge gewollt. Sie hatte von einer Familie geträumt und von einer Liebe wie jener, die Giovanni und Antonella verband. Eine Liebe, die Jahrzehnte überdauerte, und die allen Höhen und Tiefen und allen Stürmen trotzte, die das Leben mit sich brachte. Sie hatte von all dem und noch viel mehr geträumt, aber dann hatte sie gelernt, dass Träume unheilvoll, sogar bedrohlich sein konnten, und das Liebe das gefährlichste Gefühl überhaupt war.

Die Autotür schlug zu.

„Was gibt's?" Vivian stopfte die Hände in die Jackentasche und ging zum Auto. Gian kam ihr entgegen, umarmte sie, als sie vor ihm stand, und hauchte ihr einen Kuss auf die Wange. Vivian trat einen Schritt zurück.

„Hol deine Jacke. Ich will dir was zeigen."

„Wie du siehst, schichte ich Holz auf. Da kann ich nicht einfach weg."

Er drehte sie um und schob sie Richtung Haus. „Natürlich. Das Holz kann warten. Hol deine Sachen und den Schlüssel."

„Warum sollte ich?"

„Weil ich es sage."

„Macho, das hättest du auch früher ankündigen können."

„Ich bin eben spontan." Er grinste. Als sie sich nicht rührte, gab er ihr einen Schubs. „Komm, Vivian, ich will nicht den ganzen Nachmittag warten. Ich bin hier, weil ich dir was zeigen möchte."

„Du hast dir doch wohl nicht für mich freigenommen?"

„Nein, natürlich nur für mich." Er schüttelte den Kopf. „Aber ich will mit dir zusammen sein. Ist das so schwer zu verstehen?"

Ihr Herz machte einen Satz. Er war hier, weil er sie wollte. Dieses Gefühl hüllte sie ein wie eine warme Decke. Er wollte sie. Sie musste alle ihre Widerstandsbarrieren aufbauen, um die nächsten Worte über die Lippen zu bringen. „Du solltest bei Lena sein."

„Im Büro? Wohl kaum. Nun komm schon …"

Sie haderte einen Lidschlag lang, schaute ihn an und verfluchte ihre Inkonsequenz. Er hatte sie wie immer in seiner Hand. Und sie wollte es. Bei ihm sein. „Aber nur kurz. Ich schließe nur schnell ab. Eine besondere Bekleidung ist nicht erforderlich, oder?"

„Nimm dein Lächeln mit, sonst nichts."

Sobald Vivian ihre Jacke angezogen hatte, warf sie die Haustür hinter sich ins Schloss, verriegelte sorgfältig und lief über den Kies zum Wagen. Gemeinsam stiegen sie ein, schnallten sich an und fuhren los.

„Wo ist Amata?"

„Heute Nachmittag hat sie Geigenunterricht." Gian setzte den Blinker und lenkte den Wagen über die Spurrillen im Sand bis zur Straße. „Sie isst danach immer bei meiner Mutter. Ich komme nach der Arbeit, manchmal esse ich dort zusammen mit ihr, und dann geht es nach Hause."

Vivian sah aus dem Fenster. Sie fuhren nun in Richtung Melby. „Wo fährst du eigentlich hin?"

„Erinnerst du dich an die alte Windmühle?" Gian parkte den Wagen vor der Kirche, die auf einem Hügel lag und den Kirchturm in den Himmel streckte. Er holte einen Picknickkorb aus dem Kofferraum und nahm ihre Hand, aber Vivian entzog sie ihm und stopfte ihre geballten Fäuste in die Jackentaschen. Sie stiegen die ausgetretene Treppe zur Kirche hoch, überquerten den Friedhof und folgten dem Weg zur Mühle. Gian nahm einen Schlüssel aus der Tasche und schloss auf, trat einen Schritt zurück und lies Vivian den Vortritt. Es war eng und dämmerig. Im Entengang kletterten sie die schmale Wendeltreppe bis unter das Dach hoch. Es roch nach Sägespänen und frischem Holz. Wie sie diesen Duft liebte.

„Eigentlich ist die Mühle immer offen. Vor allem Touristen besuchen sie im Sommer. Ich habe in der letzten Woche einige Reparaturen vorgenommen, und deshalb ist sie noch nicht wieder öffentlich zugänglich."

Die Luft roch leicht moderig, aber der Raum hatte durch die sachte geneigten, weiß gekalkten Wände und dem hohen Dachstuhl Charme. Vivian strich über den Mühlstein, spürte die rauen Poren unter ihrer Hand. Gian breitete eine Decke auf dem Holzboden aus und holte italienische Spezialitäten aus dem Korb. Es war eng und dämmerig, aber Gott sei Dank nicht kalt. Sie sah ihm

zu, wie er Bruschetta, Oliven, Schinken, sonnengetrock-
nete Tomaten und eine Schale Tiramisu auf die karierte
Decke stellte. Dann legte er zwei kreisrunde Kissen, wie
sie sie vom Yoga kannte, auf den Boden. „So, dann frierst
du nicht." Aus einer Ecke holte er zwei Decken und jus-
tierte dort auch die elektrische Heizung, die er schon vor-
sorglich angemacht hatte.

„Setz dich."

„Danke." Sie fand eine gemütliche Stellung auf dem
Kissen und legte den Kopf in den Nacken. „Schön ist es
hier. Ich habe immer das Gefühl, dass diese alten Ge-
mäuer mir eine Geschichte erzählen wollen."

Er nickte. „Ja, so geht es mir auch. Dieser Raum hat
eine ganz eigene Atmosphäre …"

Er holte eine Flasche Wein aus dem Korb und reichte
ihr das Brot. Vivian schmunzelte, als sie die reich gedeckte Picknick-Decke begutachtete. „Erwartest du bei
diesem Menü noch andere Gäste?"

„Nein. Aber du wirst erst freigelassen, wenn du alles
aufgegessen hast." Dabei stupste er mit dem Finger an
ihre Nase.

Wieder hätte sie sich am liebsten näher zu ihm gesetzt,
ihn gefüttert und geküsst, so wie früher am Strand. Diese
vertrauten Gesten weckten die längst verloren geglaub-
ten Gefühle in ihr. „Das könnte schlecht für dich ausge-
hen, denn das ist Freiheitsberaubung."

„Probiere erst mal das Essen, dann reden wir weiter.
Die meisten betteln auf Knien um einen Nachschlag im
Restaurant."

„Dann hat deine Mutter das eingepackt? Weiß sie
auch für wen?"

„Sollte sie?"

„Sie könnte mich vergiften. Vielleicht gibt es auch eine Borgia in eurem Stammbaum." Vivian riss ein Stück Brot ab und stopfte es in den Mund. Sie konnte Antonella verstehen. Wenn es stimmte, dass Vivians Mutter Giuseppe und Gian so gedroht hatte. Trauer und Wut machten Menschen unberechenbar.

„Nicht, dass ich wüsste, aber dann ist es ja gut, dass sie es nicht weiß." Er goss den Wein in sein Glas.

„Antonella hofft, dass du Lena heiratest, nicht wahr?"

„Das glaube ich nicht. Meine Mutter möchte, dass ich glücklich bin, so wie sie mit meinem Vater glücklich war. Und sie weiß, dass ich das mit Lena nicht werde." Er seufzte. „Natürlich weiß sie, dass du hier bist. Amata erzählt ihr immer wieder von deinem Kater. Und wir wohnen in einem Nest hier. Alle kennen sich, und es wird viel geredet."

„Mich kennt doch keiner mehr." Vivian trank einen Schluck Wasser.

„Dir fällt das nur nicht auf, aber doch, die Leute reden, dass du wieder da bist. Zumindest seit der Party auf dem Hyllingebjerg."

„O mein Gott, das glaub ich nicht. Wer sollte sich für mich interessieren?"

„Das ist gewöhnlicher Klatsch. Du bist zumindest eine reiche Erbin, dein Vater hat mit dem Prinzgemahl Golf gespielt ... Da sind die Leute neugierig. Du bist eine schillernde Figur."

Sie stöhnte. Wieder dieses High-Society-Leben, das sie hatte hinter sich lassen wollen und vor dem sie in Gians Arme geflohen war. Wann würde sie es endlich ablegen wie eine abgeworfene Schlangenhaut? „Das war mir nicht bewusst. Ich bin doch schon jahrelang weg. Und meine Eltern verstorben."

„Nicht alles ist so schnell vergessen."

Nein, dachte sie, leider war das wahr. „Gian, wir müssen reden …"

„Machen wir doch schon. Aber ich habe keine Lust, über Lena zu reden, wenn es das ist, was du willst. Lass uns zusammen essen. Ich will wissen, wie es dir geht. Hast du eigentlich schon von Morten gehört?" Forschend betrachtete Gian Vivians Gesicht, als ob er jedes Detail in sich aufnehmen wollte. „Du siehst müde aus."

Sein warmer Blick, gemischt mit einer Prise Zärtlichkeit, machte Vivian verlegen. Sie beugte sich vor, nahm eine Cherrytomate und steckte sie in den Mund. So konnte sie sich wenigstens aus dem Bann seiner Augen lösen. „Das bin ich auch. Ich bin völlig ausgepowert. Die letzten Wochen waren anstrengend."

„Du solltest nicht so viel Energie auf den Windhund verschwenden."

Vivian trank einen Schluck Wasser. „Mach ich auch nicht. Wir haben nur einmal miteinander telefoniert. Danach hat er sich nicht mehr gemeldet. Aber ich bekomme immer noch Anrufe. Und schlafe unruhig … und mache mir Gedanken, wie es weitergehen soll. Ich verbrauche viel Energie, indem ich grüble und grüble."

„Und grüble." Er vollendete ihren Satz und lachte. „Aber damit kommt man meistens nicht weiter. Höre auf dein Herz." Dann runzelte er besorgt die Stirn. „Hast du eine Ahnung, von wem die Anrufe sind?"

„Nein, habe ich nicht."

„Und was ist mit den mysteriösen Paketen?"

„Wie gesagt – das ist mysteriös … Irgendwer schickt mir Päckchen mit Werbegeschenken und Abos."

„Das kann doch nur Morten sein." Er strich mit einer Hand einen Krümel aus ihrem Mundwinkel.

„Nein, das ist er nicht."

„Wer sonst sollte so etwas Idiotisches tun?"

„Keine Ahnung."

„Wer weiß eigentlich, dass du hier bist?"

„Aus Berlin? Der Verlag, Morten und sonst niemand. Aber hier haben mich ja fast alle schon gesehen."

Gian wischte sich den Mund mit der Serviette ab. „Dann ist es doch eindeutig, wer dahintersteckt."

Vivian lehnte sich nach hinten und legte den Kopf an eine der Holzstreben. „Nicht unbedingt. Was hat Morten davon, dass er mir Angst macht? Warum sollte er das überhaupt tun?"

„Damit du völlig zerknirscht in seine Arme zurückläufst."

„Ach was", winkte sie ab. Aber wenn du wüsstest, wie gern ich in deine Arme laufen würde, würdest du wahrscheinlich nicht so ruhig dort sitzen. „Momentan hat er nur seine Ausstellung im Kopf."

Gian schob den Teller beiseite, rückte näher an Vivian heran und strich ihr eine rote Haarsträhne aus dem Gesicht, die sich aus ihrem Zopf gelöst hatte. Sie schauderte unter seiner Berührung. Hatte er ihr Verlangen gespürt? Wusste er, wie sehr sie kämpfte, um ihn nicht zu küssen?

„Wirst du zu ihm zurückkehren?"

Diese Augen, so dunkel und unergründlich. Sie waren wie ein Sog, dem sie nicht entweichen konnte. Zumindest nicht mehr lange. Eigentlich wollte sie es auch nicht wirklich. „Momentan kann ich keinen klaren Gedanken fassen. Ich weiß es nicht. Manchmal denke ich, ja, ich sollte der Beziehung noch eine Chance geben, und wenige Minuten später will ich nur Schluss machen. Solange ich nicht mehr Ruhe in mir selbst habe, ist es für diese Entscheidung noch viel zu früh. Das, was am meisten zieht, ist, dass ich mein ganzes Netzwerk in Berlin habe … aber hier fühle ich mich geborgen und wohl."

Er sah sie an, kaute an seiner Unterlippe. „Du solltest dich fragen, ob du Morten noch liebst. Ob du ihm, wenn es so ist, verzeihen kannst?"

Sie senkte den Blick, um den Bann seiner Augen zu entgehen. Er war ihr so nah, sein Duft lockte ihre Nase. Wie sollte sie hier einen klaren Gedanken fassen? Sie räusperte sich. „Wenn ich das wüsste. Was ist Liebe? Ich liebe ihn nicht mehr wie damals, als wir jung waren und er mich aufgefangen hat nach Rikkes Tod. Wir haben eine lange gemeinsame Geschichte. Deshalb bin ich ja auch so sauer auf ihn, weil er mir das angetan hat. Warum hat er nicht mit mir geredet, wenn er sich ein anderes Leben wünscht?"

Gian lehnte sich zurück. „Hast du gehört, was ich gesagt habe?"

„Ja, natürlich." Ihr Herz klopfte verräterisch, so schnell und aufgeregt, dass sie sich sicher war, dass er das Hämmern hörte.

„Die einzige Frage, die du dir stellen solltest, ist, ob du Morten noch liebst. Nur dann solltest zu ihm zurückgehen."

Vivian zeichnete mit der Fingerspitze die Maserung im Holzboden nach. „Ach Gian, wir haben ein gutes Leben miteinander gehabt, aber die großen Gefühle gibt es schon lange nicht mehr." Sie seufzte. „Ob das allen so geht, wenn der Alltag kommt?"

„Das weiß ich nicht. Hanna ist leider zu früh gestorben." Er fuhr sich mit den Händen durch die wirren Locken. „Egal, wie lange man ein Paar ist, man sollte auf seine Liebe aufpassen. Ich habe das auch nicht besonders gut getan. Ist es das, was du willst? Ein bequemes Leben ohne Liebe? Zu ihm zurück?"

Seine Frage brannte sich wie eine glühende Schwertspitze in ihr Inneres. Was sie wollte, immer gewollt hatte, schien nun so unerreichbar, aber die Sehnsucht glühte noch unter der Asche ihrer Träume, so wie die Glut in ihrem Kamin. „Nein. Ich will kein bequemes Leben ohne Liebe." Vivian schwieg, weil die Antwort viel zu schnell gekommen war. „Eigentlich nicht. Zumindest muss ich wissen, dass er auch in unsere Beziehung investieren möchte." Sie legte ihre Hand auf den Bauch. Aber jetzt ging es nicht nur um sie, sondern auch um das Baby. Sie trank Wasser in gierigen Schlucken. „Aber vielleicht gibt es keine Alternative."

„Das ist nicht dein Ernst?" Eine steile Zornesfalte zeigte sich auf Gians Stirn. „Hörst du dir eigentlich selbst zu? Ich rede von Liebe, und du sprichst von einer Beziehung. Willst du nur wegen der gemeinsamen Vergangenheit zu ihm zurück? Das ist doch Bequemlichkeit, aber mit Sicherheit keine Liebe."

Vivian zuckte mit den Schultern. Sie war wütend, so wütend, dass ihr heiß wurde. Was bildete er sich ein? Er wusste doch überhaupt nichts von ihr und ihrem Leben. Wie konnte er sich anmaßen, über sie und ihre Entscheidungen ein Urteil zu fällen? Von dem Baby wollte sie Gian noch nichts erzählen. Nicht bevor sie sich entschieden hatte, was sie selbst wollte. Aufgebracht zischte sie: „Gian, du kannst dir also nicht vorstellen, dass es noch andere Gründe geben kann?"

„Nein, kann ich nicht. Wahrscheinlich bin ich egoistisch, aber sein Leben sollte man gut nutzen. Und dort leben, wo man am liebsten sein möchte. Bei den Menschen, die einem die Liebsten sind." Er hielt inne, sah sie an. „Eine Alternative wäre auch, dass du hierbleibst."

Sie schloss die Augen, weil sie sich diese Frage jeden Tag unzählige Mal fragte und immer noch keine Antwort hatte. „Warum sollte ich? Meine Arbeit, meine Freunde, mein Leben sind in Berlin."

„Aber ich bin hier, und ich liebe dich." Gian rückte näher, beugte sich vor und nahm ihr Gesicht in seine Hände. Warm waren sie, rau von Arbeit. Er streichelte mit seinem Daumen ihre Wange, und dann küsste er sie. Seine Lippen schmeckten nach Tomaten, Basilikum und Freiheit; einfach verlockend. Warme Geborgenheit durchströmte sie und spülte ihre Wut weg. Zurück blieb nur das Glück des Augenblicks. Ein Kaleidoskop von Gefühlen stieg in ihr auf, angeführt von dem Begehren, das sich wie eine Sturmflut in ihr ausbreitete und alles mitriss. Sie spürte seinen gut trainierten Körper durch den Stoff seines Hemds und schlang die Arme um seinen Hals. Um sie herum verschwand alles. Sie zerrte ihm das Hemd aus der Jeans, getrieben von dem gierigen Bedürfnis, ihn zu fühlen und mit ihren Fingerspitzen seine Haut zu ertasten. Er schob ihr den Poncho über den Kopf und öffnete die Knöpfe der Bluse. Ihr Körper verzehrte sich nach ihm. Doch dann erstarrte sie, legte die Hände auf seine Brust und drückte ihn von sich.

„Was ist los, Vivian?" Er versuchte, sie wieder an sich zu ziehen.

„Wir sollten vernünftig sein."

„Oh, ich bin so was von vernünftig." Er lachte und presste sie an sich. Sie spürte, dass er sie genauso wollte wie sie ihn, doch sie machte sich von ihm los und knöpfte ihre Bluse mit zitternden Fingern zu.

„Ich habe dir gesagt, dass ich dich liebe, Vivian, und das habe ich immer getan."

„Das … macht mich glücklich, Gian. Aber das hier ist nicht richtig." Ihre Stimme bebte, ob vor Lust oder Verzweiflung, konnte sie nicht sagen.

„Ich verstehe dich nicht, Vivian." Seine Augen verfinsterten sich. „Ich liebe dich, es fühlt sich richtig an. Warum willst du mich dann nicht? Warum gibst du uns nicht noch eine Chance?"

Ja, warum nicht, wisperte die Stimme in ihrem Inneren. „Und was ist mit Lena?", flüsterte sie mit tränenerstickter Stimme. „Nein, es ist nicht fair. Du musst das erst mit ihr klären."

„Das kann doch nicht wahr sein. Lena und ich haben nichts. Wie oft soll ich dir das noch sagen?"

„Warum sollte ich dir mehr glauben als ihr?" Sie wollte schreien, ich glaube dir ja, aber ich erwarte ein Kind, das nichts deins ist. Und deshalb muss ich erst mit Morten reden. Sie krümmte sich nach vorn, so heftig war der Schmerz.

„Weil …" Gian schüttelte resigniert den Kopf, „ich dich liebe und schon immer geliebt habe. Das weißt du auch."

Sie musterte ihn. Ihre Unsicherheit und Qual mussten ihr ins Gesicht geschrieben stehen.

„Zweifelst du etwa? An meiner Liebe zu dir?"

Sie schwieg immer noch, zupfte eine imaginäre Fluse von ihrer Bluse.

„Du kennst die Wahrheit." Verärgert stapelte er Schüsseln und Teller in den Picknickkorb. „Lass uns jetzt gehen. Wenn du die Vergangenheit nicht ruhen lassen kannst, gut, dann bleibt alles wie gehabt. Dann haben wir keine gemeinsame Zukunft. Und das tut mir leid. Verdammt leid. Damals hatten wir keine Chance, aber heute haben wir sie, und wir sollten sie nicht einfach vergeigen."

Vivian stand auf. Sie strich ihren Rock glatt. Scham überrollte sie. „Bitte, versteh, ich bin noch nicht so weit."

Er stand mit dem Rücken zu ihr und faltete die Picknickdecke zusammen. „Vivian, wir sind beide verletzt. Aber nur Freundschaft will ich nicht. Spiel um Himmels willen nicht mit meinen Gefühlen. Entscheide dich. Ich weiß nicht, ob ich noch mal ein gebrochenes Herz überlebe."

MORTEN

Katarina surfte im Internet, als Morten schlaftrunken in ihr Arbeitszimmer stolperte, die Haare lagen platt an den Kopf gedrückt. Er reckte sich und stützte sich im Türrahmen ab, ehe er zu ihr ging.

„Wie schön, dass du schon da bist! Ich habe mir einen Mittagsschlaf gegönnt und bin dann wohl nicht mehr aufgewacht." Er liebkoste ihren schlanken Nacken. Sie blickte auf, hob fragend die Augenbraue.

„Mittagsschlaf? Wolltest du nicht malen?", fragte sie säuerlich.

„Das habe ich auch, komm mit, dann zeige ich es dir."
Er streckte die Hand aus. Katarina rührte sich nicht.
Stocksteif saß sie am Schreibtisch. Morten nahm die
Hand zurück und setzte sich rittlings auf einen Stuhl vor
dem Tisch. „Hast du Ärger gehabt?"

„Das könnte man sagen."

„Erzähl!"

„Du solltest doch genau wissen, was los ist. Du warst
den ganzen Tag hier und hast für das Chaos gesorgt."

Morten überlegte angestrengt. Wer hatte angerufen?
Was war bloß passiert? Aber ihm wollte beim besten Willen nichts Besorgniserregendes einfallen. „Komm einfach
mit, dann geht es dir bestimmt besser."

Katarina schlug mit der flachen Hand auf den
Schreibtisch. Ein Bild fiel um. Morten zuckte zusammen.
Sein Lid zuckte nervös.

„Mir wird es überhaupt nicht besser gehen, wenn ich
noch einmal durch dieses Chaos laufen muss. Das hier
ist meine Wohnung und nicht deine."

„Gerade wohnen wir beide hier, wenn ich mich recht
erinnere."

„Ich wohne hier, und das habe ich dir immer klar gesagt. Ich bezahle die Miete."

„Okay, okay", er hob abwehrend die Hände. „Dann
bin ich eben dein Besuch."

„Langzeitbesuch, der sich nicht engagiert, ist nicht erwünscht."

„Nicht engagiert? Ich habe den ganzen Tag für dich
gearbeitet. Ich habe die Idee für eine neue Bilderreihe bekommen und schon zwei Entwürfe umgesetzt. Schau sie
dir an …"

„Du hörst mir überhaupt nicht zu. Ich hasse Chaos.

Wenn ich nach Hause komme, möchte ich klare Linien. Hast du das verstanden?" Erbost stand sie auf und lief durch das Zimmer. „In der Küche stapelt sich das schmutzige Geschirr, nicht einmal die Tür zum Geschirrspüler hast du geöffnet, Brotkrümel und Butter auf der Arbeitsfläche, ich fass es nicht … In der Toilette ist die Klobrille hoch, und du weißt genau, dass ich das nicht will … Überall verteilst du deine Sachen …"

Er hob abwehrend die Hände. Jetzt flatterte sein Lid noch heftiger als vorher. Er musste Katarina beschwichtigen. In seinem Bauch bildete sich ein harter Knoten. „Beruhige dich. Wenn du nicht früher gekommen wärst, hätte ich das doch noch weggeräumt. Aber dann bin ich leider eingeschlafen."

„Eingeschlafen? Während ich gearbeitet habe."

„Das habe ich doch auch. Ich zeig dir gleich die neuen Bilder. Sie werden dir gefallen."

„Meinst du nicht, ich merke nicht, wie du versuchst abzulenken?" Ihre Augen funkelten gefährlich. „Ich brauche Ruhe … und nicht dieses Chaos, das du in mein Leben gebracht hast."

„Katarina, nun mach mal einen Punkt!", schrie Morten und raufte sich verzweifelt die Haare. „Ich habe auch gearbeitet, aber danach war ich erschöpft. Was ist daran schlimm? Heute hatte ich die Möglichkeit, mich auszuruhen. Du sollst klare Linien bekommen. Komm einfach mit …" Als er ihre Hand ergreifen wollte, stieß sie ihn weg und lief ins Schlafzimmer, wo die Schranktür offen stand und Schmutzwäsche auf dem Boden verstreut lag. Sie schnappte sich einen Koffer und schleuderte ihn aufs Bett.

„Hier. Pack deine Sachen." Sie stand vor dem Bett, die

Hände in die Hüften gestemmt, den Körper leicht vorgebeugt, bereit zum Angriff.

„Das meinst du nicht ernst …" Er versuchte es mit einem Lächeln, aber sie schüttelte den Kopf. Er hob die Hand, um sein Lid zu beruhigen.

„Und ob. Bevor du das Haus verlässt, räumst du bitte auf. Ich gehe essen, bin in zwei Stunden zurück, und dann will ich dich hier nicht mehr sehen." Sie drehte sich um und ging zur Tür.

„Aber was ist mit meinen Bildern?"

Sie drehte sich um. „Deine Werke kannst du mir in den Öffnungszeiten der Galerie vorstellen."

„Katarina", warf er ein und trat einen Schritt auf sie zu. „Was ist mit uns? So kann es doch nicht vorbei sein. Ich habe Vivian deinetwegen verlassen. Wir lieben uns."

Sie lachte, aber es war kein gutes Lachen, nicht warm wie ein Sommermorgen, sondern kalt wie der Novemberwind in den Straßenschluchten. Er schauderte. „Nicht du hast Vivian verlassen. Sie hat dich verlassen. Erinnerst du dich? Und uns verbindet nicht Liebe, sondern Leidenschaft. Das kann gern weitergehen, aber nicht in meinen vier Wänden."

„Fucking bullshit, Katarina … Hörst du dir eigentlich mal selbst zu? Es tut mir leid wegen der Unordnung. Das kommt nicht mehr vor. Aber du weißt ja, ich hatte eine zündende Idee und da konnte ich an nichts anderes denken."

Sie zog ihre Lederjacke über. „Zwei Stunden und keine Minute mehr. Und die Rechnung für den Porsche hat sie hoffentlich schon bezahlt."

13

Kattegat, 14. November

VIVIAN

VIVIAN ÄPPELTE DEN PADDOCK AB. ALS SIE DIE SCHUB-
karre auf dem Mist geleert hatte, wischte sie sich
die Stirn trocken. Das Baby raubte ihr jede Kraft. Sie war
unendlich müde und hatte nur Lust, sich in eine Ecke zu
legen und zu schlafen. Am besten bis zur Geburt. Sie atmete tief ein, legte die Schaufel in die Schubkarre und
schob sie zurück zum Stall. Als sie die Tür hinter sich zu-
zog, klingelte ihr Smartphone, und sie trocknete sich die
schwitzigen Hände an der Jeans ab. Dann sah sie auf das
Display. Morten! Bald müsste sie ihm vom Kind erzählen. Sie lehnte sich an die Stallwand und nahm den Anruf
entgegen. Sie konnte ihm nicht ewig aus dem Weg gehen.

„Was gibt's?" Sie atmete tief ein, damit ihre Stimme
nicht zitterte. Mit der Wand im Rücken fühlte sie sich
stark, auch wenn sie verletzlich war.

„Vivian, schön mit dir zu reden." Sie hob die Augenbraue und wartete. „Bist du noch dran?"

„Ja, ich frage mich, warum du anrufst. Was willst du?"

Sie hörte, wie er die Luft ausstieß, sichtlich irritiert,
dass sie ihn nicht begeistert geantwortet hatte. „Ja, ich
habe etwas auf dem Herzen. Ich habe über uns nachge-
dacht. Bitte gib uns noch eine Chance." Er räusperte sich.
„Klar, ich habe Mist gebaut, ich weiß, ja, aber jetzt will
ich es wieder gutmachen. Kannst du das verstehen?"

„Morten, eigentlich ist das eine gute Sache, etwas

wieder gutzumachen." Sie massierte sich die müde Stirn, schloss die Augen und versuchte, sich zu konzentrieren. Morten war so einfach gestrickt. Aber selbst mit dem einfachsten Menschen war eine zerrüttete Beziehung immer noch kompliziert.

„Aber? Ich höre ein Aber."

„Genau." Vivian seufzte. Warum musste es auch so verdammt schwer sein? „Du hast mich so sehr verletzt, dass nichts mehr gutzumachen ist. Wir können nur versuchen, die Sache gut abzuschließen."

„Der eine Seitensprung kann doch nicht so viel bedeuten!"

Vivian hörte Schritte in der Stallgasse, die sich rasch näherten. Absätze klackerten auf den Boden. Das musste ein Kunde sein. Mona würde nie im Leben klappernde Schuhe anziehen, nicht einmal zum Tangotanzen. Sie öffnete die Augen. „Mir schon. Katarina war nicht die Einzige, oder?"

„Wie kommst du jetzt darauf?"

„Weibliche Intuition?"

„Komm, lass den Mist, wir müssen uns wieder zusammenraufen. Wir haben so viel miteinander geteilt, das kann doch nicht plötzlich vorbei sein." Die Schritte waren jetzt ganz nahe.

„Morten, ich mache Schluss, ich muss arbeiten." Sie zitterte vor Wut am ganzen Körper. Als sie das Handy in der Jackentasche verstaute, tauchte Lena vor ihr auf, einen Strauß Rosen in der Hand.

„Ach, dich hätte ich gar nicht erwartet. Ich dachte, Mona wäre hier."

„Nun, ich arbeite jetzt auch hier. Kann ich dir helfen?", fragte Vivian.

„Nein, ich wollte nur kurz bei Mona vorbeischauen. Aber im Haus war niemand, und dann bin ich hierhergekommen, weil ich dachte, sie wäre hier."

„Mona ist bei der Vorsorgeuntersuchung. Anders ist mit ihr nach Frederikssund gefahren. Wenn du willst, gebe ich ihr die Blumen, wenn sie zurückkommen."

„Danke, das wäre schön!" Lena verlagerte ihr Gewicht. „Übrigens, hat Gianni gestern bei dir gearbeitet? Es ist nur wegen der Rechnung … Du weißt schon, er sagt nicht so viel."

„Nein, wir waren zwar am vergangenen Mittwoch zusammen, aber seitdem haben wir uns nicht gesehen. Ich bin viel hier."

„Am Mittwoch hat er doch freigemacht?"

Vivian spürte, wie Wärme durch ihren Körper schoss. „Versteh das jetzt bitte nicht falsch … Wir sind zur alten Mühle gefahren. Er wollte mir zeigen, was er dort gemacht hat."

„Falsch verstehen? Überhaupt nicht. Sollte ich?"

„Nein, Lena, ich will mich nicht zwischen euch drängen."

„Das kannst du auch nicht. Außerdem vertraue ich Gianni. Misstrauen zerstört doch jede Beziehung."

Vivian lächelte erleichtert. „Danke, das sehe ich genauso!" Sie zupfte eine imaginäre Fluse von ihrer Jacke. „Außerdem bin ich sicher bald wieder weg. Mein Leben ist in Berlin."

„Wirklich? Ich dachte, du überlegst, hierzubleiben."

„Das habe ich auch getan, aber ich wohne schon zu lange in Berlin, dass ich nicht einfach weggehen kann." Und du kannst nicht dort leben, wo Gian lebt, wenn ihr keine gemeinsame Zukunft habt, flüsterte ihre innere Stimme. Gib es doch zu.

„Gut, und dort ist ja auch der Vater deines Kindes. Eine kluge Entscheidung. Pass auf dich auf. Ich muss los." Sie reichte Vivian den Strauß. „Gib den doch Mona, ja? Also werde ich keine Zeit in Rechnung stellen."

Vivian nickte. Als Lenas Schritte sich entfernten, klackten ihre Absätze in einem wilden Stakkato über die Stallgasse. Als ob sie jemanden durchbohren wollten.

14

Kattegat, 16. November

VIVIAN

Antonella trug Platten mit gegrilltem Gemüse aus der Küche in den Speisesaal, wo sich die ganze Familie zum Sonntagsbrunch versammelt hatte.

„Nonna ist stark, nicht wahr?" Amata strahlte Vivian an und entblößte damit ihre Zahnlücke. Sie war einfach zu niedlich mit den wilden Haaren und der kleinen Nase im herzförmigen Gesicht. Ein Kind zum Verlieben. Sie hatte ihr die Bitte, hierher zu kommen und sich mit Nonna auszusöhnen, nicht abschlagen können. Aber sie tat es nur für Amata. Gian würde sie weiterhin aus dem Weg gehen.

„Das kannst du wohl sagen." Vivian bohrte den Finger in das Lochmuster ihres Ponchos und lächelte Amata an, die ganz offensichtlich den Lärmpegel und den Trubel um sich genoss. Ohne sie wäre Vivian nicht hier. Amata hatte sie fast auf Knien angefleht, doch bitte, bitte zum Brunch mitzukommen, und obwohl Vivian das Wiedersehen mit Antonella fürchtete, konnte sie den bettelnden Augen des Kindes nicht länger widerstehen. Der Clan der Fontanas bestand schließlich nicht nur aus Antonella.

„Nonna kann sogar Pfannkuchen in der Luft wenden, ohne dass sie an der Decke kleben bleiben!"

„Ehrlich? Mir fallen sie immer auf den Kopf."

Amata kicherte, pflückte eine Weintraube vom

Käseteller und kuschelte sich an Vivian. „Vivi, ich bin froh, dass du hier bist."

„Ich auch, Süße." Schlussendlich hatte sie sich durchgerungen, Amatas Einladung anzunehmen, und das war gut so. Alle hatten sie lachend willkommen geheißen, so als ob ein verloren geglaubtes Kind plötzlich wieder auf der Bildfläche erschien. Sogar Antonella hatte sich zu einem zaghaften Lächeln hinreißen lassen, etwas verkrampft, aber es ließ das große Herz der Mamma ahnen. Wie sehr hatte Vivian Antonella damals geliebt, ihre schwieligen Hände, ihr gurrendes Lachen und ihre Sorge für die *famiglia*.

Vivians Blick schweifte über die Köpfe der Anwesenden. Einmal in der Woche, am Sonntag, kamen die Fontanas zu einem gemeinsamen Brunch im Restaurant zusammen. Solange Vivian zurückdenken konnte, war es so gewesen. Erst wenn die ersten Gäste kamen, löste sich die Familie zögerlich auf. Früher war sie gern dabei gewesen und hatte gestaunt, wenn Giuseppe und Antonella in der Küche tanzten. Alles war viel einfacher gewesen als zu Hause. Die Hände von Giovanni und Antonella waren von harter Arbeit gezeichnet, und ihre Kleider oft abgetragen und ausgeleiert vom vielen Tragen, aber Vivian hatte sich wohl und angenommen wie selten zuvor gefühlt.

„Paps sagt, dass du eigentlich schon lange dazugehörst."

„Ehrlich? Sagt er das?" Vivian goss sich eine Tasse Cappuccino auf und klammerte sich an den Becher, dessen Wärme sich auf ihre Finger übertrug. Heißer Dampf stieg ihr ins Gesicht. Ihre Brille beschlug. Hatte Gian recht? Gehörte sie hierher?

An einem anderen Tisch spielten ein paar Kinder *Mensch ärgere dich nicht*, und andere schoben brummend Autos über die Holzplatte. Sie lachten und johlten. Die neue Generation der Fontanas hatte sie noch nicht kennengelernt, sie waren erst nach ihrem Bruch mit Gian geboren worden.

Es herrschte ein geschäftiges Treiben wie im Bienenstock. Als sich alle endlich zum Essen an den langen Holztisch niedergelassen hatten, saß Vivian zwischen Gian und Amata und gegenüber von Silvia, Gians ältester Schwester.

„Ziemlich viel los hier", flüsterte Gian, als seine Mutter die Hände faltete und ein Gebet sprach. Nach kurzem Schweigen setzte die Unterhaltung wieder ein.

„Wie lange bleibst du?" Silvia trank einen Schluck Soave.

„Ich weiß es noch nicht. Es ist wie nach Hause kommen. Ich würde gern hierbleiben. Aber meine Freunde und mein Leben sind ja jetzt in Berlin. Und viel Urlaub habe ich auch nicht mehr."

„Ist es das? Freunde hast du doch auch hier."

„Schon", erwiderte Vivian. „Aber ich bin schon so lange weg. Wir haben alle unser Leben, und ich habe eine Arbeit, die ich liebe. Die will ich nicht einfach so verlassen." Was hörte sie sich langweilig an. Warum sollte sie nicht einen neuen Anfang machen, wenn sie wollte? Was hielt sie davor zurück? Der Verlag? Die Freunde, die sie an den Fingern abzählen konnte, weil sie vor lauter Arbeit kaum ihre Freundschaften gepflegt hatte? Gab es wirklich jemanden, der sie in Berlin vermisste?

„Weißt du, was ich immer sage, wenn jemand unsicher ist, was er tun soll?" Silvia stellte ihr Glas auf den Tisch.

„Nicht wirklich!" Vivian kostete den Brokkoli mit Pinienkernen. Ihr war etwas übel, wie fast jeden Tag. Sicher wurde es besser, wenn sie etwas aß. Antonella war wirklich eine begabte Köchin. Auch noch ein Grund, sich mit dieser Familie nicht zu liieren. Sie würde aufquellen wie ein Muffin im Ofen. Aber, verdammt, was war das denn …

„Ganz einfach: Folge deinem Herzen."

„Folge deinem Herzen?", stotterte Vivian und versuchte verzweifelt, die Welle von Übelkeit herunter zu schlucken.

„Ja, folge deinem Herzen …"

„Bitte entschuldige mich", unterbrach Vivian Silvia mit einem gequälten Lächeln. Sie stand so ruhig wie möglich auf, um kein Aufsehen zu erregen, und eilte zur Toilette. Nachdem sie die Tür hinter sich zugedrückt und die Klobrille hochgehoben hatte, übergab sie sich. Sie verharrte über der Schüssel. Kalter Schweiß bildete sich auf ihrer Stirn. Eine Tür fiel ins Schloss, klappernde Absätze näherten sich.

„Vivian, alles okay mit dir?"

„Alles bestens", log sie, würgte und erbrach sich erneut. Erschöpft wartete sie einen Augenblick, trocknete sich die Stirn mit Toilettenpapier. Als sie die Kabine verließ, stand Silvia am Waschbecken und hielt den Zipfel des Handtuchs unter den kalten Wasserhahn. Silvia legte Vivian den Arm um die Schultern und kühlte mit dem Handtuch ihre Stirn. Erschöpft schloss Vivian die Augen.

„Danke."

„Besser so?"

„Ja, es geht schon wieder."

Silvia warf das Handtuch in den Wäschekorb. „Willst du darüber sprechen?"

Vivian beugte sich zum Wasserhahn, schöpfte Wasser in ihre Hand und trank einen gierigen Schluck. Sie gurgelte und spuckte aus. Dieser eklige Geschmack im Mund, wie sie ihn hasste. Vivian seifte ihre Hände ein, massierte jeden einzelnen Finger und wusch sie unter dem warmen Wasser ab. „Ich habe nur zu viel in mich hineingestopft."

„Dem Vater des Kindes oder Gian kannst du was vormachen, aber mir nicht. Ich bin Hebamme und habe drei Kinder." Silvia reichte ihr ein frisches Handtuch. „Und? Will Morten das Kind? Oder bist du hier, weil er eine Abtreibung wünscht?"

„Nein, er weiß doch gar nicht, dass ich schwanger bin."

Silvia lachte. „Glückwunsch! Ich hatte doch recht. Du musst mich zu einem Espresso einladen."

„Gern", sagte Vivian und warf das Handtuch in den Bastkorb. „Weißt du, Morten wollte noch nie Kinder."

„Und du?"

„Ich habe immer davon geträumt."

„Dann ist ja alles gut. Wirst du es ihm sagen? Oder ist es vorbei mit euch?"

„Wenn ich das wüsste. Wahrscheinlich haben wir gerade unsere letzte Chance verspielt. Vielleicht ist es ja besser so."

„Tja, es ist einfach so: Liebe lässt uns alles überwinden, gleichzeitig ist sie manchmal auch das größte Problem."

„Wem sagst du das? Morten hat einfach aufgehört, mich zu lieben. Falls er das überhaupt mal getan hat." Vivian hörte selbst, wie bitter sie klang. So wollte sie nicht sein. Was passierte hier mit ihr?

„Dazu kann ich dir nichts sagen, aber Gian hat nie

aufgehört, dich zu lieben. Das solltest du wissen." Silvia legte ihr eine Hand auf die Schulter. „Glaub mir."

Vivian schüttelte genervt den Kopf. „Warum glauben alle immer, dass Gian mich nicht vergessen hat? Er war verheiratet, hat die bezauberndste Tochter der Welt."

„Weil es stimmt. Er liebt dich immer noch." Silvias Augen waren schwarz wie der Espresso, den sie gern trank. „Ja, Amata ist herrlich, aber hat er dir überhaupt von Hanna und sich erzählt?"

Vivian schüttelte den Kopf. Silvia legte ihr die Hand auf die Schulter.

„Frag ihn, bevor du eine Entscheidung triffst, und dann folge deinem Herzen. Und jetzt lass uns gehen, bevor die Mafia da draußen einen Suchtrupp losschickt."

Kurz darauf setzten sie sich wieder an den Tisch. Vivian war der Appetit vergangen, sie schob das Gemüse auf ihrem Teller hin und her. Später half sie mechanisch beim Abräumen des Geschirrs. Unablässig musste sie an das Kind denken. An den Vater des Kindes, den sie nicht mehr liebte, und an den Mann, der neben ihr saß und bei dessen Anblick ihr Herz einen Takt schneller schlug. Ehrlich, warum besaß er immer noch diese Macht über sie? Sie war nur hier, weil sie Amata einen Gefallen tun wollte. Bist du dir wirklich so sicher?

Immer wieder dachte sie an das Kind, das mit jedem Schlag ihres Herzens wuchs. Sie legte eine Hand auf ihren Bauch, fühlte, wie flach er noch war. Das würde sich bald ändern, und dann konnte sie es nicht länger verheimlichen.

MONA

Mona stemmte die Faust ins Kreuz. Ein stechender Schmerz bohrte bis in die Lenden. Voller Angst schleppte sie sich ins Schlafzimmer und fiel ins Bett. Ihre Hand ruhte auf der sachten Wölbung des Bauches, während sie beschwörend ihr Mantra herunter betete: Bleib bei mir. Bleib bei mir. Bleib bei mir.

Noch eine Fehlgeburt würde sie nicht mehr ertragen. Dieses Baby musste bei ihr bleiben. Sie brauchte nur Ruhe. Die letzten Tage waren zu hektisch gewesen. Sie hätte einfach nicht den Heuballen aus der Stallgasse befördern dürfen. Aber das Badewasser gestern Abend war nicht zu heiß gewesen, sie hatte es mit einem Thermostat kontrolliert, um sicher zu sein. Sie musste sich nur ausruhen. Viele Schwangere kämpften mit Krämpfen. Warum sollte sie eine Ausnahme sein? Das war normal.

Sie presste die Augen zu und versuchte zu schlafen, horchte immer wieder in ihren Körper, analysierte den Schmerz. Die Wellen kamen und gingen. Sie drehte sich auf die Seite, um den Krämpfen zu entfliehen, krümmte sich wie ein Embryo zusammen und wölbte ihren Körper schützend um das Baby. Eine neue Schmerzwelle überschwemmte sie, die ihr fast die Luft nahm.

Anders war mit Schülern ausgeritten. Sie erreichte ihn nicht, aber sie wollte nicht mehr allein sein. Tränen perlten über ihre Wangen. Mona fischte das Handy vom Nachttisch, tippte Vivians Nummer. Sie nahm auch nicht den Anruf entgegen. Dann sprang die Mailbox an.

„Vivian, du musst mir helfen!" Sie heulte jetzt fast vor Verzweiflung. „Ich habe fürchterliche Schmerzen …

Anders nimmt nicht ab. Vielleicht muss ich ins Krankenhaus. Wenn bloß nichts schiefgeht." Das Schniefen ging in ein Schluchzen über. „Komm, sobald du die Nachricht abhörst. Bitte."

Sie krümmte sich zusammen und starrte an die Wand.

VIVIAN

Vivian beobachtete Gian, der durch ihr Wohnzimmer ging. Der Tag hatte ihr schmerzhaft gezeigt, wie es sein könnte, wenn Rikke nicht gestorben wäre. Und jetzt dachte sie nur daran, wie sehr sie sich eine Familie mit Gian wünschte, eine Tochter wie Amata und das Kind, das in ihr wuchs. Das Kind, das sie sich schon so lange wünschte und das Morten niemals hatte haben wollen. Hatte er überhaupt ein Recht auf dieses Baby?

„Danke für den schönen Tag. Es war fast wie früher."

Er lachte. „Nur dass die Familie größer geworden ist. Und noch quirliger mit den Jungen."

„Das kannst du wohl sagen. Und du hast das tollste Mädchen. Ich wünschte, ich hätte eine Tochter wie sie." Vivian biss sich auf die Zunge und verfluchte sich für das, was sie gerade gesagt hatte. Sie hatte es nicht sagen wollen, aber es war ihr herausgerutscht, weil es die Wahrheit war. Damit hatte sie auch angedeutet, dass sie sich ein Leben mit Gian wünschte. Immer noch. Stopp! Sie erwartete Mortens Kind. Zumindest sollte sie ihn fragen, wie er zu dieser Schwangerschaft stand. Alles andere wäre nicht fair. Gian trat einen Schritt auf sie zu. Sofort polterte ihr Herz wieder los. Was machte dieser Mann bloß mit ihr?

„Weißt du, woran ich heute Nachmittag gedacht habe?"

Sie schüttelte den Kopf, fest entschlossen ihm nicht zu verraten, woran sie gedacht hatte.

„Erinnerst du dich an den Johannisabend, als wir weggelaufen sind und uns in den Dünen versteckt haben?"

„Wir waren siebzehn und bis über beide Ohren ineinander verknallt."

Sie spürte, wie Gian seine Hand auf ihren Rücken legte und die Finger sanft ihre steifen Muskeln massierten. Unwillkürlich schmiegte sie sich an ihn. Bei ihm hatte sie sich immer geborgen und sicher gefühlt wie in einem schützenden Hafen. Die Erinnerungen an ihre erste gemeinsame Nacht überwältigte sie. Mit Gian konnte sie sich zurückholen, wer sie einmal gewesen war: das junge Mädchen, voller Lachen, noch nicht bedrückt und enttäuscht vom Leben. Sie könnten es noch einmal miteinander versuchen.

„Woran denkst du?"

Sie spürte seinen Atem auf ihrer Stirn. „An früher, so wie es mit uns war."

Er küsste ihre Stirn. „Es könnte wieder so sein."

„Quatsch, wir haben uns verändert."

Er führte ihre Hände zu seinen Lippen und küsste ihre Fingerspitzen. Sie schauderte, wusste plötzlich, was und wen sie wollte. Sie wollte ihn. Mehr als alles auf der Welt. Mehr als sie Morten jemals begehrt hatte. Und mehr als sie Lena beschützen wollte. Ohne einen Gedanken an die Folgen presste sie sich fester an ihn. Und dem Baby wäre Gian ein besserer Vater als Morten.

„Bleib heute Nacht hier. Amata schläft doch bei einer Freundin." Sie küsste ihn innig, schmeckte ihn und klammerte sich an ihn wie eine Ertrinkende. Sie wollte ein Leben mit ihm, nicht mehr und nicht weniger, und wenn sie es nicht bekommen könnte, dann wollte sie wenigstens noch diese eine Nacht. Sie schlang die Beine um seine Taille und die Arme um seinen Hals, und ließ sich küssend hinauf ins Schlafzimmer tragen. Die Holzbohlen ächzten. Oben legte er sie aufs Bett, trat einen Schritt zurück und betrachtete sie so, als sähe er sie zum ersten Mal. Ein zufriedenes Lächeln auf den Lippen, nahm sie seine Hand und zog ihn zu sich herunter. Danach schrumpfte ihre Welt. Er gab nur noch Gian und sie.

MONA

MONA BISS SICH auf die Lippen und versuchte, die Tränen zurückzuhalten. Der Berlingo schoss pfeilschnell über die leeren Straßen. Gehöfte und vereinzelte Häuser flogen in der Dunkelheit an ihnen vorbei.

„Hast du Schmerzen?" Anders legte seine Hand auf Monas Knie und drückte sie sanft, aber sie wandte ihr tränennasses Gesicht ab und starrte aus dem Fenster.

„Ja." Sie presste ihre Hand schützend auf den Bauch.

„Ich will nicht noch schneller fahren, es könnte glatt sein." Er bremste, als ein Auto vor ihnen nach rechts abbog. „Warte ab, was der Ultraschall zeigt. Vielleicht wird doch noch alles gut", fügte er nach einigen Minuten hinzu, um sie zu beruhigen.

„Es ist so wie immer." Ihre Stimme war kratzig, so als wäre sie lange nicht gebraucht worden. Das Schweigen war voll Abschied, dachte sie, und ein Schluchzen schüttelte ihre Schultern.

Die Gärten der ersten Häuser der Stadt säumten den Weg. Das Licht wurde heller, Straßenlampen säumten die Hauptstraße. Jede Einzelheit ätzte sich in ihre Erinnerung. Die Reklame von der lachenden Familie an der Litfaßsäule. Eine Frau an der Bushaltestelle. Der Betrunkene, der auf dem Fahrradweg taumelte. Das Auto flog um eine Kurve und schlug den asphaltierten Weg zum Krankenhaus ein. Alles ging so schnell. Eine Ärztin mit aschblondem Stoppelhaar nahm sich ihrer an. Sie liefen zu einem Untersuchungszimmer. Schuhe quietschten auf dem Linoleum. Es roch nach Desinfektionsmittel und Seife, steril, leblos und keimfrei.

„Ich bin Ruth Kirkegaard. Warum sind Sie hier?"

„Ich bin schwanger, aber ich habe eine Blutung."

„Gut, ich schau es mir an. Es muss nichts Schlimmes sein." Sie legte beruhigend die Hand auf Monas Schulter. „Wie stark bluten Sie? Und wie weit ist die Schwangerschaft fortgeschritten?"

„16. Woche."

„Wir werden einen Ultraschall machen. Dann wissen wir mehr." Die Ärztin drückte tröstend Monas Hand. „Kopf hoch. Es muss keine Fehlgeburt sein."

Mechanisch kleidete sich Mona aus und legte alle Kleidungsstücke fein säuberlich auf den Hocker neben dem Tisch. Sie musste Ordnung in das Leben bringen, das gerade dabei war, auseinanderzufallen. Eine Krankenschwester legte eine Papiertuchbahn über die Pritsche. Mona setzte sich auf die Liege, ließ sich vorsichtig nach hinten fallen, spreizte die Beine und legte ihre Füße in die dafür vorgesehenen Stützen, immer den Blick auf den flimmernden Monitor gerichtet, während sie das Gefühl hatte, sie würde Anders Hand zerdrücken.

„Ich gebe nun kaltes Gel auf Ihren Bauch."

„Machen Sie schon, ich bin Experte. Ich will nur sehen, dass mit meinem Kind alles in Ordnung ist", wisperte Mona kaum hörbar und schluckte die Tränen herunter. Sie spürte das Gel auf ihrer Bauchdecke, dann den Kopf des Ultraschallgeräts, das über ihre zarte Wölbung fuhr. Ein Rauschen war zu hören.

„Wir müssen eine Aufnahme von innen machen, das Bild ist nicht klar genug."

Mona biss sich auf die Lippen, als die Ärztin den Ultraschallkopf einführte und schaute wieder auf den Monitor. Bitte, bitte, bleib bei mir.

„Da", der Finger der Ärztin machte den Embryo auf dem flackernden Bild aus. „Da haben wir ihn!"

Anders drückte Monas Hand, und einen Augenblick lang war die Welt wieder heil. Sie lächelten sich glücklich an. Ein winziger Mensch, der eher einer Kaulquappe mit Armen ähnlich sah, purzelte dort auf dem Bildschirm. Händchen, die sich ihnen entgegenstreckten, eine schwungvolle Nase. Alles war da. Mona spürte, wie Blut zwischen ihren Beinen tropfte. Ruth zog das Gerät aus Monas Scheide und bearbeitete wieder ihren Bauch. Ihre Unruhe pflanzte sich fort.

„Was ist?" Mona fixierte den Bildschirm mit ihrem Blick, als ob sie mit dem Bild das Kind festhalten könnte.

Auch Anders wurde unruhig. „Es ist doch alles in Ordnung?"

Immer noch schwieg die Gynäkologin. Was hatte sie? Ihr Kind streckte ihnen die Arme entgegen. Was suchte sie also noch? Es war perfekt. Ein perfektes Baby. Ihr Kind. Nichts fehlte. Ein Wunder der Schöpfung.

„16. Woche? Ist das korrekt?"

„Ja."

„Das kann nicht sein."

„Warum? Was ist los?"

„Ich kann keinen Herzschlag finden. Der Embryo …"

Mona schaute zu Anders. Sie ließ seine Hand los, starrte geradeaus. An der Wand war ein Regal mit Gaze und Verbänden. Darüber klebte eine verblasste Lithografie von Chagall. Die Liebenden.

„Es tut mir leid. Ich behalte Sie heute Nacht hier, zur Beobachtung, und morgen früh werden wir eine Ausschabung in die Wege leiten."

Mona krampfte ihre Hände zusammen. Anders half ihr, aufzustehen und sich anzukleiden. Doch sie bekam nichts mehr mit. Als ob eine andere Person in ihrem Körper steckte. Mechanisch tat sie, worum sie gebeten wurde, aber sie war längst nicht mehr im Raum.

15

Kattegat, 17. November

VIVIAN

HOFFENTLICH SCHAFFTE MONA ES. DER VERLUST MUSS-te ihr das Herz zerreißen. Anders hatte Vivian gebeten, sich um alles zu kümmern, während er und Mona im Krankenhaus waren. Er hatte sie vom Auto aus angerufen. Gestern hatte sie ihr Telefon zu Hause vergessen und deshalb Monas Anruf erst viel zu spät erhalten. Zu Hause angekommen, hatte sie sich nur für Gian interessiert. Eine knotige Faust bohrte sich in ihren Bauch. Beim letzten Mal, als sie und Gian Sex gehabt hatten, war Rikke gestorben. Und jetzt sollte Mona ihr Kind verlieren?

Vivian legte die Hand auf ihren Bauch. Nicht auszudenken, wie Mona es aufnehmen würde, wenn sie von dem Kind erfuhr, nachdem sie selbst eine Fehlgeburt gehabt hatte. Das Leben war alles andere als gerecht und überhaupt nicht zimperlich. Mona und Anders, sie hatten den perfekten Rahmen für eine wundervolle Familie geschaffen, aber es sollte einfach nicht sein.

Sie spitzte die Ohren, als sie Reifen über den Kies der Einfahrt rollen hörte.

Die beiden waren zurück. Kurz darauf kam Anders in den Stall, seine Schritte waren schwer. Schwarze Ringe lagen unter seinen Augen, die Haare waren zerzaust. Sie wappnete sich, atmete tief ein und ging ihm entgegen.

„Wir sind wieder da."

„Wo ist Mona?"

„Schon im Haus. Sie braucht jetzt Ruhe nach der Ausschabung." Er rieb sich die Augen.

Vivian legte die Hand auf Anders Schulter und drückte sie. „Geh zu ihr. Sie braucht dich jetzt. Ich mache das hier fertig. Nehmt euch Zeit zusammen."

„Danke, es ist nie leicht."

„Wie geht es ihr?" Sie strich sich eine Strähne aus dem Gesicht. „Blöde Frage, klar, aber ich meine …"

„Ich weiß es nicht wirklich. Sie macht zu, ist kaum ansprechbar. Also … es geht ihr sehr schlecht."

„Und dir? Was ist mir dir?"

„Miserabel." Er rieb sich die müden Augen. „Es ist wie ein Alptraum, und so sehr ich mich auch anstrenge, ich komme nicht frei."

„Was ist das doch für eine Scheiße." Sie drückte Anders an sich, und als das Zucken seiner bebenden Schultern unter ihren Händen nachließ, drehte sie ihn um und gab ihm einen Schubs. „Geh, ihr braucht jetzt einander."

Nachdem er fort war, ging sie zurück zur Stallgasse. Jeder Schritt war schwer, als trüge sie Bleikugeln an den Füßen. Sie mistete aus und verteilte das Futter. Immer wieder kreisten ihre Gedanken um das Kind. Das Kind, das niemals die Sonne sehen würde, und das Kind, das eine Familie brauchte.

Sie kam schließlich zu einem Entschluss: Sie würde Gian alles sagen, auch dass sie schwanger war. Nach der letzten Nacht wollte sie keine Geheimnisse vor ihm haben. Wenn ihre Beziehung überhaupt eine Chance haben sollte, dann nur, wenn sie ehrlich und offen miteinander umgingen. Besser als Morten und sie es jemals geschafft hatten.

Sie wollte Gian. Mit ihm würde sie sich trauen, ihr Kind aufzuziehen. Niemals hatte sie sich so geliebt und aufgehoben gefühlt wie in der letzten Nacht. Nicht einmal mit Morten hatte sie sich so gefühlt. Das hatte ihr zu denken gegeben. Die Entscheidung war gefallen. Wenn Gian es ernst meinte, dann wollte sie ihn. Und mit ihm das Kind.

GIAN

GIAN SUMMTE LEISE vor sich hin, während er mit gleichmäßigen Bewegungen die Schleifmaschine über die Bohlen des Fußbodens fuhr. Nur noch wenige Bretter, dann könnte er für heute Schluss machen und Vivian abholen. Er würde mit ihr und Amata zusammen essen und … Nun ja, er hatte den ganzen Tag an nichts anderes gedacht. Ein Summen und Vibrieren in seiner Hemdtasche kündigte ihm den Eingang einer Nachricht an. Sicher eine SMS von Vivian. Er stellte die Schleifmaschine ab, wischte sich mit dem Handrücken die feuchten Strähnen aus der Stirn, und öffnete sein Smartphone. Dann runzelte er die Stirn. Das konnte doch nicht wahr sein! Sein Herzschlag beschleunigte sich und versetzte ihm schmerzende Stiche. Verärgert stopfte er das Gerät wieder in die Hosentasche, ließ die Werkzeuge auf dem Fußboden liegen und verließ die Wohnung. Binnen Sekunden war er im Wagen und auf dem Weg. Vivian, er musste mit Vivian reden. Vielleicht war sie schon da. An der Ampel hämmerte er auf das Lenkrad und hupte, als ein Fahrer nicht augenblicklich anfuhr.

Endlich kam der Schotterweg in Sicht, der durch

Strandhafer und Dünen zu Vivians Domizil führte. Er bog ab. Die Scheinwerfer fraßen sich durch die Dämmerung. Warmes Licht schien aus den Sprossenfenstern des Reethauses. Er parkte, sprang aus dem Wagen und lief mit gebücktem Kopf und eingezogenen Schultern durch den Graupelschauer. Noch bevor er klingeln konnte, öffnete Vivian die Haustür und schlang ihm die Arme um den Hals. Kurz darauf schob er sie von sich und schlüpfte aus Schuhen und Jacke.

„Wir müssen reden."

„Was ist los? Du siehst besorgt …", sie legte den Kopf schräg und musterte ihn ausgiebig, „nein, eher wütend aus. Komm, ich habe gerade Tee gekocht."

Er schlurfte hinter ihr in die Küche.

„Hast du schon von Mona gehört?", fragte sie und schenkte Tee ein.

„Nein." Gian fiel ächzend auf die Eckbank, zerbröselte ein Brot und fing an zu essen. „Hat sie wieder das Kind verloren?"

„Ja, gestern Nacht."

„Ach man, auch das noch. Wie geht es ihnen?"

„Miserabel. Mona ist ganz apathisch, fast katatonisch. Ich konnte gar nicht mit ihr in Kontakt kommen. Grauenvoll. Und Anders tut alles, um ihr zu helfen."

Vivian stellte einen Becher Tee vor ihn. „Rück raus? Warum bist du hergekommen?"

„Bis eben war alles sehr gut."

Vivian stellte sich hinter ihn und massierte seine Schultern. „Also?" Der Druck ihrer kreisenden Bewegungen wurde stärker, erschöpft schloss er die Augen.

„Sie haben meine Blutgruppe bestimmt, nachdem ich Blut gespendet habe. Das war Amatas fixe Idee und eben habe ich eine SMS bekommen." Er zuckte zusammen. „Au, nicht so feste, eiserne Lady. Ich habe Blutgruppe 0."

„Das ist dir aber nicht neu, oder?"

„Doch. Solche Details vergesse ich schnell, sie sind mir nicht so wichtig. Sonst hätte ich längst gewusst, dass Hanna mir ein Kind untergejubelt hat. Amata hat AB."

„Was? Ist Amata nun dein Kind oder nicht?"

„Sie ist es nicht, und ich Idiot habe die ganze Zeit geglaubt, dass Amata mein Kind ist. Warum nur hat Hanna mir nie die Wahrheit gesagt?"

„Was glaubst du selbst?"

„Keine Ahnung …" Er raufte sich die Haare. Wie hatte Hanna ihn so hintergehen können? Warum hatte sie nie die Wahrheit gesagt? War sein ganzes Leben nur eine einzige Lüge gewesen?

Vivian kaute auf ihrer Lippe. „Aber das alles ändert doch nichts an deiner Liebe zu Amata!"

Nein, Amata – das war keine Lüge. Nicht seine Liebe zu ihr. „Nein, natürlich nicht", protestierte er. „Aber ich fühle mich hintergangen und ausgenutzt. Ich verspreche dir, ich werde mir niemals mehr ein Kuckucksei ins Nest legen lassen."

Er sprang auf und tigerte durch die Küche, die Hände zu Fäusten geballt. „Hanna wollte damals schnell heiraten … Ich dachte, sie würde mein Kind erwarten. Da konnte ich sie nicht allein lassen. Wir waren nicht besonders lange zusammen, bevor sie schwanger wurde."

„Hanna wollte es dir sicher erzählen. Später, oder ihr ist was dazwischen gekommen. Vielleicht hat sie dazu keine Gelegenheit …"

„Hör auf!", unterbrach er sie wütend und drehte sich um. Warum verstand sie seine Frustration nicht. Er war so zornig, dass er glaubte, von innen zu verglühen. Nicht, weil er Amata ein Vater gewesen war, sondern weil Hanna ihm nicht genug vertraut hatte. Sie hatte ihn unter Druck gesetzt. Sonst hätten sie wahrscheinlich nie geheiratet. „Hanna", zischte er mit drohend leiser Stimme, „hatte reichlich Zeit, genug Zeit, es mir vor der Hochzeit zu sagen! Und dann waren wir mehrere Jahre verheiratet!"

„Hat sie jemals angedeutet, dass das Kind nicht von dir wäre? Oder hat sie dir gesagt, dass Amata deine Tochter ist?"

„Nein, eines Abends kam sie zu mir, meinte, dass sie schwanger ist, und mich mit großen Augen angeschaut. Da war doch klar, dass ich der Vater bin."

„Na ja, nicht unbedingt. Vielleicht warst du einfach der nette Kerl, dem man alles erzählen konnte."

Er schnaufte. Ja, der nette Kerl, der die Kohlen für jemand anderen aus dem Feuer geholt hatte. „Der Idiot, dem man einen Bären aufbinden konnte", murmelte er wütend. „Nur die Wahrheit hat sie mir nicht gesagt, was …"

Vivian setzte sich. „Und später? Als Amata geboren war? Was war dann?"

„Nachdem wir geheiratet haben? Da habe ich nicht mehr gefragt. Amata war meine Tochter. Hanna hat immer gesagt, dass Amata keinen besseren Vater haben könnte. Ich habe mich nie darüber gewundert. Oh Mann, wie leichtgläubig ich war." Er setzte sich wieder an den Tisch und trank einen Schluck Tee. „Ich bin so ein Idiot."

„Vielleicht hast du ihr keine Zeit gegeben, um dir die Geschichte zu Ende zu erzählen, und später hat sie sich geschämt, die Wahrheit zu sagen."

„Bin ich jetzt plötzlich an allem schuld?"

„Das habe ich nicht gesagt."

„Hast du doch."

„Hätte sich etwas für dich geändert?"

„Verdammt, ja. Alles hätte sich geändert. Nicht für Amata, aber für mich. Hanna hat mir nicht vertraut, sondern mich hintergangen, und darauf kann ich keine Beziehung aufbauen!"

Vivian setzte sich auf die andere Seite des Tisches. „Vielleicht hatte sie einfach Angst zu verlieren, was sie unerwartet bekommen hat."

„Was soll das denn heißen?"

„Morten und ich … Also, dass es mit uns nicht geklappt hat, hatte auch was mit mir zu tun. Wenn ich ehrlich bin, glaub ich manchmal, dass ich mich nicht richtig in Morten verliebt habe, sondern in die Gefühle, die er in mir geweckt hat. Er gab mir Sicherheit in einer schweren Zeit. Nach Rikkes Tod hatte ich Angst, allein zu sein. Ich hatte Schuldgefühle. Morten war da. Immer wieder hatte ich Zweifel und habe mich gefragt, wann auch er erkennen würde, dass ich seiner nicht würdig wäre. Das hat mich angestachelt, mich ihm von der besten Seite zu zeigen. Ich habe versucht, ihm jeden Wunsch von den Augen abzulesen, habe seine Ausbildung finanziert, meine Wünsche zurückgestellt, die Wünsche von einer Familie, Heirat, einem Alltag in Dänemark." Sie nahm die Brille ab und rieb sich die Augen. „Zuhause habe ich instinktiv all die Themen vermieden, die ihm nicht behagten. Ich war nicht ich selbst und nicht besonders ehrlich. Die ganze Zeit hat es in mir eine leise Stimme gegeben, die mich ermahnt hat, mich nicht zu verbiegen, die mich regelrecht gescholten hat, dass ich nicht aufrichtig bin. Aber ich habe sie geflissentlich überhört. Ich wollte sie nicht hören, weil ich Angst hatte, Morten würde sonst sein Interesse an mir verlieren und mich verlassen – so wie Rikke, so wie du, so wie meine Eltern. Diese Angst war größer als meine Ehrlichkeit. Heute bereue ich das."

„Und du meinst, Hanna könnte ähnlich gedacht haben?"

„Manchmal wird es schwerer, die Wahrheit zu sagen, wenn wir zu lange damit warten. Dann wird die Lüge zu unserer Wahrheit, und Amata war ja dein Kind, nein, sie ist immer noch dein Kind. Du warst immer für sie da. Daran kann der Bescheid doch wohl auch nichts mehr ändern."

„Nein, sie hätte so etwas Wichtiges nicht verschweigen dürfen. Ich sage dir, ich war der Idiot, dem man ein Kind untergejubelt hat. Das wird mir niemals mehr passieren", beharrte Gian. Er legte seine Hand auf Vivians und umschloss ihre Finger. Kalt waren sie, doch sie entzog sich seinem Griff.

„Wahrscheinlich ist es besser, wenn du ein bisschen Zeit für dich hast."

Warum? Warum sollte er jetzt gehen? Er ballte seine Hand zur Faust. Er verstand es einfach nicht. Warum ging es nicht in Vivians Kopf, dass er sich betrogen fühlte? Resigniert stand er auf. „Dann sehen wir uns morgen?"

Sie brachte ihn zur Tür. „Ich weiß nicht, ob ich morgen Zeit habe. Ich bin wieder im Reitstall und Mona …"

Er legte seine Hand unter ihr Kinn und blickte ihr in die Augen. Traurig war sie. Das war verständlich, im Anbetracht dessen, was Mona passiert war. Aber war das Grund genug, um sich nicht zu sehen? Sie hätte nicht für

Hanna Partei ergreifen dürfen. Das war einfach grundverkehrt. Er trat auf die Veranda. „Melde dich, wenn du Zeit hast."

Sie warf die Tür hinter ihm ins Schloss, bevor er überhaupt seinen Berlingo erreicht hatte. Verwirrt überlegte er, was da gerade so furchtbar schiefgelaufen war.

16

Kattegat, 20. November

VIVIAN

V IVIAN BETRACHTETE MONA, DEREN VIOLETTE HAARE im Licht der Morgensonne matt und ungepflegt aussahen. Seit zwei Stunden kauerte sie mit rundem Rücken auf der anderen Seite des Tisches, der Blick getrübt. Ihre Bewegungen, sonst voller Leben, waren schwerfällig und langsam. Worte tropften wie zäher Honig aus ihrem Mund.

Was konnte sie tun, um Mona zu helfen? Ihr Schmerz war so greifbar, aber sie war unerreichbar für Vivian, deren eigene Sorgen ihr belanglos angesichts von Monas Trauer erschienen.

Wie sollte sie Mona jemals erzählen, dass sie einen Termin im Krankenhaus hatte? Sie würde doch abtreiben. Und wie sollte sie um ihr Kind trauern können, so wie Mona es jetzt tat, wenn sie es selbst verstieß? Sie wagte nicht, ihrer Freundin in die Augen zu schauen.

Das Schweigen hockte zwischen ihnen wie eine kalte Wand. Kolumbus allerdings hatte Monas Herz erweichen können. Erst war er um ihre Füße gestrichen, leise schnurrend, als ob er spürte, dass sie die Nähe, die sie nicht zulassen konnte, so sehr brauchte. Als sie sich dann noch immer nicht rührte und seinen Annäherungsversuch ignorierte, nahm er die Sache selbst in die Hand. Mit einem kühnen Satz sprang er auf ihren Schoß und rollte sich geräuschvoll zusammen.

Monas Hand vergrub sich in dem weichen Fell, Tränen tropften von ihren Wangen. Kolumbus schnurrte wohlig.

Vivian stand auf und trug den kalt gewordenen Tee zur Spüle, als es an der Haustür schellte.

„Ich sehe nur schnell nach, wer es ist", rief Vivian über die Schulter, erleichtert, eine Atempause zu bekommen. Sie öffnete die Haustür. Ein Mann, hochgewachsen, mit kantigen Zügen und buschigen Augenbrauen, wippte auf und ab und grinste sie an.

„Guten Tag, ich bin Brian. Ich komme, um die neue Alarmanlage zu installieren."

„Ach ja, das habe ich vergessen. Kommen Sie herein." Vivian nickte, schüttelte Brians Hand und bat ihn ins Haus. Er stellte seinen Werkzeugkasten auf den Fußboden und blickte sich um.

„Darf ich eine Runde durch das Haus gehen, um zu sehen, wo die Sender angebracht werden müssen?"

„Natürlich, gehen Sie einfach umher. Ich habe einen Gast, und wenn Sie mich suchen, dann finden Sie uns in der Küche."

Ein Stuhl scharrte, und Kolumbus mauzte. Dann schleppte Mona sich die Treppe hoch ins Badezimmer. Vivian sah ihr besorgt nach. Hoffentlich hatte sie die Packung mit dem Schwangerschaftstest weggeräumt ... Es wäre nicht gut, wenn Mona ihn finden würde.

„Gibt es nur die Terrassentür und den Eingang hier?" Brian war von seiner Runde zurückgekommen.

„Ja."

„Dann denke ich, wir sollten die Sender hier unten installieren."

Oben rauschte die Spülung, und Mona stolperte

schwerfällig die Treppe hinunter. Ihr Blick funkelte, aber da täuschte sie sich sicher.

„Ich muss gehen, Prinzessin. Du hast ja auch zu tun."

„Komm wieder, wenn du Lust hast, und ruf mich an, wenn ich irgendetwas für dich tun kann." Vivian drückte Mona an sich, doch statt die Umarmung zu erwidern, versteifte sie sich und wandte sich ab. Vivian ließ sie frei und betrachtete sie lange. „Ich meine es ernst."

„Du?" Monas Stimme war schrill. Brian, der sich im hinteren Wohnzimmer zu schaffen machte, schaute alarmiert auf. „Du hast doch keine Ahnung. Wie solltest du auch mit deinem Leben? Warum bin ich überhaupt noch hier?"

Vivian kaute betroffen auf der Unterlippe, während Mona sich ihre Mütze über die lila Haare stülpte. „Ich weiß, wie du dich fühlst. Da ist eine Leere, ein riesiges Loch …"

„Du weißt überhaupt nichts. Du hast noch nie jemanden verloren."

Vivian zuckte zusammen. Noch nie jemanden verloren? Sie hatte so viele Verluste erlebt, dass ihr Herz viel zu früh damit klarkommen musste. Erst Rikke und kurz darauf ihre Eltern. Für Rikkes Tod fühlte sie sich immer noch verantwortlich. Was bildete Mona sich eigentlich ein? Sie wusste genau, dass sich damals alles verändert hatte: Sie hatte Gian verloren, und jetzt hatte Morten sie betrogen und glaubte, sie hätten noch eine Chance verdient. Meinte Mona im Ernst, dass sie nicht genauso davon reden könnte, was es bedeutete, Leere zu spüren? Vivian öffnete den Mund, um sich zu verteidigen, aber dann schloss sie ihn wieder. Mona war verletzt, sie wusste nicht, was sie sagte. Warum sollte

Vivian mit ihren Worten nur noch alles schlimmer machen?

Mona schnappte sich den Anorak vom Stuhl. Ein Papier fiel auf den Boden und ihre Augen flogen über das Blatt, trafen Vivians. Hastig hob Vivian den Brief auf. Es war das Schreiben der Klinik. Einen Lidschlag lang überlegte sie, ob Mona verstanden hatte, dass sie schwanger war und einen Termin zur Abtreibung bekommen hatte.

„Ich kann es dir erklären, Mona, warte doch."

„Du brauchst mir überhaupt nichts mehr erklären. Vergleich dich nie mehr mit mir."

Dann knallte die Haustür ins Schloss. Vivian stand zitternd im Flur, die Hände auf den Mund gepresst.

17

Kattegat, 21. November

VIVIAN

NEONLICHT TAUCHTE DAS WARTEZIMMER IN KALTES Weiß. Leise summten die Röhren. Eine Raumpflegerin zerrte Eimer und Putzutensilien hinter sich her. Vivian fuhr mit der Hand über die Hochglanzseiten des Modemagazins. Lachende Gesichter, Glamour und ausgefallene Kleider sprangen ihr in die Augen, eine Welt, die so wenig mit der Wirklichkeit der meisten Menschen zu tun hatte, aber von der viele glaubten, sie wäre erstrebenswert. Obwohl die Artikel sie langweilten, versuchte sie, weiterzulesen oder besser gesagt zu blättern und Bilder anzuschauen. Sie wollte nicht daran denken, wo sie saß und was sie vorhatte. Doch die Buchstaben und Konturen verschwammen vor ihren Augen. Sie blinzelte die Tränen weg. Sie würde es wegmachen lassen. Einfach so. Bei dem Gedanken lief es ihr plötzlich kalt über den Rücken. War es die richtige Entscheidung? Auch wenn sie gestern noch alle Argumente säuberlich aufgelistet hatte, der Zweifel, ob sie wirklich das Richtige gewählt hatte, nagte seit heute Morgen wieder fester an ihr. Aber hatte sie überhaupt eine andere Wahl? Sie hatte sich doch gut überlegt, was sie wollte. *Es* – das, was in ihr lebte, war kein *Es*, sondern ein kleiner Mensch. Eine *Sie* oder ein *Er*.

Vivian verschränkte die Finger, bis die Knöchel bleich hervortraten. Wenn sie doch einen Ausweg sehen könnte.

Momentan war ihr Leben einfach zu chaotisch. Auf Morten wollte sie nicht mehr zählen. Sie glaubte nicht daran, dass er sich verändert hatte. Gut, er hatte sich um sie gekümmert, als es ihr nach Rikkes Tod schlecht ging. Damals, als sie so verletzlich gewesen war. Aber warum hatte er es getan? Weil ihm etwas an ihr lag? Wegen ihr oder weil er wusste, dass sie ihm finanziell das Leben ermöglichen konnte, das er wollte? Heute war sie sich nicht mehr so sicher, dass er ihr aus Liebe und Zuneigung beigestanden hatte. Und dann Gian, ja, wo er stand, hatte er neulich deutlich gesagt. Mit seinen Worten hatte er sie so enttäuscht, dass sie glaubte, im falschen Film gelandet zu sein. Wo war ihre Menschenkenntnis geblieben?

Sie warf das Hochglanzmagazin achtlos auf den Tisch, schlang den grünen Strickponcho enger um sich und versteckte die Hände in den weiten Ärmeln. Gefühlte Tausend Mal las sie den Infozettel an der Wand. Der Eingriff dauerte normalerweise fünfzehn Minuten und hatte nur geringfügige Nachwirkungen. Aber schon nach zwei Tagen konnten die Patientinnen ihre Arbeit wieder aufnehmen. Schmerzloser ging es fast nicht mehr. Es. Sie. Er.

Als ob es auf die Ruhephasen, kleine Unpässlichkeiten oder die Länge des Eingriffs ankam. Wichtig war doch nur, ob sie mit den Konsequenzen der Entscheidung weiterleben konnte. Schließlich war es nicht irgendein medizinischer Eingriff, sondern eine Abtreibung, die Frauen hier vornahmen. Bezahlt von der Krankenkasse. Auf der einen Seite der Wand wurde Leben ausgelöscht, warum auch immer. Und auf der anderen Seite kämpfte das Personal mit allen Mitteln um die Verlängerung des

Daseins, eines Krebspatienten oder eines Unfallopfers oder so wie bei Mona, die sich so sehr ein Kind wünschte.

Sie betrachtete die Wartenden. Die meisten Frauen waren allein gekommen. Ein junges Mädchen, wahrscheinlich erst fünfzehn, höchstens sechzehn, hockte mit zusammengedrückten Knien und gesenktem Kopf auf einem Plastikstuhl. Eine langbeinige nordische Schönheit blätterte in einer Zeitschrift, um sich abzulenken, genauso wie Vivian es vor wenigen Minuten getan hatte. Vivian betrachtete die Gesichter. Was für eine Geschichte verbarg sich hinter ihnen?

Sie legte die Hände schützend über den Bauch. Dort, in ihr, wuchs etwas heran. Ein Kind. In nur fünfzehn Minuten wären alle ihre Probleme gelöst. Zumindest fast alle. Aber was wäre, wenn sie sich ihr ganzes Leben danach sehnen würde, den Duft dieses Babys einzuatmen? Mit ihrem Kind zu spielen? Sie folgte mit den Augen dem Muster des Fußbodens. Rechts, geradeaus. Links, geradeaus. Ein Labyrinth. So wie ihr Leben.

„Vivian Sangild."

Vivian blickte von den weißen Gesundheitsschuhen, die plötzlich in ihrem Sichtfeld aufgetaucht waren, hoch in das runde Gesicht der Krankenschwester, deren Augen tief in den Höhlen lagen und hinter den schwarzen Schatten und dicken Augensäcken fast verschwanden. Sie war Pakistani oder Inderin und hatte vorher schon Vivians Personalien aufgenommen. Aufmunternd lächelte sie Vivian an. „Sie sind dran."

Vivian atmete tief durch und kämpfte gegen die plötzlich aufsteigende Panik. Die Schwere der Entscheidung überwältigte sie. Einen schrecklichen Moment lang konnte sie sich nicht rühren. Die Pflegerin half ihr auf.

Mechanisch setzte Vivian sich in Bewegung. Schritt für Schritt, ermahnte sie sich, und folgte der weißen Gestalt mit zitternden Knien über den Gang. Etwas anderes wagte sie nicht zu denken. Schuhsohlen quietschten auf dem Linoleum. Die Krankenschwester hielt ihr die Tür auf. Ein Krankenhausbett stand in der Mitte des Zimmers, die sterile Kleidung lag bereit. Wieder weiße Wände. Hier war wirklich nichts, was einen Menschen willkommen hieß. Die Schwester reichte Vivian drei Tabletten mit einem Glas Wasser. „Nehmen Sie die. Paracetamol und Ibuprofen, zur Beruhigung. Die meisten sind sehr aufgekratzt vor dem Eingriff."

Vivian schluckte die Tabletten und reichte ihr das Glas.

„Ziehen Sie die OP-Kleidung an, die dort liegt. Ich kann Ihnen bei den Sicherheitsstrümpfen helfen, wenn die schwer anzuziehen sind. In wenigen Minuten kommt die Ärztin."

Vivian brachte kein Wort über die Lippen. Als die Krankenschwester das Zimmer verlassen hatte, starrte sie aus dem Fenster in den grauen Morgen hinaus. Erschöpft lehnte sie die Stirn an das kalte Glas.

Windböen rüttelten an kahlen Ästen und bogen sie sanft nach unten. Vivian schlang die Arme um den Körper, berührte Wolle, weich und warm. Ein Schluchzen entfuhr ihren Lippen. Die Tür hinter ihr wurde geöffnet. Vivian drehte sich um und sah, wie eine Ärztin über die Schwelle trat. Der Mundschutz baumelte vor ihrem Hals. Erstaunt musterte sie Vivian von Kopf bis Fuß.

„Hallo, ich bin Dr. Vinter, die Anästhesistin. Sie sind noch nicht fertig? "

„Nein, ich bin noch nicht bereit."

„Ziehen Sie sich um und legen Sie sich aufs Bett. Ich bin gleich wieder da, wenn ich die nächste Patientin versorgt habe. Dann haben Sie ein wenig Luft."

In ein paar Minuten wäre alles vorbei. Unwiederbringlich. Sie wischte sich mit dem Handrücken die Tränen ab. Dann drückte sie die Schultern nach hinten. Sie vergeudete Zeit. Niemals würde sie damit leben können. Ihre Gefühle waren momentan ein hoffnungsloses Durcheinander, aber auf einmal war sie felsenfest davon überzeugt, dass sie richtig handelte, wenn sie jetzt abhaute, bevor es zu spät war. Ohne jeden Zweifel.

18

Kattegat, 23. November

VIVIAN

VIVIAN HOCKTE MIT ANGEWINKELTEN BEINEN VOR DEM Kamin und starrte in die züngelnden Flammen. Sie hatte versucht zu lesen, aber die Buchstaben ergaben einfach keinen Sinn. Erschöpft lehnte sie den Kopf zurück und starrte in die tanzenden Flammen.

Ihre Gedanken sprangen zu Mona und Anders. Als sie heute auf dem Hof nach der Arbeit bei Mona vorbeigeschaut hatte, war Mona so verschlossen gewesen, dass die Angst Vivians Herz zuschnürte. Mona wirkte fast apathisch, reagierte ohne Leben in den Augen, so als täte sie das, was von ihr erwartet wurde, aber ohne wirklich anwesend zu sein. Monas Augen! Allein bei dem Gedanken rieselte ein Schauder über Vivians Arme. Und der arme Anders, er war stiller als sonst. Einmal hatte sie sogar gesehen, wie er sich verstohlen Tränen abwischte, als er sich unbeobachtet glaubte.

Jemand klopfte ans Fenster. Vivians Kopf ruckte hoch. Sie warf die Müdigkeit ab wie ein verschwitztes Hemd. Ihr Herz galoppierte vor Schreck. Sobald sie sich beruhigt hatte, stand sie auf und schaute hinaus. Morten! Was wollte er hier?

Er winkte, schenkte ihr ein strahlendes Lächeln, so wie früher, als noch alles in Ordnung gewesen war, und schlang schlotternd die Arme um die Schultern, um ihr zu zeigen, dass er fror und gern ins Haus wollte. Einzelne

Schneeflocken segelten sanft durch die Luft und landeten Sternen gleich auf seinem Haupt. Vivian öffnete die Verandatür.

„Ich habe geklingelt, aber du hast nichts gehört. Habe ich dich erschreckt, als ich angeklopft habe? Das wollte ich nicht." Er küsste sie auf die Wange. Dann schlüpfte er aus den Stiefeln und trug den Kaschmirmantel durch das Wohnzimmer zur Garderobe.

„Morten, was willst du hier?"

„Mit dir reden. Am Telefon geht das nicht."

Sie sog hörbar die Luft ein. „Dann bist du vergeblich gekommen. Ich komme nicht nach Berlin zurück. Zumindest nicht sofort."

„Aber wir müssen miteinander reden. Wir können die Sache nicht so abschließen."

„Mehr als eine Sache war es also nicht?"

„Ehrlich, Vivian", sagte er und entblößte seine makellose Zahnreihe. „Ich will, dass alles wieder gut ist zwischen uns."

„Ich muss nicht mehr reden. Du hast gehandelt, und ich habe deine Botschaft verstanden." Merkwürdig. Sie war nur noch traurig, die Wut war verflogen. Ihr Platz war nicht mehr an Mortens Seite.

„Katarina, das war nur eine Affäre, nichts Ernstes. Aber wir zwei, wir haben so viele gemeinsame Erinnerungen, so viel gemeinsames Leben." Er trat einen Schritt auf sie zu. Seine Stimme klang verführerisch.

Sie lehnte an der Küchenzeile und starrte ihn an. Er war ein schöner Mann, mit ebenmäßigen Zügen. Aber seine Augen waren kalt. Warum war ihr das nie aufgefallen? Warum war sie so lange mit ihm zusammengewesen? Er hatte sie benutzt, und das tat schrecklich weh.

„Ich kann das, was geschehen ist, nicht rückgängig machen, aber ich möchte es wiedergutmachen. Bitte gib mir dazu die Gelegenheit."

Draußen fiel die Dunkelheit wie ein schwarzes Tuch vom Himmel.

„Wie meinst du das: wiedergutmachen?"

„Mein Gott, Vivian, ich entschuldige mich bei dir. Ich weiß nicht, was in mich gefahren ist, als Katarina da war. Es war kurz vor der Ausstellung, ich stand unter Druck." Er lachte nervös. „Glaub mir, seitdem du weg bist, bricht mein Leben auseinander. Ich denke nur daran, wie wir wieder zusammenkommen können, wie wir uns versöhnen und einen neuen Anfang bekommen." Er machte eine theatralische Pause und sah sie an. „Ich will dich zurückhaben."

„Woran denkst du wirklich? Daran, dass dein so wohlgeordnetes Leben auseinanderbricht? Oder an mich, die hier oben ganz allein lebt?" Vivian atmete tief aus.

„Ich denke an dich, an uns. Ich wünsche mir noch eine Chance für uns beide. Verdammt, ich krieg keinen Pinselstrich mehr getan."

„Ach so, darum geht es." Sie schüttelte den Kopf und lächelte traurig. „Das ist nicht meine Schuld."

„Das habe ich auch nicht gesagt."

Vivian verschränkte die Arme vor der Brust. „Ich hatte genug Zeit zum Nachdenken hier. Es war nicht nur deine Schuld. Wir sind einfach zu weit auseinander gedriftet, als dass wir wieder zusammenfinden können. Es ist auch meine Schuld, aber ich hätte mir gewünscht, dass du einen anderen Weg gefunden hättest, um mir zu sagen, dass es aus ist zwischen uns. Ich bin keine Herausforderung für dich. Ich habe immer versucht, dir alles recht zu machen, und mich selbst dabei vergessen."

Seine Augen waren rund vor Staunen. „Das ist doch perfekt, Vivian", sagte er und lächelte. „Dann wissen wir beide, was wir in Zukunft anders machen müssen." Er schob den Stuhl zurück und trat einen Schritt auf sie zu. „Ich glaube immer noch an uns." Dann schlang er die Arme um sie und küsste sie auf den Mund. Sie presste ihre Hände auf seine Brust und stieß ihn weg.

„Morten, es ist trotzdem vorbei. Du solltest jetzt besser gehen."

„Das war es dann?"

„Ja, das war es dann. Es tut mir leid."

Sie musste einen Schnitt machen, damit das Leben weitergehen konnte. Von dem Kind brauchte sie ihm nichts zu erzählen. Sie würde es allein aufziehen. Hier in Dänemark. Obwohl ihr Herz weinte, nicht über den Verlust ihrer Beziehung, sondern über die verlorenen Jahre, in denen sie sich nicht erlaubt hatte, sie selbst zu sein.

„Es tut mir leid, dass es so kommen musste." Er ging aus der Küche und drehte sich um. „Du siehst sehr müde aus." Seine Fürsorge, so unerwartet, berührte sie. Fast hatte sie Lust, ihn zurückzuhalten und wieder in das gewohnte Leben mit ihm einzutauchen. Einfach, weil es ihr Sicherheit gab. Aber diese Zeiten waren vorbei. Jetzt erkannte sie, dass das seine Masche war. Peitsche und Zuckerbrot. Und ihre, weil sie sich von Sicherheit verleiten ließ, ihre Träume aufzugeben.

„Mir tut es auch leid, aber es ist besser so – für uns beide." Sie reichte ihm Handschuhe und Stiefel.

„Darf ich heute Nacht nicht wenigstens hier übernachten? Ich habe kein Zimmer."

„Im *Lisegaarden* ist sicher noch was frei um diese Zeit."

„Ist das dein letztes Wort?"

„Ja, geh jetzt, Morten."

GIAN

SCHNEEFLOCKEN SCHMOLZEN auf der Windschutzscheibe, als Gian im Schritttempo in die Zufahrt zum Dünenhaus einbog. In den letzten Tagen war ein eisiger Wind über das Land gefegt, und obwohl der Boden kalt war, blieb der Schnee nicht liegen. Er musste unbedingt mit Vivian reden, aber er bekam sie nicht ans Telefon.

Sicher, sie war oft bei Anders und Mona und arbeitete, soviel sie konnte, damit die zwei Zeit füreinander hatten. Er wunderte sich nur, dass sie auch abends keine Anrufe entgegennehmen wollte.

Was war schiefgelaufen? Seit der gemeinsamen Nacht spürte er ihre Lippen auf seinen und ihre Hände auf seiner Haut und sehnte sich so sehr, wieder mit ihr zusammen zu sein, dass es schmerzte. Eigentlich hatte er gedacht, dass sie nun endlich den neuen Anfang bekämen, von dem er immer geträumt, aber nie zu hoffen gewagt hatte, nachdem Rikke ertrunken und kurz darauf Morten in Vivians Leben getreten war. Er hatte so sehr gehofft, dass sie eine zweite Chance bekamen, dass die Liebe doch siegen würde. Aber jetzt wusste er wirklich nicht mehr, woran er war. Vivian war unerreichbar, unversöhnlich, und sosehr er auch sein Hirn zermarterte, er hatte nicht den blassesten Schimmer, was los war. Es wurde Zeit, dass er vorbeischaute, um mit ihr zu reden.

Er kniff die Augen zusammen, um besser zu sehen,

und atmete erleichtert auf. Sie war zu Hause! Am Ende des Weges flutete Licht aus den Fenstern des Reethauses. Gleich würde er sie in die Arme schließen. Dann wäre alles wieder gut.

Aus dem Dunkel schälten sich die Umrisse des Hauses und wurden deutlicher, während sich die Scheinwerfer durch den schwarzen Abend frästen. Vor dem Haus parkte ein ziemlich schicker Wagen. Gian hielt den Berlingo an. Wenn sie Besuch hatte, war es vielleicht doch keine gute Idee, vorbei zu sehen. Der Wagen kam aus Deutschland.

Oh Mann! Morten! Eine kalte Hand griff nach seinem Herzen. Er kam wieder zu spät. Als er eine Bewegung in der Küche wahrnahm, hob er den Blick vom Nummernschild und blickte hoch. Morten hielt Vivian, seine Vivian, in den Armen und küsste sie.

Das also war der Grund, warum sie sich nicht gemeldet hatte. Er hämmerte die Hand auf den Lenker, stöhnte und fuhr rückwärts die Schotterstraße zurück. Dies hier war schlimmer als seine ärgsten Albträume. Warum nur? Warum nur musste sich alles wiederholen?

MORTEN

MORTEN WARTETE AUF EINEN TELLER Fish and Chips. Vivians barsche Reaktion hatte ihn völlig aus der Bahn geworfen.

Was bildete sie sich ein, ihn so abzuweisen? Jetzt musste er sich auch noch ein Zimmer nehmen, obwohl das Haus doch ihm fast genauso gehörte wie ihr, und die Frühstückspension, der *Lisegaarden*, war ausgebucht.

Immerhin waren sie seit Jahren ein festes Paar. Da hatte man eine Gütergemeinschaft!

Der Besitzer des Grills, ein Iraker mit nachtschwarzen Haaren, stellte den Teller vor Morten.

„Danke." Er hatte sich lange nicht mehr so allein gefühlt. Familie hatte er nicht, Katarina wollte ihn nicht mehr, und Vivian hatte ihn auch abserviert. Es gab keinen Menschen in seinem Leben, dem er etwas bedeutete. Frustriert trank er einen Schluck. So wollte er nicht leben. Wie hatte er sich bloß in dieses Schlamassel hereingeritten? Momentan fühlte sich sein Leben an wie eine schmierige Rutschpartie. Ob Menschen doch wichtiger waren als Statussymbole, Ruhm und Sex?

Die Tür ging auf, und ein chinesisches Windspiel erklang. Morten streute Salz über die Pommes und stopfte sich lustlos eine Fritte in den Mund. Er schaute kauend auf. Die Frau, die über die Schwelle schritt, war hübsch, und ganz sicher einen extra Blick wert. Die würde er gern aus ihrem hautengen Kleid schälen. Lange Beine, gute Formen und mit einem verführerischen Schmollmund ausgezeichnet. Der Claudia-Schiffer-Typ. Irgendwie kam sie ihm bekannt vor. Sicher eine aus der Clique von damals. Wie hießen die noch alle? Gian, Mia, nein, Mona und Lilian ... Die Blondine schaute auf, stutzte und kam zu seinem Tisch. Morten setzte sein charmantestes Lächeln auf.

„Morten? Bist du das wirklich? Es ist ja Jahre her, dass ich dich zu Gesicht bekommen habe." Ihre Augenbraue hob sich leicht, als sie ihn anschaute.

Wie hieß diese Puppe bloß? Er kramte in den entlegensten Windungen seines Gehirns ... Lilian ... Lærke ... Etwas mit L, da war er ganz sicher.

„Ja, das bin ich. Ich habe mir gerade was zum Essen bestellt. Setz dich doch zu mir." Mit der Hand wies er einladend auf den Stuhl neben sich. Andere Gäste kamen in den Grill. Das Windspiel klirrte, der Boden schimmerte feucht vom Schneematsch.

„Nein danke, ich habe Pizza zum Mitnehmen bestellt. Du erinnerst dich nicht mehr an mich, oder?"

„Doch natürlich. Du bist Vivians Freundin."

Sie lächelte schmallippig. „Freundin ist wahrscheinlich ein zu gewagtes Wort. Ich habe wohl keinen bleibenden Eindruck auf dich gemacht, wenn du dich nicht an mehr erinnern kannst."

Morten tunkte eine Fritte in den Ketchup. Es war ein bescheidener Grill, der Tisch billig lackiert. Aber egal, das Essen war wirklich gut. Besser als er gedacht hatte. „Tut mir leid. Ich bin sehr vergesslich, was Namen angeht, aber an dein Gesicht kann ich mich erinnern …"

„Weißt du was, Morten, vielleicht bist du einfach nur oberflächlich und verbrauchst Menschen, wie andere Taschentücher wechseln."

„Was soll das jetzt? Du kennst mich kaum …"

Sie malte mit ihrem Finger Kreise auf den Tisch und lächelte abschätzig. „Ich kenne dich besser, als du denkst, und besser, als du mich kennst."

Er öffnete den Mund, um etwas zu erwidern, aber sie hob abwehrend die Hand. „Bist du hier, um dich um Vivian zu kümmern? Das wäre mal was Neues."

Woher kam diese geballte Wut, die ihm entgegenschlug? Was hatte er ihr angetan, dass sie so zickte? „Das geht dich wohl kaum was an. Es tut mir leid, aber du solltest jetzt gehen, deine Pizza ist gleich fertig."

Die Blonde beugte sich über den Tisch und streckte

ihre prallen Titten nach vorn. „Das wollte ich sowieso. Als ich dich hier gesehen habe, war mir sofort klar, dass du wieder die gleiche Nummer abziehst wie immer. Du verteilst deinen Samen, und das war's dann."

„Jetzt reicht's!" Er hämmerte mit der Faust auf den Tisch. Sein Glas fiel um, und der Inhalt ergoss sich über die Tischplatte, tropfte auf die Füße der aschblonden Furie. Recht so, sie hatte es nicht anders verdient, dachte er hämisch.

„Pass doch auf." Sie schwang sich ihre Tasche über die Schulter. „Morten, du weißt gar nicht mehr, wie viele Kinder du hast, nicht wahr?"

Abrupt wandte sie sich ab und trippelte mit klackenden Schuhen zur Theke, wo sie ihre Bestellung in Empfang nahm und bezahlte.

Kinder? Sollte er Kinder haben? Das müsste er doch wissen. Was redete sie da? Hatte er vielleicht doch eine Familie?

„Warte ..." Morten warf Geld auf den Tisch, schnappte sich seinen Kaschmirmantel und hastete hinter ihr her. Verdammt, jetzt wusste er wieder, wer sie war. Sie war das kleine scharfe Ding der Truppe, und sie hatte ihn aufgereizt, als Vivian und er zum ersten Mal in Liseleje gewesen waren. Das war schon ewig her, aber damals war er so rasend gewesen, weil er Angst hatte, Vivian und ihre Millionen an diesen Italiener zu verlieren. Seine Vivi war immer noch auf diesen Gian abgefahren, das war nicht zu leugnen gewesen. Nun ja, da hatte er gehandelt, aber es war doch nur ein kleines Intermezzo mit dieser Lena gewesen. Sie hatten sich gegenseitig aufgegeilt. Mehr war es nicht. Er hatte sie abseits der Strandparty in den Dünen genommen, nachdem sie ihn im Wasser angemacht hatte. Sie hatte wirklich die Unverfrorenheit besessen, ihre Finger in seinen Schritt zu legen. Jeder von ihnen war auf seine Kosten gekommen, ansonsten war sie die beste Schauspielerin, die ihm jemals untergekommen war. Damals hatten ihre hellrosa Knospen ihn ganz verrückt gemacht. Aber noch mehr hatte ihn ihre Grenzenlosigkeit gereizt. Sie kannte keine Scham, überhaupt keine. Er hatte seine Wut über Gian an ihr ausgelassen und den heißesten Sex überhaupt mit ihr gehabt.

„Lena?"

„Ist die Erinnerung doch wieder da? Ja, ich bin Lena."

„Ist Vivian schwanger? Das kann nicht sein."

„Da musst du sie schon selber fragen."

„Ich frage aber dich."

„Was für ein Armutszeugnis." Sie öffnete die Wagentür und legte die Familienpizza auf den Rücksitz. „Wie gut, dass Mads dich nicht kennt. Verantwortung war noch nie deine Stärke." Sie warf die Tür hinter sich zu, aber er riss sie wieder auf.

„Mads? Was redest du für einen Bullshit? Wer ist verdammt noch mal Mads?"

„Da fragst du noch? Dein Sohn!"

Verflixt, wie hatte das passieren können? Warum hatte er es nicht gewusst?

„Da staunst du, was?"

„Wie sollte ich wissen, dass ich einen Sohn habe, wenn mir niemand etwas sagt?"

„Wie wäre es, wenn du dich noch einmal gemeldet hättest?"

„Ich dachte, du verhütest … Immerhin war ich mit Vivian zusammen."

„Eben, und ich dachte, es wäre der Anfang vom Ende eurer Beziehung, als wir zusammen waren. Auch weil du so eifersüchtig auf Gian warst. Aber da habe ich mich gründlich getäuscht."

VIVIAN

VIVIAN STAND AUF. Sie war müde und würde jetzt schlafen gehen. Es klingelte. Wer war das noch? Hatte Morten etwas vergessen? Sie riss die Tür auf. Morten stand auf dem Weg, die Hände in den Taschen vergraben. Er schob sich an ihr vorbei ins Haus, stampfte mit den Füßen und streifte dann die Schuhe ab.

„Ich habe dich nicht hereingebeten."

„Das ist mir egal", sagte er und hängte seinen Mantel auf. „Ich muss mit dir reden."

„Wir haben doch vor einer Stunde geredet." Vivian unterdrückte ein Gähnen. Er wollte sicher nur einen Schlafplatz.

„Störe ich?"

„Ja", sagte sie. „Alles ist gesagt, und ich wollte gerade ins Bett gehen."

„Alles ist gesagt? Bist du dir da sicher?" Seine Stimme war scharf.

„Ja, natürlich." Mit Lichtgeschwindigkeit durchforstete sie ihre Erinnerungspixels. Woran dachte er? Von der Schwangerschaft konnte er nichts wissen. „Na, du denkst an Katarinas Wagen? Ich weigere mich, die Rechnung zu bezahlen. Warum glaubt sie bloß, dass ich das gewesen bin."

„Um Katarina geht es jetzt nicht."

Erstaunt ob sie eine Augenbraue.

„Du bist schwanger."

Vivians Herz hämmerte gegen die Rippen. Erschöpft lehnte sie sich an die Wand und verschränkte die Arme vor der Brust. Sie rollte den Kragen ihres Ponchos auf und bohrte die Finger in das Zopfmuster.

„Woher weißt du das?"

„Lena, sie hat es mir gesagt."

„Lena? Was hast du mit Lena zu schaffen?"

„Ich habe sie im Imbiss getroffen, und wir haben miteinander geredet. Nun ja, eigentlich war es mehr sie, die geredet hat. Sie hat mir vorgeworfen, dass ich mich nicht um dich kümmere."

„Was weiß sie schon …"

„In diesem Fall wahrscheinlich mehr als ich."

Vivian schob die Unterlippe vor und rückte die Brille zurecht.

„Du bist nicht der Vater."

„Vivian", Morten hob entschuldigend die Arme. „Ich weiß, ich bin ein Arschloch. Ich wollte nie Kinder, aber wenn du schwanger bist, möchte ich meine Aufgabe als Vater erfüllen."

„Woher kommt dieser Sinneswandel? Rechtlich gesehen musst du das nur als Vater. Warum sollte ich dich damit belangen, wenn du nicht der Vater bist?"

Verärgert strich er sich mit der Hand über die zerfurchte Stirn. Vivian ging in die Küche und nahm sich ein Glas Wasser. Ihre Hand zitterte.

„Wir wissen beide, dass ich der Vater bin. Warum das Gerede? Ich habe ein Recht darauf zu erfahren, wenn ich ein Kind habe, und ehrlich gesagt, kann ich mir nicht vorstellen, dass du etwas mit einem anderen hattest.

Nicht du. Sonst hättest du auch nicht so wütend reagiert, als du Katarina in unserer Badewanne gesehen hast."

„So, das kannst du dir nicht vorstellen? Dass ich genauso handle wie du?"

„Nein. Du bist viel zu gradlinig und korrekt, um fremdzugehen."

„Es gibt kein Kind. Basta. Und wenn es eins gäbe, dann wäre es nicht deins, sondern meins. Du hast doch nie den Wunsch gehabt, ein Kind in die Welt zu setzen."

Morten schüttelte den Kopf. „Du machst es mir wirklich nicht einfach."

„Geh jetzt. Ich will allein sein." Kolumbus strich um Vivians Füße und schnurrte leise.

„Gut, du weißt, wo du mich erreichst. Aber wenn du ein Kind bekommst, dann werde ich es herausfinden, und ich werde da sein."

19

Kattegat, 24. November

GIAN

SILVIA HÄMMERTE GEGEN DIE HAUSTÜR, ABER NIEMAND machte auf. Sie hatte schon mehrmals geklingelt. Gian musste da drinnen sein. Sein Wagen parkte in der Einfahrt. Sie wusste, dass er zu Hause war, aber offensichtlich hatte er keine Lust, irgendjemanden zu sehen. Amata war auf Klassenfahrt, und sofort ließ er sich gehen. Entschlossen stapfte sie um das Holzhaus und nahm den Hausschlüssel, den Gian in einem hohlen Stein versteckte, an sich. Als sie gerade aufschließen wollte, riss Gian die Tür auf und taumelte ihr entgegen.

„Endlich. Du siehst ja aus wie ein Zombie …"

„Danke, ich lieb dich auch. Was willst du hier?"

Silvia zwängte sich an ihm vorbei in den Flur und ging durch das Wohnzimmer in die Küche. Staubpartikel tanzten in der Luft. Ihr Blick glitt über die Unordnung.

„Hier hat wohl ein Tornado gewütet."

Leere Pizzaschachteln türmten sich auf dem Fußboden. Gebrauchte Gläser standen verstreut herum. Kleidungsstücke hingen über dem Sofa, und der Fernseher flimmerte. Der Abwasch türmte sich in der Spüle. Gian schlurfte hinter ihr her wie ein dunkler Schatten.

„Gut, *fratello*, Amata ist auf Klassenreise. Aber das ist sicher nicht der Grund, warum du dich so gehen lässt und die Pizza beim elenden Konkurrenten kaufst. Wenn ich das Mamma erzähle, wird sie dich aus der Familie stoßen." Sie zeigte auf die Pizzaschachtel.

„Ich steh momentan nicht auf Familie", knurrte er. „Hau ab."

„Jetzt bestimmt nicht mehr." Ihr Blick schweifte über das Chaos. „Wenn du die SMS beantwortet oder die Anrufe angenommen hättest, wär ich nicht hier."

Gian füllte Wasser in ein Glas und trank es in gierigen Schlucken. „Verdammte Mafia."

„Was ist schon dabei?" Silvia stemmte die Hände in die Hüften und blitzte ihn mit funkelnden Augen an. „Wir halten zusammen."

„Ihr nervt so gewaltig, dass ich Zahnschmerzen davon bekomme."

„Zahnschmerzen?"

„Ja, und einen Zuckerschock. So viel Gehabe und Getue."

„Halt die Klappe. Ich habe genug von deinem Geflenne. Trag die Sachen in den Abfall, und räum das Geschirr in die Spülmaschine. Ich helfe dir und wasche schon mal einen Schwung Buntwäsche."

Als sie sich anschickte, die verstreute Kleidung aufzusammeln, trat Gian ihr in den Weg und zischte: „Das mache ich."

„Wie du willst. Ich fange dann in der Küche an oder in dem, was davon übrig geblieben ist."

Sie riss die Fenster auf und atmete die kühle Luft ein, die ins Haus strömte. „Weg mit dem alten Mief. Wenn du gleich zu mir kommst, möchte ich hören, was passiert ist. Keine Ausflüchte, ich habe keine Lust, damit meine Zeit zu verschwenden."

„Du alte neugierige Schachtel." Trotz der Irritation stahl sich ein Lächeln auf sein Gesicht.

Silvia entsorgte die leeren Pizzakartons im Mülleimer; sammelte Gläser, Tassen und Teller ein und füllte die Spülmaschine. Töpfe stellte sie neben das Spülbecken und ließ Wasser einlaufen. Als Gian aus der Waschküche zurückkam, schloss er die Fenster und schüttelte die Sofakissen auf. Nachdem er Zeitungen sortiert hatte, kam er in die Küche und nahm ein Trockentuch aus dem Schrank.

„Also, pack aus. Ich gehe nicht, bevor ich erfahren habe, was los ist."

Gian presste seine Finger in ein Trockentuch. „Beim Bluttest hat man herausgefunden, dass ich nicht Amatas leiblicher Vater bin."

Sie pustete eine Haarsträhne aus der Stirn. „Und?"

„Was und?"

„Ändert das irgendetwas? Was Hanna getan hat, war nicht okay, aber das ändert doch nichts an deiner Liebe zu Amata."

„Natürlich nicht. Amata bleibt immer mein Kind!"

„Da bin ich aber froh. Ich dachte schon, du wärst jetzt wirklich verrückt geworden." Silvia band den Abfallbeutel zu und trug ihn zur Haustür. „Was ist dann dein Problem? Du lässt dich gehen wie damals, als Hanna gestorben ist."

„Ist das so erstaunlich? Hanna hat mich hintergangen! Warum hat sie mir nicht einfach die Wahrheit gesagt?"

„Hatte sie Gelegenheit dazu?"

Er verdrehte die Augen und schüttelte den Kopf. „Echt jetzt, ist das dein Ernst? Wir waren fünf Jahre verheiratet. Da gab es genug Tage, um mit so einem Geständnis zu kommen."

„Schon möglich. Vielleicht hat sie sich geschämt? Und nachher war es dann auch egal, weil du wirklich Amatas Vater warst.

Er seufzte und sank auf einen Stuhl. Dann vergrub er den Kopf in den Händen. „Ach, Frauen müsste man verstehen. Hat Vivian dich etwa geschickt? Du redest genauso wie sie."

„Das hat sie nicht, aber du hast recht, sie würde sicher etwas Ähnliches sagen. Wir sind ja auch beide sehr kluge Frauen."

Er stieß die Luft aus, hob den Blick resigniert und sagte mehr zu sich selbst als zu seiner Schwester: „Pah, was du nicht alles weißt. Da bin ich mir nicht so sicher."

„Was nuschelst du da in deinen nicht vorhandenen Bart? Hast du dich mit Vivian gestritten?"

„Unter Streiten versteh ich ein höheres Dezibel." Er verschränkte die Arme vor der Brust. Der Schmerz war so stark, dass er versuchen musste, sich vor ihm zu schützen.

„Was ist dann zwischen euch passiert?"

„Wenn ich das mal wüsste. Ich habe keinen blassen Schimmer, was los ist."

Silvia trocknete sich die Hände am Spültuch. „Und das macht dich krank?"

„Ja, ich versuche, Vivian seit Tagen zu erreichen, aber sie nimmt nicht ab. Wenn ich doch nur wüsste, warum sie mich nach Hause geschickt hat."

„Obwohl du darauf gehofft hast, bei ihr die Nacht zu verbringen?" Sie verzog ihren Mund und lächelte.

„So genau brauchst du das nun auch nicht wissen."

„Du wolltest sie endlich für dich haben, und dann weist sie dich ab."

„Ich hasse es, wenn sie mich benutzt, so wie damals."

„Glaubst du das wirklich?"

„Ich bin doch immer nur ein Ferienflirt für sie gewesen."

„Das glaube ich nicht." Silvia nahm ein Glas aus dem Schrank und füllte es mit Wasser. Sie trank einen Schluck. „Vielleicht ist alles noch zu früh. Ich meine, so lange ist sie ja noch nicht von Morten weg. Es könnte sein, dass sie Gewissensbisse bekommen hat. Oder einfach Männern nicht mehr über den Weg traut."

„Nein", erwiderte Gian. „Es ist viel einfacher. Sie lügt. Erst erzählt sie mir, dass sie nichts mehr von Morten wissen will und verbringt eine Nacht mit mir. Dann zeigt sie mir die kalte Schulter, und als ich zu ihr fahre, um alles zu kitten, da steht sie eng umschlungen mit diesem Mistkerl in ihrer Küche. Von Männern kann sie wahrscheinlich nicht genug bekommen."

„Hast du mit ihr darüber gesprochen?"

„Wie denn, wenn sie mich erst wegschickt und meine Anrufe nicht annimmt?"

„Warum glaubst du, dass sie wieder zu Morten will?"

„Sie haben sich geküsst, okay, und das war deutlich."

„Mach nicht den gleichen Fehler wie damals. Fahr zu ihr und rede mit ihr. Das hier passiert doch alles nur in deinem Kopf."

„Meinst du, sie wird mir erzählen, warum sie ihren Partner küsst? Und mich nur als Reserveteil benutzt?"

„Nein, andersherum. Du sollst ihr sagen, wie viel sie dir bedeutet. Schon immer bedeutet hat." Silva hob auffordernd ihre Augenbraue. Dann ging sie einen Schritt auf ihn zu und strich im aufmunternd über den Rücken. „Nun mach schon, *fratello!*"

„Du bist wohl nicht bei Trost." Er feuerte das feuchte Trockentuch in die Ecke. „Silvia, erst schickt sie mich weg und trifft dann diesen Frauenheld. Ist das nicht deutlich genug?"

„Jetzt mach mal halblang."

„Wie kannst du nur so blind sein? Sie gehört nicht an meine Seite. Ich bin eine Nummer zu klein für sie. Und ein verblendeter Idiot, der sich immer in die falschen Frauen verliebt."

„Vieles kann man Vivian vorwerfen, aber nicht, dass sie Standesdünkel hat. Das ist wohl eher dein Problem. Als Einwanderer kämpft man oft damit." Sie legte ihre Hände wieder auf seine Schultern. „Ich dachte immer, dass du nicht nur einen starken Rücken hast, sondern auch ein Rückgrat. Sei ein Mann. Geh und rede mit ihr. Das Schlimmste, was passieren kann, ist, dass sie dir sagt, dass du verschwinden sollst."

„Nimm sie, verdammt noch mal, jetzt nicht in Schutz, nur weil du sie immer gemocht hast."

Silvia legte den Kopf schief und sah ihn an. „Hast du dich eigentlich mal gefragt, warum sie dich weggeschickt hat?"

„Nein, habe ich nicht, weil ich nicht erwünscht bin. Krieg das endlich in deinen wunderhübschen Kopf."

„Dann bring du mal deine grauen Zellen auf Trab. Irgendwas muss doch passiert sein. Wann habt ihr euch das letzte Mal gesehen? Was ist da passiert?"

Gian seufzte. „Ich kann dir nur sagen, dass ich ziemlich aufgebracht war wegen der Bluttest-Ergebnisse. Ich bin zu Vivian, aber sie hat Hanna verteidigt. So wie du es getan hast, und dann hat sie mich gebeten, nach Hause zu gehen."

Sie nahm seine Hand in ihre. „Vivian ist schwanger. Weißt du das?"

„Was?", fragte er entsetzt.

„Du weißt es also nicht?" Silvia lachte auf. „Wie kannst du nur mit solchen Scheuklappen durch das Leben gehen?"

Gian sprang auf, so abrupt, dass der Stuhl nach hinten kippte und scheppernd auf den Boden krachte. Er bückte sich und stellte ihn wieder an den Tisch. „Nein, sie hat es mir nicht gesagt. Hat sie es dir erzählt?"

„Nun, ich habe als Hebamme dafür einen Riecher, weißt du."

Gian wurde bleich. „Dann bekommt sie Mortens Kind?"

„Du bist ja offensichtlich später ins Rennen gekommen."

Er hämmerte die Faust auf den Tisch. „Deshalb will sie also wieder mit ihm zusammen sein. Da kann ich doch gleich einpacken."

Silvia schüttelte den Kopf. „Für so dumm halte ich sie eigentlich nicht."

„Aber er ist der Vater des Kindes." Gian hob fragend die Hände. „Was will sie dann mit mir?"

„Das Letzte musst du sie selbst fragen. Aber nur, weil sie Mortens Kind erwartet, muss sie nicht einen auf fröhliche Familie machen, Gian, nun denk doch mal nach. Nach all dem, was passiert ist, wird sie doch wohl nicht mehr zu ihm zurückgehen."

„Und wenn doch? Sie hat ihn geküsst."

„Das solltest du sie selbst fragen …" Silvia setzte sich auf einen Stuhl. „Du vermutest zu viel. Der beste Weg, um Klarheit zu bekommen, ist immer noch ein Gespräch."

„O Mann, ich bin so ein Idiot ... Ich habe gesagt, dass ich kein fremdes Kind mehr untergejubelt bekommen will."

„Gian ..." Silvia riss erstaunt die Augen auf. „Warum sagst du so einen Mist?"

„Ich wusste doch nicht, dass sie schwanger ist."

„Mein Gott, jetzt ist auch alles klar. Fahr sofort zu ihr. Wahrscheinlich hat sie gedacht, du willst nicht noch einmal das Kind eines anderen Mannes großziehen."

„Silvia, du bist eine Nervensäge, aber eine ganz wunderbare. Du hast recht, das muss es sein. Ich fahre zu ihr. Sie braucht jemanden, der sich um sie kümmert." Gian drückte sie an sich.

„Mach das. Ich werde dann meine Arbeit als Putzfrau und Seelenklempnerin kündigen."

„Du bist die größte kleine Schwester der Welt. *Ti voglio bene.*"

„Auch wenn du eine komische Art hast, es mir zu zeigen."

Er sprang auf, klaubte sich den Autoschlüssel vom Tisch und hechtete zur Haustür.

VIVIAN

VERSCHWINDE, DU HURE. Wer steckte dahinter? Vivian schrubbte die Außenwände des Dünenhauses und zitterte vor Wut und Angst. Wie an jedem Morgen war sie auf dem Reiterhof gewesen, um Anders zu helfen. Mona war nirgends zu sehen gewesen. Seitdem sie sie besucht hatte, hatten sie nicht mehr miteinander gesprochen. Als sie nach einigen Stunden zurückkam, hatte ein Unbekannter mit Farbspray ihre Hauswand beschmutzt. Tränen flossen über ihr Gesicht. Energisch tauchte sie die Bürste ins warme Seifenwasser und scheuerte weiter. Aber so sehr sie auch schrubbte und rieb, die Schmiererei wurde nur noch schlimmer. Ihre Arme schmerzten schon. Sie fror zum Gotterbarmen. Vivian stolperte einen Schritt zurück. Das Ergebnis blieb niederschmetternd. Diese Botschaft würde sie so leicht nicht von der Hauswand bekommen. Ihr blieb nichts anderes übrig, als die Wand zu streichen, obwohl dafür nicht gerade die beste Jahreszeit war. Aber mit der Schmiererei wollte sie nicht leben. Wütend warf sie die Bürste in den Eimer. Wasser spritzte auf und platschte über ihre Gummistiefel. Gut, dann würde sie dem Täter eine Botschaft hinterlassen.

Sie stürmte ins Haus, öffnete die Tür zur Abstellkammer unter der Treppe und tauchte kurz darauf mit dem letzten Rest Farbe, der sich noch im Haus befand, wieder auf. Sie zerrte den Deckel vom Eimer. Rote Farbe. Rot wie Blut. Rot wie Wut. Sie stemmte die Hände in die Seiten und las die Botschaft noch einmal, auch wenn das nicht notwendig war. Sie würde die Worte niemals mehr vergessen, mit denen ihr Heim verschandelt, nein, entweiht worden war. Verschwinde, du Hure.

Sie spitzte die Lippen, sog die salzige Luft ein und tauchte den Pinsel in die Farbe. „Niemals." Sie schrieb eine Zeile darunter: „Komm und zeig dich, feiges Schwein."

Gerade als sie den Pinsel in eine Plastikhülle einwickelte, hörte sie einen Wagen, der sich näherte. Sie blickte über die Schulter. Es war Gian. Gott sei Dank. Erleichtert, nicht länger allein mit ihrer Wut und Angst zu sein, wandte sie sich ihm zu und winkte. Er bremste, sodass der Schotter aufspritzte, und sprang dann aus dem Wagen.

„Was zum Teufel ist hier los?" Fassungslos schaute er sich die Hauswand an.

„Jemand mag mich offensichtlich nicht und möchte, dass ich verschwinde." Vivian verschränkte die Arme vor der Brust. „Aber das wird mich nicht vertreiben. Jetzt bleibe ich erst recht."

„Du wirst immer noch belästigt. Das hättest du mir sagen sollen." Gian sah sie an. „Also hat die Trillerpfeife nicht geholfen."

„Zumindest nicht bei diesem Kalligrafen." Vivian versuchte ein zaghaftes Lächeln. „Wahrscheinlich ist es dieselbe Person."

„Vivian, langsam geht das alles zu weit. Warst du bei der Polizei?" Gian ging zur Hauswand und untersuchte Farben und Schriftzug.

„Wegen der Anrufe haben sie mir die Trillerpfeife ans Herz gelegt. Später war ich nicht mehr dort." Sie schlang die Arme um sich. „Komm ins Warme."

Sie drehte sich um, trug den Eimer ins Haus und verstaute ihn samt Pinsel in der Abstellkammer unter der Treppe. Im Flur hängte sie ihre Jacke auf und stellte die Schuhe auf die Matte. Dann tappte sie auf Socken ins Wohnzimmer und blieb vor dem Kamin stehen, um sich aufzuwärmen. Sie putzte ihre beschlagene Brille mit einem Zipfel ihrer Bluse. Gian trat hinter sie und legte die Arme beschützend um sie.

„Vivian, es tut mir leid, was ich gesagt habe. Ich wusste doch nicht, dass du schwanger bist."

„Das ist jetzt auch egal." Tränen der Wut und der Enttäuschung brannten hinter ihren Augen.

„Wenn du mir vergeben kannst, können wir noch einmal ganz von vorn anfangen."

„Ganz von vorn anfangen. Verlockend, aber völlig unrealistisch." Sie schlang die Arme um ihren Oberkörper, zitterte. Die Zeit hatte sie alle verändert. Es gab keinen Neuanfang ohne die Geschichte dazwischen.

„Egal, wichtiger ist jetzt, dass du hier nicht allein wohnst." Gian legte ihr die Hände auf die Schultern und drehte sie zu sich. „Bitte zieh zu uns. Wenigstens, bis wir wissen, was los ist."

Sie schüttelte den Kopf. „Es ist lieb von dir, dass du dich um mich sorgst, aber glaub mir, ich lasse mich nicht vertreiben."

„Wie du meinst, aber dann ziehen Amata und ich hier ein." Er grinste sie schelmisch an und zeigte sein Grübchen. Dieses süße Grübchen, das sie so sehr liebte. „Was meinst du dazu? Das wird eng, aber gemütlich."

Sie lachte und drückte ihm einen freundschaftlichen Kuss auf die Wange. Seine Bartstoppeln kratzten.

„Ehrlich? Ich schaff das schon. Letzte Woche habe ich eine Alarmanlage installieren lassen." Sie hob den Kopf und schaute in seine nougatbraunen Augen. Ihr Herz klopfte einen Takt schneller. Anderen konnte sie vielleicht etwas vormachen, aber sich selbst nicht. Gian füllte ihre Träume noch immer wie am ersten Tag. Seinen Platz hatte niemand anders einnehmen können, auch nicht Morten. „Warum bist du eigentlich hier?"

„Ich hätte schon viel eher kommen sollen. Ich war ein riesiger Idiot."

Sie entfernte sich von der Wärme des Ofens und trat einen Schritt auf ihn zu.

„*Cara,* ich wusste doch nicht, dass du schwanger bist,

als ich hier war ..." Er raufte sich die Haare und hob den Kopf. „Verstehst du, ich war so wütend auf Hanna. Aber das hatte nichts mit dir zu tun. Oder mit dem Baby, das du erwartest."

„Ist schon gut", sagte sie. „Lass uns das einfach vergessen."

„Bitte, Hanna hat mir nicht die ganze Wahrheit gesagt. Aber dein Baby ... das wäre etwas anderes. Ich weiß ja jetzt, worauf ich mich einlassen würde, dass es nicht mein Kind ist. Und ich weiß, ich habe Platz für dich und diesen Menschen in meinem Leben. Letztens war ich nur so wütend und enttäuscht."

Sie schwieg, zu sehr fuhren die Emotionen in ihr Karussell. Ihr Traum war zum Greifen nah. Champagnerbläschen gleich entwich die zurückgehaltene Freude und brach sich Bahn. Er wollte sie. Und er wollte das Baby. Sie war da, wo sie schon so lange sein wollte. Und sie bekam eine Bonustochter. Ein Grinsen, so breit wie das Maul eines Flusspferdes, breitete sich auf ihrem Gesicht aus.

Er holte tief Luft und sagte: „Amata wünscht sich ein Geschwisterchen, und ich wollte immer eine halbe Fußballmannschaft und noch viel mehr dich. Wenn wir das schaffen wollen, müssen wir uns beeilen."

Sie schloss die Augen, um nicht in seinen Augen zu versinken. Als sie sie nach einigen Atemzügen wieder öffnete, schlang sie die Arme um ihn. „Bist du dir wirklich sicher? Willst du so ein Leben?"

„Ja, ich will dich und dein Kind. Wenn du mich noch willst ..."

Das Lachen explodierte in ihr. „Ja, ich will dich auch. Wollte dich schon immer." Sie lachte und weinte gleichzeitig und küsste ihn auf den Mund, die Nase, die Lider. „Ich will dich, mehr als alles auf der Welt."

Er hob sie hoch und wirbelte sie durch den Raum, so wie Giuseppe Antonella immer durch die Trattoria gewirbelt hatte. Vivian lachte, legte den Kopf in den Nacken und schloss die Augen. Sie fühlte sich so frei, wie schon lange nicht mehr, frei wie ein Luftballon, der in die Luft schwebte.

Als alles sich in ihr zu drehen begann, jauchzte sie: „Aufhören, Gian, bitte. Mir ist schwindelig." Er hielt sie fest, küsste sie und sagte: „Jetzt brauche ich einen Kaffee. Meine Nerven lagen ganz blank, als ich nicht wusste, ob du Ja sagen würdest."

„Den sollst du haben." Sie ging in die Küche, öffnete die Kaffeedose und füllte einige Löffel Espressomehl in die Kanne. Dann schraubte sie den Deckel fest und stellte die Kanne auf den Herd. Sie schaltete die Platte an. Er trat einen Schritt auf sie zu und legte ihr die Hände auf die Schultern. „Aber eins musst du mir versprechen."

Sie hob fragend die Augenbraue. „Und das wäre?"

„Ich will, dass du in Sicherheit bist, du und das Kind. Verstehst du? Hier ist es zu gefährlich für dich. Komm zu uns."

Eine warme Welle schoss durch ihren Körper. „Denkst du, ich will noch einen Tag vergeuden und nicht mit euch zusammen sein?" Der Espresso sprudelte. Sie nahm die Kanne vom Herd und goss die nachtschwarze Flüssigkeit in die Tässchen.

„Gut … Du behältst das Kind doch? Obwohl ich so ein Hornochse war?"

Sie stellte einen Teller mit Keksen und Zucker auf den Tisch und setzte sich auf die Eckbank. „Ja, eigentlich wollte ich abtreiben. Warum auch immer. Plötzlich wurde mir alles zu viel."

„Mein Gott, wegen mir?" Gian setzte sich ihr gegenüber.

„Nein, nicht nur wegen dir. Wegen Morten, der dem Kind kein Vater sein würde. Obwohl ich ihn nicht gefragt habe. Das hätte ich tun sollen. Na ja …" Sie stockte und nippte an ihrem Espresso. „Ich war zerrissen zwischen der Freude, endlich Mutter zu werden, und dem Chaos, das in meinem Leben herrscht. Ich sah nur einen Ausweg."

„Sag, dass du das nicht getan hast."

Sie lächelte erleichtert. Da war wieder sein italienisches Erbe. Der katholische Glaube, der jedes Kind als Geschenk ansah.

„Ich war in der Klinik, aber ich konnte es nicht einfach wegmachen lassen."

„Gut, ich bin erleichtert." Er drückte ihre Hand. „Dann bin ich trotz allem nicht zu spät gekommen. Ich werde dieses Kind lieben wie mein eigenes. Und dann bekommen wir noch ein gemeinsames Kind."

„Eins? Ich dachte, du wolltest …"

„Viele. Stimmt. Aber vor allem will ich dich."

Wieder schoss eine Welle von Erleichterung durch ihren Körper. Er wollte sie. Nicht ihr Geld. Sondern sie. Ihre Füße hatten Lust, unter dem Tisch einen Tango aufs Parkett zu legen.

„Also gut", sagte Gian und löffelte Zucker in seinen Espresso. „Kümmern wir uns um dein dringendstes Problem: Wir müssen unbedingt diesen Irren finden, der dich stalkt, damit du zur Ruhe kommst und dich auf die Schwangerschaft konzentrieren kannst. Hast du einen Verdacht, wer es sein könnte?"

Sie schüttelte den Kopf. „Wenn ich das nur wüsste, dann säße ich schon lange nicht mehr hier."

Plötzlich wirkte er verlegen wie ein Schuljunge. „Ich habe gesehen, dass Morten hier war. Schikaniert er dich? Drängt er dich?"

„Morten?" Vivian lachte auf. „Nein, ganz sicher nicht."

„Er hat dich geküsst."

Sie hob erstaunt eine Augenbraue. „Ach nee, wer stalkt hier wen?"

„Ich war nur zufällig da, wollte mit dir reden, aber dann war er da, und ich dachte, ich wäre wieder zu spät. Darum habe ich mich auch einige Tage nicht gemeldet."

„Zu deiner Beruhigung. Es war ein Abschiedskuss, mehr nicht."

Gian beugte sich weiter vor und musterte sie mit einem besorgten Blick. „Denk nach. Jemand möchte dich hier aus dem Weg haben. Warum wohl? Wer ist böse auf dich? Wer hat einen Grund zur Eifersucht? Welchen Plänen stehst du im Weg?"

„Ehrlich, unter meinen Bekannten gibt es niemanden." Vivian schaute auf dem Fenster. „Hier kennt mich doch einer. Das ist ja das Verrückte an der Sache."

Gian schüttelte den Kopf. „Offensichtlich doch. Es steht draußen an deiner Hauswand, falls du das vergessen hast."

Die Uhr tickte, während ihre Gedanken arbeiteten. Vivian wollte gerade den Mund öffnen, als Gian die Faust auf den Tisch hämmerte. „Lena, es kann nur Lena sein. Aber das traue ich ihr nicht zu. Und trotzdem. Es gibt niemanden sonst …"

„Du siehst Gespenster. Lena wäre dazu nicht fähig,

auch wenn sie die Einzige ist, die wirklich Grund hat, mich nicht zu mögen. Ich habe wahrscheinlich ihren Traum von einem Leben mit dir zerstört." Vivian nahm den letzten Keks und verputzte ihn. Kolumbus schnurrte um ihre Füße und sprang auf ihren Schoß, wo er sich zu einer Kugel zusammenrollte.

„Absolut, du bist ihre Konkurrentin. Ich habe sie niemals ermuntert zu glauben, zwischen uns gäbe es mehr als Freundschaft."

„Ehrlich, Gian, sie kann nicht so bösartig sein. Vergiss es."

„Sie hat ein starkes Motiv: Eifersucht."

Vivian stand auf und ging in die Küche. Dort holte sie neue Schokoladenkekse, nahm einen und biss hinein. Dann hielt sie Gian die Packung hin.

„Das kann schon sein. Aber trotzdem würde sie nicht so eine Schmiererei veranstalten." Sie biss wieder ab und setzte sich auf die Eckbank. „Lena ist nicht so. War sie heute Morgen nicht im Büro?"

„Das weiß ich nicht, ich war dort noch nicht." Er stopfte die Hände in die Hosentaschen. „Seitdem du hier angekommen bist, wirst du belästigt. Wer sollte es sonst sein?"

Kolumbus schnurrte leise, als Vivian ihre Finger in seinem Fell vergrub.

„Die Anrufe, die Paketsendungen ... Was muss noch passieren, bis du glaubst, dass es entweder Morten ist oder Lena? Alles fing doch kurz nach dem Fest an. Da hat sie dich gesehen und verstanden, dass du mir nicht gleichgültig bist."

„Morten scheidet aus", murmelte Vivian und biss erneut ab. „Er war die ganze Zeit in Berlin."

„Die Bestellungen könnte er von Berlin aus gemacht haben … Vielleicht ist er schon viel früher hier angekommen", warf Gian ein. „Du hast dich schon mal in ihm getäuscht. Könnte er dich angelogen haben? Oder hat er Freunde hier, die er um einen Gefallen gebeten hat?"

„Nein." Vivian grub die Hände noch tiefer in Kolumbus' warmes Fell. Irgendwie tröstete sie der sachte atmende Körper. „Morten war es nicht. Basta. Ich kenne den Mann."

„Wie du meinst. Dann bleibt wieder nur Lena."

„Ich trau ihr das aber nicht zu."

„Ehrlich gesagt, ich auch nicht, aber wenn man verzweifelt genug ist, kann man ziemlich viel auf die Beine stellen. Und wir dürfen niemanden zu schnell ausklammern oder freisprechen. Kennt jemand deine Unterschrift, sodass er sie kopieren kann?"

„Keiner, Gian, glaub mir doch …"

„Überleg noch mal … Hast du in der letzten Zeit irgendwo unterschrieben? Jemand muss deine Unterschrift gefälscht haben."

Vivian stützte die Ellbogen auf den Tisch und schloss die Augen. Sie wusste genau, dass alle Indizien auf Lena zeigten, aber sie konnte einfach nicht glauben, dass sie so etwas tun würde.

„Hast du einen Scheck ausgestellt?"

„Ja, habe ich, und ich habe ihn Lena gegeben. Wegen der Arbeiten hier im Haus."

„Warum? Wir hatten doch abgemacht, dass du nichts bezahlen solltest, und ich habe dir auch nie eine Rechnung geschrieben."

„Beruhige dich. Ich wollte nicht in deiner Schuld stehen. Allerdings …" Vivian stockte.

„Was willst du sagen?"

„Lena hat den Scheck noch nicht eingelöst. Ich meine, das Geld wurde niemals von meinem Konto abgehoben."

„Das hat Lena richtig gemacht. Ich möchte kein Geld zwischen uns stehen haben."

„Aber sie hat meine Unterschrift, und wenn ich mich richtig erinnere, fingen kurz darauf die Geschenksendungen an." Vivian furchte ungläubig die Stirn. „Nein, ich kann es immer noch nicht glauben."

„Ich habe es doch gewusst." Wütend sprang Gian auf. „Ich werde das sofort klären."

Vivian legte ihre Hand auf seinen Arm. „Gian, versprich mir, dass du nicht die Polizei einschaltest. Lena ist alleinerziehende Mutter. Vielleicht ist alles nur ein Missverständnis … und es klärt sich auf."

„Sei doch realistisch. Nur sie kann dich angerufen und den ganzen Kram bestellt haben, um dich zu ärgern. Sie will dich weghaben, egal wie. Ich fahr zu ihr, und dann gnade ihr Gott, wenn sie keine gute Erklärung hat."

Vivian sprang auf, rannte hinter ihm her und schnappte sich ihre Jacke im Flur. „Ich komme mit. Immerhin geht es um mich, und es ist besser, wenn du nicht völlig ausrastest."

MONA

MONA STAND UNSCHLÜSSIG vor den Auslagen in der Obst- und Gemüseabteilung. Man konnte sogar Erdbeeren kaufen, obwohl es fast Weihnachten war. Um diese Jahreszeit Erdbeeren! Mona schnaubte verächtlich. Es war verrückt, wie sehr es hier nach Sommer roch. Dabei jagte draußen ein eisiger Wind durch die Straßen, der einen Hauch von Schnee mit sich trug.

Was wollte sie noch mal kaufen? So sehr sie sich auch anstrengte, ihr Kopf war blank wie eine ausgefegte Stallgasse. Instinktiv glitt ihre Hand über den flachen Bauch. Ihre Augen brannten. Das Leben war so verdammt ungerecht. Ihr Blick verschleierte sich. Es war egal, was sie sich in den Mund stopfte. All dieser ganzheitliche und ökologische Firlefanz half nicht. Resigniert warf sie Möhren, Kohlrabi und einen Beutel Kartoffeln in den Einkaufswagen. Sie würde einen Eintopf machen, mit Würstchen. Dann brauchte sie nur alles in den Topf zu schnippeln, Wasser drauf, Brühe und fertig war das Ganze. Sie hatte keine Kraft für mehr. Für morgen musste das reichen. Jetzt nur noch schnell ein Liter Milch für das Frühstück und Brot, dann könnte sie endlich wieder nach Hause fahren und unter die Bettdecke kriechen.

Sie drehte sich um und ging zu den Kühlregalen. Diese lachenden Menschen, der grelle Weihnachtsschmuck, alles ödete sie an. Sie hatte davon geträumt, mit ihrem Kind Weihnachtsplätzchen zu backen, seine Augen glänzen zu sehen, wenn der Christbaum leuchtete. Sie wollte ihr rote Bänder in die Engelshaare flechten und wenn es ein Junge gewesen wäre, hätten sie Wichtel gejagt. Sie hatte so viele Träume gehabt, aber sie waren weg, ausgeträumt.

Sie stemmte den Einkaufswagen durch die Regalreihen bis zur Kühltheke und hielt den Blick gesenkt, um so wenig wie möglich von der Weihnachtsstimmung aufzufangen. Mechanisch setzte sie einen Fuß vor den anderen. Schnell. Schnell. Schnell. Nichts wie weg. Dann versuchte sie zu bremsen, als jemand mit dem Wagen den Gang blockierte, aber sie reagierte zu langsam und fuhr der Frau in die Hacken. Mona schaute auf. Diese Langbeinige hatte es offensichtlich nicht eilig mit dem Einkaufen. Warum benutzte sie die Stelzen nicht, um Tempo aufs Parkett zu legen?

Die Frau drehte sich um. Ein Piercing baumelte in ihrer Augenbraue. „Sie haben es wohl eilig mit den Weihnachtsvorbereitungen?"

Mona öffnete den Mund, gebannt von den strahlend blauen Augen, doch die Worte blieben auf ihren Lippen hängen, froren zu Eis. Schweißperlen glitzerten auf ihrer Stirn, in ihrem Kopf sauste und röhrte es. Ihr Blick war auf den kugeligen Bauch gebannt, dann sackte sie zusammen. Ihr Kopf schlug auf dem harten Boden auf.

VIVIAN

Vivian musterte Lena von Kopf bis Fuß, ihre aschblonde Lockenmähne, die vollen Lippen und die langen Wimpern, die ihren Blick immer verschleiert erscheinen ließen. Steckte diese Frau wirklich hinter all den Dingen? Wenn ja, was war nur in sie gefahren?

Lena hatte ein schlechtes Gewissen, das war offensichtlich. Sie war zusammengezuckt, als Gian und Vivian sich in den Flur des Reihenhauses gedrängt hatten.

„Lena, wir müssen mit dir reden."

„Gern, kommt ins Wohnzimmer. Ich mache uns einen Kaffee."

„Mach dir keine Umstände, wir bleiben nicht lange. Ich habe nur einige Fragen." Gian fixierte Lena wie ein Falke eine Maus im Feld.

Vivian legte beruhigend ihre Hand auf seinen Arm und drückte ihn leicht. „Ein Kaffee wäre schön. Gern, Lena."

Nachdem Lena sie ins Wohnzimmer gebeten hatte, schaute Vivian sich um. Sie war zum ersten Mal in Lenas Haus. Lena hatte Trolle mit roten Zipfelmützen aufgestellt und im Fenstersims turnten Weihnachtsmänner zwischen Hyazinthen und Weihnachtssternen herum. Auf dem Couchtisch stand ein Adventskranz mit einer Schleife.

„Warum die Nummer mit dem Kaffee?", zischte Gian ungläubig und schüttelte den Kopf. „Wir wollen herauszufinden, was Lena mit all den Sachen zu tun hat, und sind nicht zu einem Kaffeekränzchen hergekommen."

„Hast du nicht gesehen, wie blass sie geworden ist?"

„Sicher, das schlechte Gewissen stand ihr ins Gesicht geschrieben. Das war wohl nicht zu übersehen."

Vivian spürte, wie ihre verspannten Muskeln sich verhärteten. „Ruhig. Ich bin sicher, wir kommen viel weiter, wenn wir einander gut behandeln."

„So wie sie dich?"

„Du wärst kein guter Richter. Noch vermuten wir nur, dass sie etwas getan hat. Aber wir wissen es noch nicht. Und solange es nicht bewiesen ist, ist sie unschuldig im Sinne der Anklage."

Er bleckte die Zähne und fuhr sich mit den Händen durch die Haare. „Deinen Humor müsste ich haben."

In der Küche klapperte Geschirr. Kurz darauf trug Lena ein Tablett ins Wohnzimmer und stellte Tassen, Milchkännchen und Zuckerschale auf den Esstisch. Sie goss den Kaffee in die Tassen. Vivian sah, wie Gian die Hände zu Fäusten ballte. Sie legte ihre Hand auf seinen

Schenkel und drückte ihn sachte, und er versteckte die Hände unter dem Tisch. Vivian atmete auf.

„Schön, dass ihr vorbeischaut. Damit hatte ich gar nicht gerechnet, als ich heute Morgen gebacken habe."

Vivian senkte den Blick, nahm einen Schluck Kaffee und rückte ihre Brille zurecht. „Lena, kannst du dich erinnern, dass ich mir eine Trillerpfeife gekauft habe?"

„Natürlich, ich habe dich doch getroffen. Hat es geholfen?"

„Etwas hat es geholfen. Angerufen werde ich kaum noch, aber ich werde immer noch belästigt." Vivian räusperte sich. „Es gab mehrere unangenehme Vorfälle."

Lena rührte Zucker in ihren Kaffee und legte den Löffel auf den Untersatz. „Wirklich?"

„Das weißt du ja wohl selbst." Gians Augen blitzten angriffslustig. Vivian spürte, wie sich seine Muskeln unter ihren Fingern verhärteten. Er war gespannt wie ein Raubtier auf der Jagd.

„Nein, woher sollte ich es wissen? Vivian hat nichts erzählt."

„Nun, man hat meine Fensterscheibe zerschlagen und …"

„Und sie bekommt Geschenksendungen, die sie nicht bestellt hat", unterbrach Gian sie ungeduldig. „Heute hat jemand die Hauswand besudelt."

„Das kann doch nicht wahr sein! Hier in unserem kleinen Dorf? Wer sollte das tun?"

Vivian nippte an ihrem Kaffee und verzog das Gesicht, als sie sich die Zunge verbrühte. „Leider stimmt es. Ich weiß nicht, wer dahintersteckt, aber ich habe einen Verdacht."

„An wen denkst du?"

„Tu doch nicht so unschuldig." Gian stellte die Tasse so heftig auf den Tisch, dass die schwarze Flüssigkeit überschwappte. „Du warst es."

„Ich?" Lena wurde blass wie die Tischdecke. Ungläubig schüttelte sie den Kopf. „Warum sollte ich das tun?"

„Eifersucht, nehme ich an." Er kämmte sich mit den Fingern durch das Haar. „Immerhin treffe ich mich mit Vivian."

„Bist du noch ganz bei Trost, Gianni!", schnappte Lena. „Du kannst dich treffen, mit wem du willst."

„Aber das zerstört deine Pläne! Du träumst doch von einer Familie zu viert. Mads, du, ich und Amata. Eine Bilderbuchfamilie, und diese Idylle hat Vivian zerstört, als sie hierher kam. Aber wir waren doch nie ein Paar, Lena, das weißt du doch. Wir sind nur ein gutes Team."

„Was bildest du dir ein?" Sie sprang auf. „Hast du vollkommen den Verstand verloren?"

„Du kannst es leugnen, aber das hilft nichts. Ich habe dich immer gemocht und verdanke dir viel", sagte Gian mit messerscharfer Stimme. „Deshalb habe ich auch nicht die Polizei eingeschaltet. Aber jetzt hast du dir meine Sympathie verscherzt."

Wie ein gehetztes Wild sucht Lena Vivians Blick. „Das ist ein Scherz, oder? Das meint ihr nicht wirklich?"

„Ich weiß nicht, was ich glauben soll", erwiderte Vivian traurig. „Aber ich möchte dich bitten, ehrlich zu sein. Hast du mich angerufen?"

„Ich", Lenas Stimme war leise, „habe einige wenige Male angerufen. Ja. Ich war so enttäuscht, als du hier aufgetaucht bist. Gianni und ich … wir waren zusammen, und ich habe so gehofft, dass sich da mehr entwickelte." Lenas Augen schimmerten verräterisch.

„Siehst du, ich habe es doch gesagt." Gian schüttelte den Kopf. „Das ist ja krank, Lena."

„Lass sie doch ausreden", herrschte Vivian Gian an. Sie nickte Lena aufmunternd zu.

Lena verknotete ihre Finger, bis die Knöchel weiß hervortraten. Sie sprach so leise, dass Vivian ihre Ohren spitzen musste, um alles zu hören, was sie sagte. „Und dann bist du hier aufgetaucht, und sofort hatte Gianni wieder nur Augen für dich. Bei dem Halloweenfest war er mein Begleiter, aber er konnte natürlich nicht schnell genug zu dir in die Küche gehen."

„Lena, wie konntest du nur?"

„Gian, hör auf." Vivians Stimme war scharf. „Lass Lena endlich ausreden. Du unterbrichst sie ja ständig."

Lena funkelte Gian an. „Ja, du hast viel für mich getan, damals als ich eine neue Chance brauchte. Aber ich habe auch viel für dich getan. Vergiss das nicht. Nachdem Hanna gestorben ist, bist du fast vor die Hunde gegangen. Aber ich war da."

„Eins zu null für dich." Gian verschränkte die Arme vor der Brust. Wahrscheinlich hatte er Angst, was er sonst mit ihnen anstellen konnte, dachte Vivian.

„Hast du meine Unterschrift gefälscht, Lena?"

„Ja", flüsterte sie mit kaum hörbarer Stimme. „Ich hatte einfach einen Blackout. Ich habe gesehen, dass du alles bekamst so wie früher und mir wieder alles durch die Finger glitt, ohne dass ich etwas dagegen tun konnte. Es tut mir leid."

Gian schnaufte empört. Vivian legte ihre Hand auf seinen Arm, aber er schüttelte ihn ab und fixierte Lena mit einem wütenden Blick.

„Sagst du das jetzt, nachdem du zur Krönung heute

Nacht auch noch die Hauswand besudelt hast? Was wolltest du noch alles auf die Beine stellen?"

Lena sprang auf, beugte sich vor und stützte die Hände auf den Tisch. „Untersteh dich, Gianni, das war ich nicht."

Gian nahm Vivians Hand und zog sie vom Stuhl. „Komm, Vivian, wir gehen." Dann wandte er sich an Lena. „Wir haben uns nichts mehr zu sagen. Du brauchst nicht mehr zur Arbeit kommen."

Alle Farbe wich aus Lenas Gesicht. „Aber, Gianni, ich sag doch, dass ich es nicht getan habe."

„Wie soll ich dir jetzt noch glauben? Sei froh, dass wir dich nicht bei der Polizei anzeigen."

„Bitte, ich brauche die Stelle … Und Mads, was ist mit Mads und dir?" Ihre Augen schimmerten hell, ihre Lippe bebte. Als Gian nur mit den Schultern zuckte und schwieg, wandte sie sich verzweifelt an Vivian. „Vivi, bitte, du musst mir glauben."

Vivian wollte gerade etwas sagen, als Gian rief: „Daran hättest du früher denken müssen."

20

Kattegat, 25. November

VIVIAN

Vivian rieb sich schlaftrunken die Augen. Sie würde sich leise aus dem Zimmer schleichen und Gian Frühstück am Bett servieren. Helles Sonnenlicht fiel durch die Dachschräge auf das zerwühlte Bett. Mit ihrer Hand tastete sie neben sich. Seine Seite war leer. Sie grub ihre Nase in das Kissen und sog seinen Duft ein. Dann hörte sie die Stufen knarren. Gian, nur bekleidet mit Shorts, kam die Stiege heraufgeklettert, ein Tablett vor sich her balancierend.

„Guten Morgen, *cara.*"

Sie richtete sich auf, knubbelte ein Kissen und stopfte es hinter ihren Rücken. Er stellte das Tablett auf ihren Schoss. Dann nahm er ihre Hand und küsste jeden einzelnen Finger. Es kribbelte verräterisch in ihrem Unterleib.

„Ich wusste nicht, was du morgens isst. Also habe ich mir einfach was einfallen lassen …"

Vivian betrachtete das Tablett: Tee, Orangensaft, Joghurt und ein Weißbrot mit Käse. Daneben lag ein eingerollter Crêpe.

„Ich werde mehr als satt." Vivian spießte ein Stück Pfannkuchen auf die Gabel und schob Gian eine Kostprobe in den Mund. „Hast du Kolumbus schon hereingelassen?"

„Nein, noch nicht. Soll ich es jetzt tun oder darf ich

erst fertig essen?" Er beugte sich zu ihr herüber und knabberte an ihrer Lippe. Sie seufzte.

„Ich würde so gern …"

„Mich vernaschen …", vollendete er den Satz, der unausgesprochen in der Luft hing.

Vivian lächelte und spürte dem warmen, wohligen Gefühl nach, das sich in jeder Zelle ihres Körpers breitmachte. „Nein, mich vernaschen lassen."

„Kein Problem." Er stellte das Tablett auf den Boden und kletterte unter die Decke, bis er rittlings auf ihr saß. Langsam glitt seine Hand an ihrer Seite hoch, verharrte auf ihren Schultern, während er sie küsste. Sie vergrub ihre Finger in seinen Haaren.

„Warte", hauchte sie atemlos. „Wir müssen Kolumbus hereinholen. Es ist zu kalt draußen. Und es ist seine Zeit. Ich frage mich schon die ganze Zeit, warum er nicht miaut. Das macht er sonst immer."

Glasige Augen schauten sie an. „Das ist jetzt nicht dein Ernst? Wir hören ihn doch, wenn er kommt."

„Nein, nicht wenn wir so weitermachen." Sie schob Gian von sich, schwang die Füße aus dem Bett und warf sich ihren Bademantel über. Dann lief sie leichtfüßig die Treppe hinunter. „Bin gleich wieder da." Das Holz knarzte. Sie würde nur nach Kolumbus sehen und dann einen wunderbaren Morgen im Bett verbringen. Freudig zog sie die Vorhänge zur Seite. Vor der Verandatür blieb sie abrupt stehen. Ihr Mund wurde pelzig trocken, sie fröstelte. Dann sackte sie zusammen, schlug die Hände vor das Gesicht.

„Nein!" Sie rutschte wimmernd auf den Boden.

„Alles in Ordnung da unten?" Einen Lidschlag später polterte Gian in Boxershorts die Stiege herunter.

„Verdammt!", schimpfte er, als er sich den Kopf am Balken stieß, und rieb sich die Stirn. Er sank auf die Knie und schlang die Arme um sie, als ein Schrei aus ihrem Mund herausbrach.

„Oh Mann", stöhnte Gian fassungslos, als er das blutige Fellbündel auf der Terrasse sah. Rot, mit Blut geschrieben, stand dort „Bald bist du dran."

Er drückte Vivian an sich, drehte ihr Gesicht weg von dem grausamen Tatort und streichelte über ihren Rücken. Sie zitterte wie Espenlaub.

LENA

LENA BOHRTE DIE FÄUSTE tiefer in die Taschen und stemmte sich gegen den Wind. Sie ging durch die Plantage, vorbei an der ehemaligen Kaserne, dem Melby Lejr, und folgte im Schutz der Bäume dem Pfad über die Heide, der nach zehn Minuten in den Dünen endete. Der Wind trug das Rauschen des Meeres zu ihr. Kalten Fingern gleich kroch er durch die Jacke und raubte ihr den Atem. In der Nacht war die Temperatur wieder gefallen. Atemwolken tanzten vor ihrer Nase. Nachdem Mads zur Schule gefahren war, hatte es sie aus dem Haus getrieben.

Wie sollte es nur weitergehen? Sie brauchte den Job. Hier oben gab es nicht so viel Arbeit. Wenn sie doch nur Gianni überzeugen könnte, dass sie nichts mit den Schmierereien zu tun hatte! Aber wer war es gewesen? Morten? Warum sollte er das tun? Ob es helfen würde, wenn sie mit Vivian redete? Sie war viel ruhiger gewesen als Gianni. Gianni handelte schneller, als er nachdachte, und obwohl ihn das immer wieder in peinliche

Situationen trieb, hatte er nie aus seinen Fehlern gelernt. Es war sein Temperament.

Lena war nicht stolz auf das, was sie angerichtet hatte. Ganz im Gegenteil. Aber sie war nicht bereit, für etwas bestraft zu werden, für das sie keine Schuld trug. Sie musste diese Anschuldigungen aus dem Weg schaffen. Meistens beruhigte Gianni sich wieder. Sie hoffte es.

Sie kletterte über die Dünen und lief durch den weichen Sand hinunter zum Strand. Dann blickte sie über die schaumgepeitschte See. Eischnee gleich flog die Gischt durch die Luft. Sie liebte dieses wilde Wetter, hatte es immer geliebt. Dabei konnte sie ihre Sorgen vergessen und einen klaren Kopf bekommen.

Nur diesmal gelang es ihr nicht. Sie fühlte sich ausgehöhlt und leer, allein wie noch nie zuvor. Wenn Gianni ihr die Freundschaft kündigte, dann war sie wirklich allein. Ihre Augen brannten. Gianni war in den letzten Jahren wie ein Fels in der Brandung gewesen. Immer, wenn sie ihn brauchte, war er für sie da gewesen und hatte sie beschützt.

Ärgerlich schüttelte Lena den Kopf. Sie sah nur einen Ausweg. Sie müsste mit Vivian reden. Vivian würde sie verstehen und sicher ein Wort für sie einlegen. Es war zumindest einen Versuch wert. Entschlossen wandte sie sich um und zuckte erschrocken zusammen. Morten stand nur wenige Schritte von ihr entfernt.

„Hallo Lena."

„Hast du mich erschreckt. Ich dachte, du wärst schon wieder abgereist."

„Heute fahr ich zurück nach Berlin." Er schlang den Schal enger um den Hals. „Ich hatte ganz vergessen, wie kalt es hier sein kann."

„Na, dann gute Reise." Lena wandte sich ab und stapfte weiter, doch er folgte ihr und holte sie ein. „Lass mich, ich will allein sein."

„Lena", er baute sich vor ihr auf. „Ich wollte sowieso noch mit dir reden."

„Wir haben uns nichts mehr zu sagen. Also lass mich jetzt in Ruhe. Es ist alles gesagt."

Er schüttelte den Kopf. „Liegt es eigentlich an der Seeluft, dass alle Frauen hier so schnippisch sind?"

Trotz ihrer Wut musste Lena lächeln. „Vielleicht liegt es an dir." Lena ging an ihm vorbei, sah, wie der Wind den Sand über den Dünenkamm fegte. Morten holte auf, bis er wieder neben ihr ging.

„Ich weiß, ich habe Mist gebaut, aber ich habe doch gar nicht gewusst, dass ich Vater bin."

„Nein, weil Mads mein Sohn ist."

„Trotzdem hättest du es mir sagen müssen. Ich hatte keine Möglichkeit zu wählen, ob ich eine Beziehung zu ihm aufbauen will oder nicht. Und das soll anders werden."

Sie atmete tief ein. Die kalte Luft brannte sich in ihre Lunge. Ja, sie hätte es ihm sagen sollen. Aber sie hatte ihren Stolz gehabt. Und keine Adresse in Berlin. Hätte sie Vivians Eltern fragen sollen, wo Morten wohnte? Und jetzt kam er nach so vielen Jahren und wünschte sich eine Veränderung? „Anders werden? Was soll anders werden? Indem du wieder weggehst?"

„Jetzt hör mir zu. Ich verschwinde nicht mehr. Lass uns zusammen überlegen, wie wir es am besten machen. Ich will Mads kennenlernen."

Lena kletterte die Dünen hinauf, hielt an und presste die Hand in die Seite. Sie keuchte, weil sie so schnell durch den knöcheltiefen Sand gestapft war. „Denkst du an Telepathie?"

„Nein, ich will regelmäßig hierher kommen, anrufen und ihn einladen. Und ich möchte dich finanziell unterstützen."

Jetzt brauste die Wut in ihr auf. Natürlich, jetzt, wo sie so lange alles alleine gestemmt hatte, kam er an und machte einen auf Vater. „Willst du all die Jahre mit Geld ausbügeln?"

„Lena!" Mortens Stimme war jetzt scharf und sein Lid zuckte. „Du bist nicht fair. Ich versuche, meiner Verantwortung gerecht zu werden. Mehr nicht. Gib mir doch eine Chance."

Lena stopfte die Fäuste noch tiefer in die Tasche. Ja, sie war nicht fair. Sie war gereizt und wütend und hatte einfach keine Lust, nett zu sein. Aber Morten hatte recht. Sie hatte ihm nie von seinem Sohn erzählt. Und sie wusste genau: Mads brauchte einen Vater, zu dem er aufsehen konnte. Morten hatte zumindest eine Chance verdient.

„Gut, ich denk drüber nach."

Er fischte sein Portemonnaie aus der Innentasche seines Mantels und reichte ihr eine Visitenkarte. „Hier hast du meine Karte. Egal, ob du dich meldest oder nicht, du hörst von mir."

Sie musste trotz allem lächeln. „Soll das jetzt eine Drohung sein?"

„Nein, aber eine Aufforderung, nicht zu viel Zeit verstreichen zu lassen."

Lena stopfte die Visitenkarte in die Jackentasche und lief weiter den Strandsaum entlang. Jetzt hatte sie sicher genug gutes Karma gesammelt, um mit Vivian zu reden. Kurz darauf kletterte sie die Stufen zum Dünenhaus hoch. Die Steiltreppe war gefährlich rutschig, sie klammerte sich am Geländer fest, damit sie nicht hinfiel. Sie musste mit Vivian reden. Lena folgte dem Pfad durch den Garten, doch dann erstarrte sie und duckte sich hinter einem Ginsterstrauch.

Gianni stand hinter der Verandatür und hielt Vivian in seinen Armen. Vivians Schultern zuckten wie in einem Weinkrampf. Dann sah sie etwas Rotes vor der Tür. Blut? Ihr Herz fing an zu klopfen. Sie musste sehen, dass sie wegkam, damit Gian sie nicht auch noch dafür verantwortlich machte und alles noch schlimmer wurde. Gehetzt floh sie zurück zur Treppe.

GIAN

GIAN HIELT VIVIAN FEST, bis sie nicht mehr zitterte, und strich ihr beruhigend über den Rücken. Angst umklammerte sein Herz in einem festen Griff. Wer verfolgte Vivian? Und vor allem, warum? Er musste sie schützen. Sie durfte nicht mehr allein sein. Immer noch schluchzte sie leise, wimmerte wie ein verletztes Tier und fühlte sich zart an wie ein Vogelküken in seinen Armen, zerbrechlich und klein. Er schloss die Augen, versuchte, seine aufgeregten Gedanken zu besänftigen, aber sie flatterten hin und her wie hungrige Möwen, die der Wind durch die Luft wirbelte. Trotz ihres Schmerzes wirkte Vivian stark auf ihn. Vivian reckte den Rücken und wischte sich das Gesicht trocken.

„Du ziehst noch heute zu uns. Keine Widerrede. Amata wird jubeln, wenn sie von der Klassenfahrt zurückkommt." Er wischte ihr die Tränen aus dem Gesicht.

Sie kramte ein Taschentuch aus dem Ärmel und putzte sich die Nase. „Und deine Mutter wird weinend nach Lourdes wallfahren." Sie strich sich die Haare aus dem Gesicht. Immer noch zitterte sie am ganzen Körper. „Du weißt, dass ich mir nichts sehnsüchtiger wünsche, als bei euch zu wohnen. Aber wie soll ich jemals herausfinden, wer das hier gemacht hat? Wenn ich weggehe? Ich muss mich meinen Feinden schon selbst stellen."

„Wenn du meine Mutter als Feind ansiehst, dann solltest du den Kampf aufnehmen. Eine italienische Mamma kann sehr zäh sein."

Ein zaghaftes Lächeln huschte über ihr bleiches Gesicht. „Ich dachte nicht an deine Mutter, sondern an Mister Unbekannt."

„Du könntest bei Mamma aber auch ein bisschen Sumo-Ringen üben, damit du es mit Mr Unbekannt aufnehmen kannst."

„Nein, ich mein es ernst, Gian, ich muss mich diesem Monster stellen. Hier ist mein Zuhause. Wer mich hier nicht haben will, soll gefälligst selbst kommen." Sie zog die Nase hoch. „Ich habe jetzt eine Alarmanlage, vergiss das nicht."

„Das hat Kolumbus aber nicht geholfen."

„Stimmt, aber der Alarm funktioniert ja auch nur im Haus. Ich werde noch Bewegungsmelder anbringen lassen, damit dieser Kerl nicht noch einmal über das Grundstück schleichen kann."

Er spürte ihre Angst, die Schlagader am Hals pulsierte. Er würde nicht zulassen, dass sie hierblieb, auch wenn sie keinen anderen Ausweg sah. Das war doch nur ihr verdammter Stolz. Immer musste sie alles alleine schaffen. Aber diesmal wäre er an ihrer Seite, ob sie es wollte oder nicht. „Es könnte auch eine Frau sein." Gian legte seine Hände auf ihre Schultern und sah sie forschend an.

„Niemals. So grausam sind Frauen einfach nicht." Vivian machte die Terrassentür auf, frostige Luft strömte ins Zimmer. Sie blickte nicht zu dem blutigen Klumpen auf den Stufen. Dann formte sie die Hände zu einem Trichter und schrie: „Komm endlich und stell dich, du mieser Stümper."

„Warte, ich bringe Kolumbus weg und mache Ordnung …", sagte er, als er ihr den Schmerz vom Gesicht las. „Du sollst das nicht sehen."

„Es tut mir so leid für Kolumbus. Einmal habe ich ihm das Leben gerettet … Aber diesmal bin ich zu spät gekommen. Und er war noch so jung. Was wird Amata sagen?"

Gian holte eine Abfalltüte und Plastikhandschuhe. Er nahm den schlaffen Katzenkörper und legte ihn in die Tüte. So viel Leben war in diesem Kätzchen gewesen. Verzweifelt kämpfte er gegen den Kloß, der sich in seinem Hals breitmachte. „Amata wird weinen." Er räusperte sich. „Du kannst nicht alle retten. Aber du musst auf dich aufpassen. Und auf dein Baby. Und ich passe auf euch auf." Er richtete sich auf. „Willst du Kolumbus hier begraben?"

„Ja", sagte sie und sofort strömten die Tränen wieder über ihr Gesicht. „Natürlich. Glaubst du, wir sollten auf Amata warten? Sie hat Kolumbus so gemocht."

Er räusperte sich und nickte. „Das ist wahrscheinlich eine gute Idee."

„Okay." Vivian schlüpfte in einen Jogginganzug, holte Wasser und einen Schrubber. Gian zog sich an, goss

Wasser auf die Terrasse und wischte das Blut weg. Wenn er doch alles wegzaubern könnte, was momentan in Vivians Leben schiefging.

Vivian sah ihm zu, schlang die Arme um den Körper. „Ich friere, geh rein und mache Kaffee."

„Ja ..." Gian nahm ihr schmales Gesicht in die Hände, doch dann flackerte sein Blick, schweifte über die Dünen. Er erstarrte. „Verdammt, wer ist da hinten bei der Treppe?"

„Was? Hast du jemanden gesehen?"

Gian schob Vivian zur Seite. „Du gehst jetzt ins Haus und wartest dort." Dann schnappte er sich ein Sweatshirt und preschte durch den Garten in Richtung Strand. Aber kaum war er die Verandastufen heruntergesprungen, hörte er sie hinter sich. Diese verrückte Frau! Konnte sie nicht einmal tun, worum man sie bat?

„Bleib gefälligst, wo du bist!", schrie er über die Schulter zurück, stolperte durch den weichen Sand der Dünen und kam bei den Stufen, die von der Steilküste bis zum Strand führten, an. Die Treppenabsätze waren glitschig, er sprang zwei Stufen auf einmal nehmend die Bohlen hinunter, taumelte, als er rutschte, und hielt sich panisch am Geländer fest. Als er wieder festen Stand auf den Beinen gefunden hatte, suchte er mit seinen Augen den Strand ab. Aber die Person, die er gesehen hatte, war verschwunden. Dann erreichte Vivian ihn.

„Da ist niemand."

Er kniff die Augen zusammen und zoomte auf jeden Abschnitt heran. Wie ein Raubvogel auf der Suche nach Beute. Das Blut rauschte in seinen Ohren. „Doch, ich habe jemanden gesehen, ich schwöre es."

„Es ist aber noch früh, da ist kaum jemand am

Strand." Sie nickte in Richtung Meer. „Lass uns reingehen." Sie nahm seine Hand. „Komm, hier sind nur die Turteltauben da drüben ..." Sie zeigte auf ein Paar, das eng umschlungen am Strandsaum stand und sich heftig küsste.

„Vielleicht sind sie es." Er schob Vivian weg und rannte durch den Sand zu den Küssenden, die nur Augen füreinander hatten. Als Gian näher kam, fluchte er leise. Das war doch nicht möglich. Morten und Lena? Ein Paar?

„Was macht ihr hier?"

Blicke kreuzten sich wie Schwertklingen.

„Küssen, was sonst?" Morten legte besitzergreifend seinen Arm um ihre Schulter. „Uns verbindet mehr, als ich bisher wusste."

„Red keinen Unsinn", blaffte Gian. „Warum seid ihr hier?"

„Der Strand ist öffentlich zugänglich." Mortens Augen blitzten. Dann schloss Vivian zu ihnen auf.

„Wenn ihr euch traut ..."

Obwohl Gian kleiner war als Morten, griff er nach dessen Mantelkragen und zog ihn so nah zu sich heran, dass er seinen Atem roch. Morten hob abwehrend die Hände.

„Macht ihr jetzt gemeinsame Sache?", knurrte Gian. Er war fast blind vor Wut, spürte das Adrenalin wie einen Lavastrom durch seine Adern pulsieren.

„Lass ihn los", sagte Lena. „Wir haben uns zufällig getroffen und über unseren Sohn geredet."

„Euren Sohn?" Vivian stapfte näher zu ihnen.

„Ja, unseren Sohn, von dem ich erst hier erfahren habe." Morten nickte und ein Lächeln breitete sich auf seinem Gesicht aus. Jetzt erinnerte sich Gian. Natürlich. Mads sah Morten ähnlich. Warum war ihm das nicht früher aufgefallen? Warum hatte er vor dem Offensichtlichen die Augen verschlossen?

„Ihr wart also ganz zufällig beim Dünenhaus?" Gian kam Morten noch näher.

„Lass ihn, er hat nichts getan", mischte sich Lena ein. „Warum willst du wissen, wieso wir hier sind?"

„Ich habe im Garten einen Haarschopf gesehen, und weil gerade jemand den Kater getötet hat, frage ich mich, ob ihr ein mieses Spiel mit Vivian spielt. Ich trau euch ehrlich gesagt nicht über den Weg!" Gian lockerte seinen Griff. Morten wich zurück.

„Hier treibt keiner ein mieses Spiel, Gianni. Nur du, aber so selbstgerecht, wie du dich hier aufführst, merkst du das nicht einmal."

„Verschwindet jetzt und lasst euch hier nie mehr sehen."

21

Kattegat, 12. Dezember

MONA

Mona strich mit der Fingerkuppe über die Klinge des Messers, das sie in der Manteltasche versteckt hatte. Kälte kroch durch ihre Öljacke. Gian müsste längst weg sein. Zitternd suchte sie hinter dem Brennholzstapel Deckung vor den Windböen. Sie biss sich auf die Unterlippe, schmeckte etwas Metallisches. Dann kniff sie die Augen zusammen und spähte hinüber zu den Fenstern des Reethauses, aus denen warmes Licht in das Nachmittagsgrau floss.

Sie sah Gian genau, so hell war das Licht im Zimmer, und er hatte keine Vorhänge vorgezogen. Er stand im ersten Stock vor dem Kleiderschrank im Schlafzimmer, den Rücken ihr zugewandt, und rubbelte seine Haare trocken. Das Handtuch warf er auf das Bett oder einen Stuhl, das konnte sie nicht sehen, streifte sich ein Hemd über und schlüpfte in eine Jeans.

Schneeflocken schmolzen zu Tränen auf ihrem Gesicht. Eine Plastikplane tanzte über den Hof, schlug gegen den Holzstapel, hinter dem sie sich versteckt hielt. Krachend fiel die Tür des Schuppens zu. Mona zuckte erschrocken zusammen. Sie bewegte ihre kalten Zehen und schlug die Hände zusammen, stampfte mit den Füßen.

Wieder blickte sie zu den hell erleuchteten Fenstern auf der anderen Seite des Hofes. Jetzt suchten ihre Augen nicht nach Gian, sondern die Eisprinzessin.

Da! Vivian trank, an die Spüle gelehnt, aus einer Tasse. Tee. Um diese Zeit trank die Eisprinzessin keinen Kaffee mehr, sondern immer mit Rohrzucker gesüßten Tee. Sie kannte die Eisprinzessin so gut wie sich selbst, zu viele Jahre schon hatten sie das Leben und die Träume miteinander geteilt. Im milden Licht flammten Vivians tizianrote Locken wie loderndes Feuer. Sie klammerte sich regelrecht an die Tasse, so als suche sie sich festzuhalten, und starrte in den dämmerigen Hof. Ob sie Angst hatte? Ahnte sie, dass ihr Leben bald vorbei sein würde? Auch wenn sie sich hier bei Gian verkrochen hatte? Er würde ihr nicht helfen.

Sie beugte sich vor, gespannt wie eine Bogensehne. Sie konnte ihren Blick nicht von dem Gesicht lösen. Nur noch einen Lidschlag, dann war es endlich so weit. Ihr Atem beschleunigte sich, wurde flacher. So lange hatte sie auf diesen Tag gewartet. Im Schlafzimmer ging das Licht aus. Kurz darauf stellte die Eisprinzessin die Tasse auf den Küchentisch und verschwand.

Der Wind fauchte um den Schuppen, jaulte wie ein verängstigter Hund und brachte das Salz des Meeres mit sich. Schneeflocken wirbelten durch die Luft.

Mit dem Handrücken wischte sie sich Rotz und Tränen ab. Bloß nicht sentimental werden. Natürlich war es schrecklich, dass alles so zu Ende ging. Aber es gab keine Alternative. Die Eisprinzessin war böse, ihre Hände blutig, auch wenn das niemand sah. Mona hatte die Eisprinzessin schon lange durchschaut, und heute Abend würde sie die Eisprinzessin bestrafen.

Die Haustür öffnete sich. Eine Lichtbahn fiel in den Hof. Sie duckte sich und presste sich an die Schuppenwand hinter dem Brennholzstapel, wurde eins mit der

Dunkelheit wie ein Chamäleon mit seiner Umgebung. Gian trat vor die Tür. Sofort schaltete sich die Außenbeleuchtung ein. Instinktiv hielt sie die Luft an und spitzte die Ohren. Gian und Amata, dieses herzige Geschöpf, eilten zum Auto.

Mona linste hinter dem Brennholz hervor. Die Eisprinzessin stand noch in der Haustür. Amata sprang wieder zurück, schlang ihre Arme um sie und drückte sie an sich, als ob sie Vivian niemals mehr loslassen wollte. Die Eisprinzessin beugte sich hinab, küsste Amata auf den Scheitel und entließ sie mit einem sanften Schubs. Die Eisprinzessin sah ihnen nach, lächelte, als Amata auf ihren dünnen Beinen über den Hof zum Berlingo hüpfte. Offenbar fröstelte die Eisprinzessin in der schneidend kalten Luft. Schützend schlang sie die Arme um sich. Sie hatte den Kragen ihres Strickponchos hochgerollt. Gian wollte ins Auto einsteigen, als die Eisprinzessin mit der Hand winkte und ihn zurückhielt.

„Ehrlich, Gian! Wo hast du nur wieder deinen Kopf?" Der Wind trug die helle Stimme zu ihr. Die Eisprinzessin drehte sich um und verschwand im Haus. Gian wartete neben der offenen Fahrertür. Wenige Atemzüge später tauchte die Eisprinzessin wieder auf und ging zum Berlingo.

„Hier", sie setzte vorsichtig ihren Fuß auf, um nicht zu fallen. Dann drückte sie Gian einen Präsentkorb in den Arm und grinste. „Der Wein … Oder wolltest du ohne Geschenk aufkreuzen?"

„Danke, dass du daran gedacht hast." Er schüttelte den Kopf, öffnete die Hintertür und verstaute die Sachen auf dem Rücksitz.

„Ehrlich, irgendwann vergisst du sogar dich selbst."

„Hoffentlich findest du mich dann auch noch." Gian schlang den Arm um sie. Mona stöhnte. Es triefte ja nur so von zuckersüßer Liebe. Wenn er wüsste, was für eine Nutte er da im Arm hielt. Wann waren sie endlich fertig?

„Willst du wirklich hierbleiben? So ganz allein? Mein Onkel würde sich freuen, wenn du mit dabei wärst."

Die Eisprinzessin legte die Handflächen auf seine Brust. „Nein, mir ist nicht nach Gesellschaft, und dein Onkel kennt mich nicht. Feiere du mit ihm seinen Geburtstag. Ich werde mich ausruhen und einen romantischen Frauenfilm schauen."

Gian beugte den Kopf zu ihr und küsste sie. Mona war sicher, dass der Schnee unter den Fußbetten der beiden tauen würde, so sehr loderte es zwischen ihnen. Verächtlich kräuselte sie die Nase, knabberte an der Haut des Nagelbetts und beobachtete, wie Gian sich widerstrebend von Vivian löste.

Endlich. Sie wollte schließlich nicht die ganze Nacht hier herumlungern. Ihre Füße schmerzten, und sie wackelte mit den Zehen, um die Kälte zu vertreiben.

Gian drehte die Eisprinzessin um und schob sie sachte in Richtung Haus. „Ab ins Warme mit dir. Hier holst du dir noch den Tod."

Die Eisprinzessin stelzte vorsichtig über den Neuschnee, ihr Fuß rutschte weg, sie ruderte mit den Armen und versuchte das Gleichgewicht zu halten, was ihr nicht gelang. Sie landete rücklings auf den Boden.

Auch das noch, zischte Mona und spähte wieder hinter den Holzscheiten hervor. Sofort sprang Gian zu ihr, hockte sich neben Vivian, die sich die Faust in den Rücken presste.

„Bist du okay?"

„Es war schon mal besser, aber zumindest weiß ich jetzt, dass ich ein Steißbein habe. Diese vermaledeite Evolution ... mit Schwanz wäre mir das sicher nicht passiert. Da wäre ich elegant balanciert und nicht wie ein Kartoffelkäfer auf dem Rücken gelandet."

Er lachte, reichte ihr die Hand und half ihr auf. Die Eisprinzessin verzog das Gesicht und massierte sich die Lenden.

„Geht es wirklich? Soll ich nicht lieber doch bleiben?"

Ein amüsiertes Lächeln huschte über ihr Gesicht. „Du suchst doch nur nach einer Ausrede, um nicht wegzumüssen. Aber daraus wird nichts. Ich verkriech mich jetzt unter einer warmen Decke auf dem Sofa, ehe ich zu einem Eiszapfen mutiere."

Gian strich ihr liebevoll über die Wange. Dann humpelte sie zurück ins Haus, die Tür fiel ins Schloss und hinter ihr verschluckte die Nacht die roten Rücklichter des Berlingos, der langsam über den Schotter der Einfahrt wegfuhr.

Sie wartete noch einige tiefe Atemzüge lang. Jetzt. Langsam löste sie sich aus dem Schatten und ging aufrecht auf das Haus zu.

GIAN

„Das ist ja ein Sauwetter!" Gian kniff die Augen zusammen, aber bei diesen wirbelnden Flocken half das auch nicht mehr. Vor zwei Stunden war er aufgebrochen. Es hatte geschneit, aber niemals hätte er sich vorstellen können, dass es so schlimm werden würde. Für die Strecke bis nach Hillerød, für die er sonst höchstens dreißig

Minuten brauchte, hatte er gestrichene eineinhalb Stunde gebraucht, und mit jeder Minute wurde das Schneegestöber dichter. Die Sicht war inzwischen so schlecht, dass er das Gefühl hatte, nur bis zu seiner Nasenspitze sehen zu können.

„So eine Milchstraße", pflichtete Amata ihm bei. „Ob wir überhaupt durchkommen?"

Sie fuhren hinter einem Streuwagen her, und es gab einfach keine Möglichkeit, den verdammten Wagen zu wenden. Der Verkehr stockte. Er fluchte innerlich. Wenn er mit Amata doch bloß bei Vivian geblieben wäre. Niemals hätte er sich darauf einlassen sollen, ausgerechnet bei diesem Wetter nach Kopenhagen zu fahren, zum 75. Geburtstag seines Onkels Fabrizio. Gian hatte absagen wollen, aber Vivian hatte ihn weggeschickt.

Familie ist Familie, und die sollte man pflegen, hatte sie gesagt. Trotzdem hätte er nicht auf sie hören dürfen. Wenn es in diesem Tempo weiterging, käme er vielleicht noch rechtzeitig zum hundertsten Geburtstag. Mit den Fingern trommelte er auf das Lenkrad. Vor ihm rutschte ein Auto in eine Schneewehe. Als der Fahrer Gas gab, grub sich der Fiat nur noch tiefer in den Schnee, bis seine Reifen durchdrehten und er weder vor- noch zurückkam. Sobald er den Wagen wenden könnte, würde er zurückfahren. Dies hier war verantwortungslos.

Nicht, dass er hier festsaß, sondern dass er Vivian allein gelassen hatte. Den ganzen Tag hatte er schon das dumpfe Gefühl in seiner Magengrube, das immer einer Katastrophe in seinem Leben vorausging. So war es beim Tod seines Vaters gewesen und als Hanna wegfuhr. Er trommelte mit den Fingern auf das Lenkrad. Das hier war alles eine blöde Idee gewesen. Er würde nicht mehr zum Geburtstag kommen und er hätte niemals fahren sollen. Niemals. Vivian. Hoffentlich ging es ihr gut. Er hatte ihr versprochen, für sie da zu sein. Sie hatte sich tapfer gegeben und immer wieder betont, dass sie sich in seinem Haus sicher fühlte. Gott sei Dank wusste niemand, dass sie bei ihm wohnte. Sein Herz raste. Er würde sie anrufen.

VIVIAN

Vivian nahm die Bruschetta aus dem Backofen. Die Brote erinnerten sie an warme Sommertage am Mittelmeer. Heute Abend würde sie sich einen prickelnden Traubensaft gönnen. Momentan trank sie wegen der Schwangerschaft keinen Alkohol. Mit dem Teller und dem Glas in der Hand balancierte sie ins Wohnzimmer und stellte alles auf den Tisch. Sie schob die Brille hoch und blickte durch das Fenster in die Nacht. Der Wind jagte Schneeflocken um das Haus. Sie schauderte, denn sie wurde das Gefühl nicht los, dass die Nacht Augen hatte. Schnell machte sie die Vorhänge zu, und erst als sie Düsternis und Dunkelheit ausgesperrt hatte, fühlte sie sich wieder geborgen.

Sie kuschelte sich ins Sofa, zog die Beine hoch und drückte auf den Knopf der Fernbedienung. Gerade als Meg Ryan gut gelaunt zu ihrer Buchhandlung spazierte, klingelte es an der Haustür. Die Haare auf Vivians Armen richteten sich auf. Angst kroch ihr in den Nacken. Wer war das? Bei diesem Wetter und zu dieser Zeit? Ihr Herz raste, die Handflächen wurden feucht.

Sie legte das angebissene Brot auf den Teller zurück, stand auf und schlich zur Haustür. Verleugnen konnte sie sich wohl kaum. Das ganze Haus war erhellt. Von draußen konnte jeder das Schattenspiel ihrer Bewegungen hinter den Vorhängen sehen. Vivian stellte sich auf die andere Seite der Haustür, hielte die Luft an. Schweiß rann ihre Wirbelsäule herab. Ihr Herz hämmerte. Sie sah den dunklen Umriss durch die Scheibe. Breit. Dann hämmerte eine Faust auf das Holz.

„Mach auf, Vivian, bevor ich hier zum Eiszapfen erfriere."

Mona! Erleichtert stieß Vivian die angehaltene Luft aus und wischte sich die Hände an der Hose ab. Warum war Mona bei diesem Wetter hier? Nun ja, in den letzten Wochen hatte Mona sich sehr verändert. Sie schien durch die Trauer oft unberechenbar. Vivian nahm die Sicherheitskette ab und öffnete. Ein Schwall kalter Luft fegte in den Flur. Mona stampfte von einem Bein auf das andere, die Hände tief in der Jackentasche vergraben. Sie sah so übernächtigt aus. Ihre Augen glänzten fiebrig. Vivian schauderte. Sie war sich nicht sicher, ob es der eisige Wind war, der ins Haus strömte, oder der kalte Blick aus Monas sonst so warmen Augen, der sie frösteln ließ. Sie trat zurück und öffnete die Tür einladend.

„Komm rein ins Warme." Als Mona in den Flur stolperte, drückte Vivian sie an sich und spürte etwas Hartes in Monas Jackentasche. Vivian stutzte, aber als sie Monas graues Gesicht betrachtete, sah sie auf den von der Außenbeleuchtung erhellten Hofplatz. Flocken wirbelten durch die Nacht. Man konnte nicht mehr die Hand vor Augen sehen. Hoffentlich kamen Gian und Amata heil zu Fabrizio.

„Bist du zu Fuß gekommen? Oder schaffst du es nicht mehr bis nach Hause?"

Sie warf die Tür hinter sich ins Schloss. Das Heulen des Windes verebbte. Mona streifte ihre Stiefel ab, stellte sie auf die Fußmatte zum Trocknen und richtete sich wieder auf. „Anders hat mich oben an der Straße abgesetzt. Ich wollte zu dir."

Vivian schlang die Arme um sich. Mona wollte zu ihr? Seitdem sie so wütend aus dem Dünenhaus gestürmt war, hatte sie sich nicht mehr gemeldet. Und wenn Vivian sie nach der Arbeit auf dem Hof kurz besuchte, war sie einsilbig gewesen. Sie hatte keinen Bedarf an Gesprächen. Oder Freunden. Woher kam diese Veränderung? „Okay", stotterte Vivian etwas verwirrt. „Ich bin heute Abend allein. Hast du Lust, mit mir Meg Ryan zu sehen? Wir könnten uns einen richtig gemütlichen Filmabend machen, so wie in alten Zeiten." Mona war aschfahl. „Oder hast du was Bestimmtes auf dem Herzen? Willst du lieber reden?"

„Nein, nein, ein Filmabend ist wunderbar. Ich bin nur hier, weil Gian mich gebeten hat, bei dir vorbeizuschauen."

„Ehrlich? Hat er das?" Das war es also. Erleichterung und Dankbarkeit durchströmte Vivian. Alles war gut. „Davon hat er gar nichts gesagt …"

„Sicher hat er nur vergessen, es zu erwähnen." Mona hängte ihre Jacke auf und folgte Vivian ins Wohnzimmer.

„Gian macht sich immer Sorgen um mich." Vivian wandte sich um. „Hast du schon gegessen?"

„Ja, habe ich; aber ein Glas Wein zum Film wäre schön."

„Dann hol ich dir ein Glas."

Auf dem Weg in die Küche klingelte Vivians Smartphone. Sie schaute auf das Display. Gian, natürlich!

„Na du." Vivian nahm ein Glas aus dem Schrank. „Du solltest in Kopenhagen übernachten. Das Schneegestöber nimmt zu. Hier ist kein Durchkommen mehr."

„Wie hier. Wenn wir überhaupt bei Fabrizio ankommen. Hier geht es weder vorwärts noch rückwärts. Ich kann nicht einmal wenden. Aber sobald sich was tut, kehre ich um,. Es hat keinen Sinn weiterzufahren. Ich hätte bei dir bleiben sollen."

„Das geht schon an. Mona ist gekommen. Wir sehen uns zusammen *You've got mail* an. "

„Mona? Wann ist sie gekommen?"

Vivian lachte amüsiert. „Tu doch nicht so. Die Überraschung ist dir wirklich gelungen."

Die Tür zur Küche wurde aufgerissen, Mona kam herein, den Mund zusammengepresst wie ein schwarzer Kajalstrich.

„Fahr vorsichtig. Ich muss jetzt aufhören. Bis dann."

GIAN

GIAN LEGTE DAS SMARTPHONE auf seinen Schoss. Nervös trommelte er mit den Fingern auf das Lenkrad. Amata, die neben ihm auf dem Beifahrersitz kauerte, hörte mit geschlossenen Augen Musik. Mona war bei Vivian. Das war gut, oder? Immerhin war sie dann nicht allein.

Aber warum pochte dann sein Herz so sehr? Sein Brustkorb schien unter den Schlägen zu zerbrechen. Kalter Schweiß bildete sich auf seiner Stirn. Seine Fingerspitzen kribbelten. Das war immer ein untrügliches Zeichen, dass ein Tornado seine Welt aus den Fugen heben würde.

Was hatte Vivian gesagt? Er hätte Mona geschickt? Warum sollte er das tun?

Dann flammte die Erkenntnis auf wie ein Blitz am Gewitterhimmel. Mist, er hätte niemals fahren dürfen. Mona war bei Vivian. Vielleicht war das Ganze ein schrecklicher Irrtum, und Lena hatte nicht gelogen. Er kniff die Augen zusammen und wendete den Wagen. Hoffentlich war es noch nicht zu spät. Nervös drückte er auf die Rückruftaste, aber Vivian nahm den Anruf nicht entgegen. Schweiß perlte auf seiner Stirn.

VIVIAN

Vivian stand starr in der Küche. Das Smartphone glitt aus ihrer Hand, fiel auf dem Boden. Mona fixierte sie mit kalten Augen; in der Hand hielt sie ein Messer.

„Oh, Mist." Vivian bückte sich, um das Smartphone aufzuheben. Das Display hatte einen Riss. Plötzlich durchfuhr sie die Wahrheit wie ein Laserstrahl. Gian und sie hatten sich getäuscht. Lena war gar nicht die Person, nach der sie suchten. Lena hatte Vivian erschrecken wollen, aber mit den letzten Übergriffen hatte sie nichts zu tun. Mona war der Schlüssel zu allem.

Vivian überlegte krampfhaft, wie sie Zeit gewinnen könnte. Reden. Sie legte das Smartphone auf die Anrichte und nahm das Glas mit dem Wein in die Hand, bemüht das Messer in Monas Hand nicht zu beachten.

„Lass uns ins Wohnzimmer gehen." Ihre Stimme klang in ihren Ohren piepsig. „Meg Ryan hat sicher schon ihre erste E-Mail geschrieben."

„Du zuerst." Mona hielt ihr die Tür auf und wies mit

dem Kopf die Richtung. Im Wohnzimmer nahm Vivian die Fernbedienung und drehte die Lautstärke auf. Mona drückte sie aufs Sofa. Dann nahm sie ihr die Fernbedienung aus der Hand.

„Sie ist hübsch, die kleine Meg, nicht wahr? Schau ganz genau hin. Du siehst sie zum letzten Mal." Mona schaltete den Fernseher aus.

Vivian verknotete ihre Finger. Ihr war übel. Hektisch versuchte sie, einen Ausweg zu finden. Würde es ihr gelingen zu fliehen? Könnte sie Mona überlisten? Sie musste Zeit schinden. „Willst du reden?"

Mona lachte rau auf und warf die Fernbedienung über den Tisch.

„Reden? Immer nur reden, was?" Sie schnaubte und trat einen Schritt auf Vivian zu, beugte sich zu ihr und zischte. „Wir zwei müssen nur noch abrechnen."

„Ich muss mal." Vivian sprang auf. „Lass mich auf die Toilette!"

„Du rührst dich nicht vom Fleck." Mona stieß sie wieder ins Sofa und grinste abschätzig. Das Messer wanderte unablässig von einer Hand in die andere. „Mich hättest du niemals verdächtigt, oder?"

Vivian legte unwillkürlich die Hand vor den Mund. Schweiß perlte auf ihrer Stirn. Die Klinge blitzte auf. Wenn sie doch nur etwas fände, mit dem sie sich verteidigen könnte.

„Immer nur Fragen." Wieder funkelte die Klinge im Licht. Ein spöttisches Lächeln umspielte Monas Mund. „Jetzt hast du Angst, oder?"

„Was …", wisperte Vivian. Sie schlang die Arme schützend um ihren Bauch, damit Mona nicht spürte, wie sehr sie zitterte. „Was habe ich dir getan?"

Sofort verhärtete sich Monas Miene. Ihre Augen wurden schwarz und hatten einen sonderbaren Ausdruck, als würde sie etwas sehen, was niemand anders sah.

„Heute stirbst du", zischte sie. „Du elende Mörderin."

Vivian schüttelte den Kopf, starr vor Entsetzen. „Mörderin? Warum das denn?"

„Ja, Mörderin. Du faselst von Freundschaft, aber mir verschweigst du alles." Sie spuckte Vivian vor die Füße. „Nennst du das Freundschaft? Ich warte auf ein Kind, kämpfe, damit ich es behalten kann, und du treibst ab?"

Vivian versuchte zu schlucken, aber ihre Zunge klebte am Gaumen. Sie wisperte: „Du musst etwas falsch verstanden haben."

„Falsch verstanden haben", äffte Mona sie nach. „Besuchst mich im Krankenhaus, um mich zu trösten, und planst, dein Kind zu töten. Verlogenes Miststück."

„Aber ich habe es doch gar nicht machen lassen …" Vivian sprang auf und breitete verzweifelt die Arme aus. „Ich wollte es, weil ich keinen Ausweg mehr sah, aber ich konnte es nicht."

„Du willst doch nur deine Haut retten, du elendes Lügenmaul." Mona trat einen Schritt auf sie zu, Vivian stolperte zurück, aber Mona machte einen Satz und umklammerte ihren Arm. Dann zerrte sie Vivian zu sich und legte die kalte Klinge an Vivians Wange.

„Scheißt du dir jetzt in die Hose?" Mona drückte zu, die Spitze bohrte sich in Vivians Fleisch und eine feine Blutspur rann über ihre Wange. „Du weißt nicht, was Angst ist, Eisprinzessin." Sie strich mit der Schneide langsam über Vivians Wange. Vivian biss sich auf die Zunge, um einen Angstschrei zu unterdrücken, aber sie konnte sich nicht kontrollieren und zuckte zurück. „Glaub mir, ich weiß es." Mona stieß Vivian aufs Sofa.

Die Gedanken wirbelten durch Vivians Kopf. Ruhig, ermahnte sie sich. Du musst ruhig werden und einen Plan machen. Mona ist nicht die Mona, die du kennst. Sie ist unberechenbar. Du wirst sie nicht zur Vernunft reden können. Überleg dir gut … Mona hat ein Messer, aber sie ist nicht besonders gut in Form. Du musst sie überwinden.

Mona lachte kalt. „Dann hör gut zu: Wochenlang lebst du nur nach Plan, isst gesund, gehst spazieren, schluckst Folsäure und schüttest Frauenmanteltee in dich. Du hoffst und hoffst, dass du das Kind diesmal behalten darfst. Und du klammerst dich an jedes Fitzelchen Hoffnung. Aber trotzdem wagst du nicht mehr, dich an dein Kind zu binden, weil ein neuer Verlust zu weh tun würde. Du willst dein Baby beschützen und kannst es nicht."

Mona tigerte vor dem Sofa auf und ab, fuchtelte wild mit dem Messer in der Luft. Vivian strich sich mit dem Handrücken das Blut von der Wange und behielt die schimmernde Klinge im Auge. Ihr Herz galoppierte.

„Wie allein ich mich gefühlt habe! Vorher und danach. Du machst dir kein Bild …"

Lass sie reden, gib ihr Recht. Das beruhigt Gewalttäter. Stimme sie versöhnlich, rede mit ihr. Vielleicht kommt Gian ja gleich. „Ich wusste nie, wie schwer es für dich war. Das stimmt", stotterte Vivian.

„Es stimmt? Natürlich stimmt es. Ich bin keine Lügnerin so wie du." Mona tigerte wieder durch den Raum. „Hohl und leer. Und obwohl ich alles versucht habe, durfte ich keine Mutter sein. Aber du, du kommst, und schon einen Wimpernschlag später bist du schwanger. Immer noch die Eisprinzessin, die auf alles zeigt, und es bekommt. Nein, ich habe genug von deinen Lügen."

Vivian räusperte sich, die Angst schnürte ihr den Hals zu wie eine Schraubzwinge. Dieses Messer machte sie nervös. Sie trug ein Kind unter dem Herzen, ihr Baby, und sie musste es beschützen.

„Stimmt, ich verdiene das Kind nicht. Aber bitte glaub mir, ich habe nicht abgetrieben."

Mona blieb stehen und verzog das Gesicht. Ihre fettigen, violetten Haare fielen ihr in die Stirn. „Du hast mir verschwiegen, dass du schwanger bist. Und jetzt lügst du wieder. Du lügst immer. Ich kann dir nicht mehr glauben."

„Was hätte ich machen sollen, Mona? Ich wollte dich nicht noch mehr verletzen. Ich wollte so gern meine Zweifel und Angst mit dir teilen, aber ich habe mich nicht getraut. Das musst du mir glauben. Ich wusste doch, wie schwer du es hattest."

Mona blieb stehen. „Ich muss dir gar nichts mehr glauben. Du hättest Anders und mir das Kind zur Adoption geben können, statt abzutreiben."

„Ja, natürlich, das hätte ich machen können." Vivian weinte. „Glaub mir doch. Ich bin noch schwanger." Aber die Worte, das konnte sie sehen, erreichten Mona in ihrem Wahn nicht. Sie war in ihrer irrsinnigen Welt gefangen wie eine Fliege im Spinnennetz.

„Du hast wieder mal nur an dich gedacht."

„Das ist nicht wahr. Hör mir zu. Ich bin doch noch schwanger." Vivian schrie, schluckte ihre Angst herunter. Sie musste Mona schachmatt setzen. Auf dem Tisch stand ein grönländischer Tupilak, geschnitzt aus Rentiergeweih.

Es war ein Versuch wert. Vivian rückte unmerklich zum Beistelltisch mit dem Tupilak. „Woher weißt du eigentlich, dass ich schwanger bin?"

„Ich habe den Wisch mit dem Termin von der Klinik gesehen, als ich dich besucht habe. Da habe ich verstanden, dass wir keine Freunde sind. Für dich war ich doch immer nur der Fußabtreter, die dumme Dicke, die keine Kinder kriegen konnte." Monas Stimme schraubte sich höher und höher. „Aber dass du überlegen kannst, dein Kind abzutreiben, während ich verzweifelt versuche, eines zu bekommen, macht mich rasend." Mona blieb stehen und lauschte. „Wer ist da?" rief sie und drehte sich zur Seite, während sie das Messer mit beiden Händen umklammert hielt. „Hast du das auch gehört?" Nervös glitt Monas Blick zur Tür, zum Fenster, zur Küche.

Jetzt oder nie. Vivian sprang auf, riss den Tupilak vom Tisch und schlug ihn mehrmals auf Monas Hinterkopf. Mona zuckte zusammen, jaulte auf, aber sie hielt sich aufrecht und wirbelte herum. Mit dem Messer streifte sie Vivian. Eine Blutspur zog sich über ihren Arm. Vivian trat einen Schritt zurück, balancierte mit ihren Füßen den Stand aus und ballte ihre Faust. Mona stolperte auf sie zu. Vivian sammelte all ihre Kraft, knallte in einer fließenden Bewegung ihre Faust auf Monas Nase. Es knirschte. Blut spritze. Mona riss erstaunt die Augen auf, vor Schreck ließ sie das Messer fallen und sah erst zu spät, dass Vivian ihren Arm in einer fließenden Bewegung hob und den Ellbogen unter Monas Kinn rammte. Monas Kopf wurde nach hinten geschleudert, und sie sackte auf die Knie. Vivian drehte sie sich um, riss die Terrassentür und rannte um ihr Leben.

Gian atmete erleichtert auf. Das Haus war taghell erleuchtet, nur die Vorhänge im Wohnzimmer waren vorgezogen. Er wandte sich an Amata. „Du bleibst im Auto und verriegelst die Tür. Komm auf keinen Fall raus, bevor ich dich hole."

„Aber warum? Ich will mit rein."

„Hör mir jetzt zu, Schneckchen. Ich geh rein und schaue, ob alles in Ordnung ist, und du bleibst hier. Ende der Diskussion."

„Aber es ist dunkel und kalt. Ich habe Angst so allein, Paps."

„Mache, was ich sage. Ich bin gleich wieder da."

Er gab ihr einen Kuss, stieg aus und rannte zur Haustür. Als er den Schlüssel ins Schloss stecken wollte, sah er, dass die Tür nur angelehnt war. Er schob sie auf und schlich sich in den dämmerigen Flur. Blut rauschte in seinen Ohren. Vivian, wo bist du? Sein Herz hämmerte. Alle seine Sinne waren auf scharf gestellt, aber er hörte nur seinen eigenen Atem. Gian schlich an der Wand entlang und wagte nicht zu rufen. Wenn Mona noch hier war, konnte es sein, dass Vivian in Gefahr war. Vivian und ihr Kind.

Etwas klirrte. Regungslos stand er im Flur, aber so sehr er auch lauschte, er konnte nichts weiter hören. Wieder setzte er einen Schritt vor den anderen und trat ins Wohnzimmer.

Der Anblick, der sich ihm dort bot, ließ ihn den Atem anhalten. Mein Gott, was war hier passiert? Blutspritzer waren über die Wand verteilt, auf dem Boden eine Lache Blut ... Aber kein Zeichen von Leben. Vorsichtig bewegte er sich weiter, um einen Blick in die Essecke zu werfen, und rutschte auf etwas Glitschigem aus. Er federte den Sturz ab, aber als er sich an die Couch klammerte, rammte er mit dem Ellbogen eine Schale, die klirrend auf dem Boden zerbrach. Unter seinen Füßen war Blut. Oh Mann, wo war bloß Vivian? In diesem Augenblick spürte er einen stechenden Schmerz im Kopf und fiel zu Boden. Das letzte, was er sah, waren die Füße des Sofas. Dann verengte sich sein Blickfeld. Er fiel in ein schwarzes Loch.

AMATA

AMATA KAUERTE IM AUTO. Die Kälte kroch langsam in den Wagen. Sie lag auf dem Sitz, die Knie vor dem Bauch angewinkelt, damit niemand sie sah. Ihre Zähne schlugen aufeinander. Draußen jaulte der Wind wie ein hungriges Untier, das sie mit Haut und Haar verschlingen wollte. Hatte Paps sie vergessen? Warum kam er nicht zurück? Der Schnee fiel so dicht, dass sie fast nicht mehr aus dem Fenster sehen konnte.

MONA

MONA SCHAUTE AUF GIAN HERAB. Gian war gut. Die Eisprinzessin war böse. Wo war die alte Schlampe hin? Ihr Kopf dröhnte, sie hielt sich die Hand vor ihre Nase. Blut. So viel Blut. Ihre Nase schwoll an und ihr Kiefer schmerzte. Es brannte höllisch. Sie konnte kaum noch einen Gedanken fassen, stolperte blind vor Wut durch den Flur zur Haustür, stützte sich mit der Hand an der Wand ab. Gleich wäre alles vorbei.

Als sie die Tür öffnete, sah sie Gians Wagen. Sie rieb sich die schmerzende Stirn. Sie war nicht seinetwegen hier. Warum nur war sie hier? Vivian … Sie suchte die Eisprinzessin. Ihr Kopf schmerzte höllisch, weil diese Schnepfe sich an ihre Kung-Fu-Stunden erinnert hatte. Sie hatte so schnell zugeschlagen, dass Mona es nicht hatte kommen sehen. Dieses miese Stück. Das würde sie ihr büßen. Diesmal käme sie nicht davon. Sie leckte sich über die spröden Lippen. Blut. Ein Windstoß trieb ihr die Haare aus der Stirn. Sie stolperte auf den Hof, als sie aus den Augenwinkel sah, wie Gians Wagen sich sachte bewegte. Hatte die Eisprinzessin sich etwa darin verkrochen? Wollte sie wegfahren?

Mona humpelte zum Auto, zog den Ärmel lang, wischte den Schnee vom Fenster und spähte in den Wagen. Auf dem Rücksitz bewegte sich etwas. Sie klopfte an die Schreibe. Ein Kopf schoss in die Höhe. Amata, die süße Kleine. Sie würde auf sie aufpassen, damit Vivian ihr nicht wehtat. Bis Gian wieder auf den Beinen war. Wenn er überhaupt jemals wieder auf die Beine kam, jetzt, wo sie ihm das Buch über den Schädel gezogen hatte.

„Amata, ich bin's, Mona."

„Mona, wo ist Paps?"

„Er kann gerade nicht kommen. Mach die Tür auf."

„Ich soll hier auf Paps warten. Was hast du da an der Nase?"

„Ich habe mich gestoßen, blute nur ein wenig. Das geht vorbei. Komm zu mir."

„Nein, ich warte hier auf Paps."

„Dein Paps hat mir gesagt, ich soll dich holen und mit ins Haus nehmen. Es ist viel zu kalt."

„Ich warte lieber hier."

„Hier ist es zu kalt, Mäuschen."

Amata schlang die Arme um sich.

„Wenn du nicht kommst, dann lass mich dir wenigstens etwas Warmes geben." Mona zog ihren Pullover über den Kopf und hielt ihn hoch. „Nun mach schon auf. Ich pass auf dich auf."

„Ich muss Pippi machen."

„Dann komm." Mona lächelte. „Du kennst mich doch. Dein Paps hätte nichts dagegen, dass ich dich ins Haus bringe."

Amata streckte die Hand aus. Die Entriegelung summte. Und als Mona die Tür aufriss und sie aus dem Auto zerrte, schrie Amata auf. Sie zeigte auf das Messer in Monas Hand.

„Warum hast du das Messer?"

VIVIAN

VIVIAN KAUERTE ZITTERND hinter dem Brennholzstapel. Auf ihrer Flucht aus dem Haus hatte sie keine Jacke mitgenommen. Immer noch wirbelte der Schnee und verwandelte die Landschaft in ein milchiges Weiß. Der Wind zerrte an ihren Haaren. Sie musste so schnell wie möglich zum nächsten Haus kommen, um Hilfe zu rufen. Es gab nur einen sicheren Weg – durch einen der Trampelpfade in den Dünen, damit Mona sie nicht so leicht finden konnte. Der Weg über die Hauptstraße war kürzer, aber dort war sie auch Freiwild für Mona. Die

Außenbeleuchtung ging an. Vivian spähte hinter dem Brennholzstapel hervor, nur um sich zu vergewissern, dass Mona ihr nicht gefolgt war. Mona stand vor Gians Berlingo und umklammerte Amatas Arm. Die Kleine schlotterte vor Kälte.

Oh nein, dachte Vivian verzweifelt, sie konnte jetzt unmöglich wegrennen. Mona war unzurechnungsfähig, und selbst wenn sie nur Vivian bestrafen wollte, war nicht abzusehen, wie sie im Affekt handelte. Vivian musste Monas Aufmerksamkeit erregen. Vielleicht würde sie dann das Kind vergessen. Aber sie müsste schnell sein. Mona war bewaffnet, und ihre Mordlust trieb sie unverkennbar an. Sie schien so fokussiert, dass sie alles andere ausblendete. Wahrscheinlich auch die Schmerzen, die Vivians Schläge ihr zugefügt hatten. Vivian musste Amata helfen!

Mit vor Kälte steifen Fingern sammelte sie einen faustgroßen Stein vom Boden auf. Dann trat sie hinter dem Holzstapel hervor und brüllte, so laut sie konnte, gegen das Heulen des Windes an: „Mona, lass Amata ins Haus. Ich bin hier."

Mona erstarrte in ihrer Bewegung und schaute auf. „Komm her, wenn du was von mir willst."

Monas Stimme war nasal, sie röchelte. Sicher hatte sie sowohl Nase als auch Kiefer gebrochen. Vivian trat einen Schritt vor, die Hände erhoben. Der Wind riss an ihren Kleidern. Schneeflocken stachen ihr auf den vor Kälte gefühllosen Wangen. Amata zappelte in Monas Klammergriff.

„Gib Ruhe!", herrschte Mona sie an und zerrte sie näher an sich.

„Lass Amata gehen, dann komme ich zu dir." Aus den

334

Augenwinkeln sah Vivian, dass Gian sich benommen gegen den Türrahmen lehnte. Mona bemerkte nicht, dass er auf der Veranda stand. Sie hatte nur Augen für Vivian.

„Bitte, lass mich los. Ich will zu meinem Paps."

Mona schüttelte Amata energisch und schleifte sie weiter hinter sich her.

„Ich lass die Kleine erst los, wenn du hier bist, alte Schlampe."

Vivian ging weiter auf sie zu. Sie versuchte, Amata anzulächeln, um ihr Mut zu machen, und beobachtete, dass Gian langsam die Stufen vom Haus herunterging. Er hielt etwas in der Hand, das sie im Schneegestöber nicht genau erkennen konnte. Sie musste Mona ablenken.

„Auf die Knie mit dir." Monas harte Stimme durchschnitt das Brausen des Windes.

Vivian sank in den Schneematsch. Als ihre Jeans feucht wurden, hatte sie das Gefühl, vor Kälte steif zu sein, völlig gefühllos. Lieber Gott, Gian musste es schaffen, Amata und ihr zu helfen, bevor Mona ihn entdeckte.

„Lass Amata los. Du willst *mich* töten."

Mona war nun so nah, dass Vivian die harten Züge ihres Gesichts sehen konnte. Amata versuchte wieder, sich loszureißen, und jammerte. „Lass mich, ich will ins Haus, Mona, du tust mir weh." Sie wandte und drehte sich unter Monas Klammergriff und plötzlich – Vivians Herz stockte – entdeckte sie ihren Vater. „Paps! Hilfe!"

In dem Moment sah Mona sich überrascht um. Das war ihre Chance. Jetzt oder nie. Vivian ballte ihre Hand, sprang hoch und schlug die Faust unter Monas Kinn. Die Wucht des Schlags warf Monas Kopf nach hinten, und Amata rannte zu Gian. Mona ruderte mit den Armen, verlor ihr Messer und fiel rücklings auf den Boden.

Vivian kickte das Messer außer Reichweite und kniete sich auf Monas Brustkorb. Scheinwerfer frästen sich durch den Schneesturm.

„Gott sei Dank, die Polizei." Vivian atmete erleichtert auf und drückte Mona mit aller Kraft auf den Boden. Diese war so schlapp, als ob alle Luft aus ihr herausgelassen worden wäre. Sie wandte das Gesicht ab, sodass Vivian nur ihr Profil betrachten konnte. Das violette Haar leuchtete auf dem weißen Hintergrund. Was war nur mit ihnen geschehen? Waren es Tränen oder geschmolzene Schneeflocken, die Monas Wangen nässten? Was empfand Vivian für die Frau, die unter ihr lag und wimmerte? Freundschaft? Hass? Wut? Angst? Oder war es doch eher Mitleid?

„Mona, gleich kommt Hilfe. Alles wird gut."

Mona wandte ihren Kopf, ihre grünen Augen funkelten. „Nichts wird gut, nichts. Dazu ist es zu spät."

Vivian schluckte den Kloß herunter, der ihren Hals zuschnürte. Sie hob den Blick. Der Polizeiwagen bremste ab, und in diesem Moment der Unachtsamkeit bäumte Mona sich in letzter Entschlossenheit auf und stieß Vivian von sich. Diese schlug mit dem Kopf auf dem Boden auf. Mona rappelte sich auf und stürzte in Richtung Dünen. Fort vom Haus und dem grellen Licht der Scheinwerfer.

„Halt, stehenbleiben!" Einer der Polizisten folgte ihr mit schnellen Schritten, aber das Schneegestöber verschluckt Monas Silhouette in einem nebligen Weiß. Gian reichte Vivian seine Hand und zog sie hoch.

„Komm, wir gehen ins Haus zu Amata. Wir können nichts mehr für Mona tun."

„Aber ich kann Mona doch nicht einfach laufen lassen."

„Bitte, behindern Sie nicht die Arbeit der Polizei."
Eine Polizistin zeigte auf das Haus. „Gehen Sie rein, und
warten Sie auf meinen Kollegen."

Gian tastete mit seinen Fingerspitzen Vivians Stirn
ab. „Ich wasche dir die Wunde aus. Gleich kommt der
Notarzt."

Vivian folgte Gian über den Hof. Schnee und Kies
knirschte unter ihren Füßen. Der Weg kam ihr endlos
lang vor, aber sie schaute auf das warme Licht, das einladend aus allen Fenstern herausströmte. Gian legte den
Arm um sie und stützte sie. Er schlurfte mit ihr zum
Haus. Erschöpft lehnte sie ihren Kopf an seine Schulter.
Gemeinsam kletterten sie die Treppe hinauf, Stufe für
Stufe, während der Schnee um sie tanzte. Sie schlotterte
vor Kälte und Angst. Bevor sie die Haustür schlossen,
schaute Vivian noch einmal in Richtung Meer.

22

Kattegat, 13. Dezember

VIVIAN

Vivian versuchte, den Tränenstrom zu stoppen, der ihr unablässig die Wangen herablief. Sie kauerte auf dem Sofa, Gian hielt ihre Hand und streichelte sie. Den anderen Arm hatte er um Amata gelegt, die neben ihm saß und ihren Kopf an seine Schulter gelegt hatte.

Die Polizisten waren wieder weg. Weg war auch Mona, die auf der Flucht in der Dunkelheit von der Steiltreppe gestürzt war und sich das Genick gebrochen hatte. Sie war auf der Stelle tot gewesen.

„Ich kann gar nicht verstehen, was heute passiert ist", flüsterte Vivian und hielt die Hand auf den Mund, um nicht laut aufzuschluchzen.

„Warum war Mona so komisch?", fragte Amata und kuschelt sich noch dichter an Gian.

„Sie war ganz traurig", sagte Gian.

„War sie traurig? Ich dachte, sie wäre wütend. Und warum hatte sie das Messer? Das war gruselig."

„Ja, das war gruselig", stimmte Gian ihr zu. „Ich bin so froh, dass dir nichts passiert ist." Er gab Amata einen Kuss auf den Scheitel.

O ja, ich bin auch so froh, dass Amata und dir nichts passiert ist, dachte Vivian, und auch meinem Baby nicht. Der Notarzt, der kurz darauf gekommen war, hatte sich um ihre Verletzungen gekümmert. Jetzt war nur eine

bleierne Müdigkeit zurückgeblieben. „Weißt du, Amata",
sagte Vivian, „Mona war so traurig, dass sie nicht mehr
genau wusste, was sie tat. Sie wollte gern so ein wunderbares Mädchen haben wie dich. Aber sie bekam einfach
kein Baby. Das hat sie wütend gemacht."

„Das ist trotzdem blöd. Und jetzt ist sie tot."

Gian nickte. „Ich fahre morgen noch bei Anders vorbei. Er ist jetzt ganz allein."

„Du solltest auch Lena eine SMS schicken und dich
entschuldigen", sagte Vivian und blickte ihn auffordernd
an.

„Klar, da habe ich etwas gut zu machen. Aber das
kann warten. Jetzt will ich einfach nur genießen, dass
wir hier in Sicherheit sind."

„Vivi?" Amata krabbelte über den Schoß ihres Vaters
zu Vivian.

„Ja, mein Schatz?"

„Mona war doch deine Freundin, oder?"

Vivian versuchte den Kloß, der sich in ihrem Hals
breitmachte, wegzudrücken, aber es gelang ihr nicht. „Ja,
das war sie. Früher waren dein Paps, Mona, Lena und
ich oft an den Wochenenden zusammen. Da war Mona
meine beste Freundin."

„Warum war sie dann so böse auf dich?" Amata schob
ihre Zunge durch die Zahnlücke.

„Ich weiß es nicht genau. Was sie gemacht hat, war
nicht richtig. Aber ich glaube, in ihr war es so leer, dass
sie nicht mehr wusste, was sie tat." Vivian schluckte und
räusperte sich. Ihre Stimme drohte zu brechen. „Ich
glaube, das heute Abend war nicht die richtige Mona,
nicht die Mona, die ich kenne. Ich werde versuchen, mich
an die Mona zu erinnern, mit der ich so viel Spaß hatte.

Die mit den violetten Haaren, dem tiefen Lachen und den bunten Kleidern. Das war meine Freundin Mona. Leider ist sie zum Schluss so traurig geworden …"

„Ja, das will ich auch. Die blöde Mona von heute hat mir Angst gemacht. Die will ich vergessen."

„Das ist eine gute Idee."

Sie blieben still sitzen, schauten aus dem Fenster, wo die Sterne funkelten. Amata bettete ihren Kopf auf Gians Schoss und schlief ein. Vivian streichelte ihre weichen Haare.

„Schau mich an, Vivian, du weißt, ich habe nie aufgehört, dich zu lieben."

„Ich weiß, Gian. Ich habe dich auch immer geliebt und bin so wütend auf mich selbst, dass ich so viel Zeit vergeudet habe. Zeit, in der ich mit dir hätte zusammensein können. In der ich dich hätte lieben können."

Er drückte sie sanft an sich. Nur das Ticken der Uhr und Amatas Schnarchen war zu hören.

„Dann lass es uns jetzt besser machen … Willst du?"

Vivian lächelte. Warum fragte er noch? „Natürlich will ich. Jetzt mehr als vorher. Heute habe ich verstanden, wie zerbrechlich das Leben ist."

„Und wie wunderbar es ist zu leben", pflichtete Gian ihr bei.

„Ich will nicht mehr von hier weg." Vivian drückte seine Hand.

„Dann bleibst du wirklich hier? Bei mir und Amata?"

„Wenn ihr mich noch wollt, ja. Aber uns gibt es nur im Doppelpack."

Gian grinste. „Und ob. Ich liebe Kinder. Und das wird bestimmt nicht das letzte Kind sein."

„Es ist unglaublich", seufzte Vivian glücklich. „Immer

habe ich von einer Familie geträumt. Und nun bekomme ich sie, jetzt, wo ich es am wenigsten erwartet habe."

„Lass dich überraschen, was das Leben sonst noch für dich bereit hält!"

Sie schaute aus dem Fenster in den nachtschwarzen Himmel. Nichts ist so schwarz, wie es aussieht, dachte sie. Die Vergangenheit musste ruhen. Vor ihr lag eine neue Zeit. Sie war sicher, es konnte nur besser werden.

Über die Autorin

Ann-Kristin Vinterberg wurde 1967 in Paderborn geboren. Sie studierte Theologie, Religionswissenschaft und Germanistik in Münster, Paris und Aarhus. Heute arbeitet und lebt sie mir ihrer Familie in Kopenhagen.

Romane von Ann-Kristin Vinterberg
Die Madsens:
　　»Schneefrau küsst Schneemann«
　　»Der Duft von Broken Leaf«
　　»Lied des Lebens«

»Das Dünenhaus«

Kontakt: info@annkristinvinterberg.de
Website: www.annkristinvinterberg.de
Dort können Sie sich auch zu meinem Newsletter anmelden.

Rezensionen helfen anderen Lesern, Bücher zu finden. Ich würde mich sehr freuen, wenn Sie eine Rezension bei Amazon, Lovelybooks oder woanders hinterlassen, egal ob positiv oder negativ.

Wenn Ihnen der Roman gefallen hat oder Sie Anregungen für mich als Autorin haben, freue ich mich auch über eine Nachricht an meine E-Mail-Adresse.

Herzlichen Dank!

Ihre Ann-Kristin Vinterberg